傅律师有点甜

千桦尽落

著

（下）（册）

青岛出版社
QINGDAO PUBLISHING HOUSE

第十一章 动手打人

因为有父亲这个软肋，林暖到底还是跟王泉去宴会见了王泉的母亲。

不过林暖留了个心眼儿，让白晓年开车在后面跟着以防万一。白晓年为了林暖舍下面子把自己前男友陆津北也给带上了。

王泉的母亲是一个外貌端庄的中年女性，保养得宜，身材少见的好。

她上下打量了林暖一眼，又看了眼满脸笑意的儿子，心情不错地说道："既然你是王泉的朋友，那这事儿我就上点儿心。我知道你爸被请走，你心里着急，你这样……等会儿宴会结束咱们去我家细聊。"她又转身对王泉说，"王泉，好好陪陪你的朋友。"

林暖对王泉的母亲点头道谢。

有人过来和王泉的母亲搭话，林暖识趣地退到一旁，王泉侧身低头在林暖耳边说道："我妈愿意帮你，是以为你是我女朋友，你要是一直这么和我保持距离，我妈看出来怎么办？"

林暖紧皱起眉头。

"不如我们俩去外面？你别怕，外面都是人，我不能把你怎么样，主要是别让我妈看出我们俩生疏的样子，我妈的眼睛可毒着呢！"

林暖犹豫片刻，侧身朝着落地窗外看了眼。院子里的确有人在说笑寒暄，她也特别急于逃离这个地方，因为她怕遇到傅怀安。

林暖点头，先行抬脚出来，没用王泉带路。

王泉双手插兜，站在背后看着林暖窈窕颀长的身影，抬脚跟上。

林暖和王泉出来时，宴会刚刚开始，原本还站在外面的人陆陆续续往里面走去。

林暖不敢站在太显眼处，不知道为什么总害怕被傅怀安撞到。

王泉眼看着内宅外面已经没人了，于是一直藏在心底的邪恶欲望终于压不住了。

他抽出根香烟咬在嘴里，单手护着火苗，趁着点火的间隙看四下无人，把打火机装回口袋里，瞥向正坐在长椅上发信息的林暖。

"林暖！"

王泉的声音从林暖背后传来，林暖一惊，还未回头口鼻就被一只大手捂住。

林暖惊恐地挣扎，手机和放在腿上的包全都掉在了地上。王泉的嘴唇紧贴着林暖的耳朵，他深吸了一口气，林暖身上香甜的女人香让他有些把持不住，他嗓音沙哑地说道："想救你爸，总得付出点儿代价吧，你说呢？"

"放开她！"一道声音传来。

林暖朝着声源处看去，泪水险些夺眶而出。

熟悉挺拔的身影就站在不远处，那种得救的感觉让惊魂未定的林暖忍不住想哭。

傅怀安穿着早上穿的那件浅蓝色衬衫，没有穿西装和马甲，衬衫下摆扎进西裤里，双手插兜，嘴里衔着一根香烟，目光在黑暗中显得格外深邃。

“哟，是傅总啊……”

傅怀安没等王泉的话说完，揪起他的衣领，迎面就是一拳，打得王泉连痛呼的机会都没有，脑子一片空白。

刚去给傅怀安通风报信，这会儿又躲在墙角偷偷看热闹的白瑾瑜一看这状况不对，身为神外科大夫的他马上冲过来拦傅怀安：“老傅！别打了！会出人命的！”

林暖被眼前浑身戾气的傅怀安吓傻了。

傅怀安的拳头有多厉害，领教过的人都知道。

白瑾瑜刚拉住傅怀安的胳膊就被傅怀安甩开，傅怀安照着王泉的头又是一拳，打得王泉彻底晕了过去。

“再打真出事了！”白瑾瑜用力拉住傅怀安的手臂。

傅怀安打的这两拳用的是全力，呼吸难免有些粗重。他回头看向吓呆了的林暖。

黑暗中，傅怀安面部轮廓更显硬朗，薄唇紧抿着，双眸中透着怒气。他不紧不慢地把咬住的香烟拿走，丢在地上，用脚踱灭，这动作让他更显得高大威严。

白瑾瑜查看了一下晕过去的王泉，怕事情闹大立刻给陆津楠打电话，让他叫人过来把人弄走。

林暖闭着眼站在花洒之下，脑海里全是傅怀安揪着王泉的领口挥拳的画面，心脏跳得很快，双手紧紧地抱着双臂。

林暖听过太多英雄救美的故事，曾经不大理解为什么英雄救了美人儿，美人儿总会说一句“大恩无以为报，只能以身相许”。

人性本能地慕强是一方面，另一方面大概是内心的感性因子作祟，很容易让人动情。

咚咚咚——

浴室外传来敲门声。

林暖透过磨砂玻璃门看去，隐约能看到一个身高腿长的男人轮廓，她关了花洒，听着外面的动静。

“出来拿下衣服。”

傅怀安醇厚的嗓音隔着一道门传来，林暖连忙抓过浴巾把自己裹好，光着脚走到门口，咬了咬唇，握住门把手，把门开了一条小小的缝隙。

她躲在门后，还没来得及探出头，傅怀安就伸手把干净的衣物递了进来，是一件干净的藕粉色大V领蝙蝠袖衬衫和一条牛仔裤。

他侧身而立，目光并没有往里面看，倒是林暖的动作有些“小人之心”了。

“谢谢！”

站在门后的林暖接过衣服，见傅怀安的手臂收回去，又重新把门关上。

洗完澡换了衣服，林暖把头发吹了个半干就从浴室里走了出来。

傅怀安就靠立在落地窗前吸烟，左手拿着烟灰缸。他听到开门声，深邃的视线朝林暖望过来。

不说话的傅怀安，让林暖局促的同时多了一丝不安。

见傅怀安拳头上还有血迹，林暖开口说道：“你手上还有血迹，要不要洗一洗？”

傅怀安抬手，神情淡漠地看了一眼，刚刚抡拳打王泉时打到了王泉的牙，手背关节受了点儿伤，当时没注意，这会儿林暖一说他才注意到。

傅怀安紧锁着眉头，答非所问地说了一句："我让小陆送你回去。"

"伤口，我帮你处理一下吧！"

林暖几乎和傅怀安同时开口。

林暖有些尴尬，沉默了片刻，垂下眼睑，点了点头。

林暖又想起刚才白瑾瑜拦着傅怀安时说的那些话，怕给傅怀安带来什么麻烦，张口想要和傅怀安说些什么，还没开口，就见傅怀安从落地窗旁边的柜子里拿出一个急救箱，朝着沙发的方向走去。

林暖站在原地没动，傅怀安把急救箱搁在茶几上，在沙发上坐下，看向戳在那里不动的林暖说道："处理伤口！"

林暖向茶几的方向走去。

傅怀安口袋里的手机振动起来，他把手机拿出来关机，随手搁在了茶几上。

林暖坐在傅怀安身侧的单人沙发上，急救箱就搁在她的腿上。她低着头在急救箱里找消毒水和创可贴，半干的头发从肩头滑下，她随手把那绺头发别在耳后，继续翻找。

傅怀安目光深邃地凝视着林暖。

林暖找到了消毒水、棉签和创可贴，把急救箱放回茶几上，见傅怀安的大手搁在交叠的双膝上，她十分自然地站在傅怀安身边，弯着腰，一手攥着傅怀安的大手，一手捏着棉签，小心翼翼地给傅怀安清理着伤口。

林暖的长发滑了下来，十分不方便，她皱着眉，扶着茶几正要蹲下身子，傅怀安被林暖攥住的大手突然反握住她的手，林暖抬头问道："弄疼你了？"

话音刚落，林暖整个人被傅怀安拽进了怀里。傅怀安受伤的那只手捏着林暖的下颌，棱角分明的五官朝她靠近，粗重的呼吸扫过她的薄唇。

两人的鼻头轻微触碰，林暖屏住呼吸，环在傅怀安脖颈儿上的小手收紧，紧紧攥着他的衬衫衣领，身体轻微地颤抖起来。

她心跳如擂鼓，狼狈地垂下眸子，目光闪躲，眉目间尽是羞涩，但并没有抗拒，只是呼吸有些错乱。

傅怀安的拇指摩挲着林暖嫣红的唇瓣，片刻后，傅怀安吻住她的唇，把她压在沙发上。

林暖的手心下，是傅怀安挺括的衬衫衣领和他脖根处短而扎人的碎发。她的唇齿被撬开时，手中的棉签被捏断了。

傅怀安强势的气息席卷了林暖的心肺，那只悬在空中的手臂轻微颤抖着，无处安放。

室内的暧昧让房间内的温度快速升高，林暖感觉全身都在发烫。

咚咚咚——

突然响起的敲门声吓了林暖一跳，整个人忙往傅怀安怀里躲。

傅怀安知道林暖害怕被人撞见，赶忙把人护住。

唐峥那次误闯房间，简直给林暖留下心理阴影了。

“先生，宴会已经开始了，老夫人让我上来请您下去，说要给您引见几位老朋友。”管家的声音隔着一道门传来。

傅怀安回答道：“好，我换身衣服就下去。”

“好的！”

管家离开后，傅怀安不情愿地从林暖身上起来。

身上的重量消失，凉意袭来，林暖忙坐直身子，双手颤抖地低头扣着衬衫纽扣，心慌意乱得不知道该如何是好。

傅怀安身上的衬衫早已经皱得不像样子，他的呼吸还很粗重，调整着呼吸说道：“你就在房间里等着，我一会儿回来就送你回去。”

她点头回答道：“嗯……”

傅怀安一边解着衬衫纽扣，一边往衣柜的方向走去，说道：“一会儿我让人给你送点儿吃的东西上来，要是觉得无聊，我让人把团团送过来陪你。”

刚才和傅怀安差点儿擦枪走火，林暖只觉得满屋子都是暧昧的气息，怎么好意思让傅怀安把孩子带到这里？她得多淡定才能在这间房间里做到面不改色地面对团团?

“不用了！”林暖声音柔软地说道。她站起身回头看向傅怀安，却见傅怀安的衬衫敞开着，露出里面蜜色的肌肤和好身材。他正一手按着皮带扣，一手抽出皮带，林暖看得面红耳赤，又把头转了回来。

傅怀安换了一件黑色衬衫和西裤，又是衣冠楚楚的模样，看上去丝毫不受刚才那件事的影响。

傅怀安离开之后，没多久就有用人上来送吃的东西，很清淡的几样食物，倒是很合林暖的胃口，用人顺便还把林暖掉在庄园里的包和手机也送了过来。

林暖整个下午都没有吃东西，已经饥肠辘辘。

她看手机上有几十个白晓年的未接来电，连忙给白晓年回电话过去。

“林暖，你在哪儿？王泉那个畜生有没有对你做什么？”

电话刚一接通，白晓年颤抖的声音就传了过来，像是随时会哭出来。

白晓年觉得自己和姓陆的绝对八字不合，以前遇到一个渣男陆津北，现在又遇到一个浑蛋陆津楠！兄弟俩不愧是一个妈生的，简直浑蛋得令人发指。

刚才在宴会上，白晓年一直远远地观察着林暖和王泉，察觉林暖往外面走去，白晓年本来要跟着，可那个浑蛋陆津楠居然拦住她，盘问她和陆津北的关系！

陆津楠得知白晓年是陆津北的前女友，竟然和白晓年说什么让白晓年不要纠缠陆津北！

白晓年脾气上来，就把事情摊开了和陆津楠掰扯，让他管好自己的弟弟，陆津北那个脑残居然还在一边给白晓年演什么非君不娶！

最后，有没有掰扯清楚白晓年不知道，她却把林暖给看丢了。白晓年杀了陆津楠和陆津北兄弟俩的心都有了。

“我没事儿。”林暖安慰白晓年道，“我刚才和傅怀安在一起，没事儿了。”

一听林暖刚才和傅怀安在一起，白晓年松了一口气，人差点儿瘫坐在地上。

她忍着哭腔问：“那你怎么不接电话？”

她差点儿以为自己害了林暖。

“王泉对我动手动脚，拉扯的时候手机掉了，是傅家的用人刚给我送过来的。”林暖解释道。

“王泉那个王八蛋……”

“已经没事儿了！”林暖说道，“傅怀安把王泉打晕了。”

林暖心里其实很不是滋味。

她今天来这里是想要从王泉妈妈那里打听到一点儿消息，可是消息没有打听成，王泉却进了医院。

林暖心想，白折腾一下午不说，大概还会让王泉妈妈从此恨上自己，也许还会连累傅怀安。

想到这些，林暖就没有了胃口。

接到傅怀安让她去停车场的信息，林暖把自己的脏衣服装起来，背着包准备出门时，目光扫到了桌子上的创可贴和消毒水、棉签。她把东西装进包里，下楼往停车场方向走去。

石子铺成的临时停车场里，停放的豪车颇多，林暖一时间找不到哪辆是傅怀安的车。

不远处的一辆车，车灯闪烁了两下，林暖回头，看到了傅怀安的那辆迈巴赫。

她攥着手中的包，快步走到车旁，拉开车门坐进副驾驶的位置。

“宴会应该还没结束吧，你这么走了可以吗？团团怎么办？”

傅怀安瞅了林暖一眼，目视前方，单手转动方向盘，把车开出了临时停车场。

“团团今晚留宿在傅家老宅，宴会有人应付，我早走一会儿不要紧。”

林暖的余光看到傅怀安受伤的大手指节修长，上面的伤口刚才没有来得及处理，此时已经结痂。

这伤口是因为她才留下的，她无法做到视若无睹。

“我给你处理一下伤口吧？”林暖说着从包里掏出了棉签和消毒水，低着头单手在包里翻找创可贴，包里的物品哗啦啦地掉了出来。

她抬头，语气柔和地说道：“靠边儿停一下吧，处理好伤口再走。”

傅怀安闻言，打了方向盘，把车靠边停下。

林暖解开安全带，攥起傅怀安略带薄茧的大手，用棉签蘸了消毒水，小心翼翼地在傅怀安的伤口处擦拭。

棉签头很快被染成了红色。

两人离得很近，傅怀安深沉的眸里映着林暖精致优美的五官。她低着头，两侧长发别在耳后，额头光洁饱满，睫毛低垂，身上的气质恬淡得让傅怀安莫名地觉得舒服。

林暖把血痂清理干净，贴上创可贴，抬头正对上傅怀安的目光。

那一瞬间车厢内的空气仿佛都变得稀薄，林暖瞬间觉得呼吸有些不畅。

她嗅到了傅怀安西装上有淡淡的酒味，猜测大概是他刚才下楼后喝的。

交际场合，他喝酒在所难免。

想到这里，林暖开口说道："不如我来开车吧！你喝酒了开车不安全，万一路上被交警拦了也不好说。"

傅怀安收回看着林暖的目光，颔首表示同意。

他解开安全带，推门下车，林暖也跟着从副驾驶下来，把自己的包放在后排座椅上，坐上驾驶座。

她扯过安全带系好，见傅怀安没有系安全带，提醒道："安全带。"

一路上，傅怀安靠坐在副驾驶的座椅上闭目休憩，林暖便自作主张地把车开向了天府湾。她算了时间，送傅怀安回去再用叫车软件叫一辆车，等回到家也就是十点半左右，不算太晚。

林暖把车停在天府湾傅怀安的别墅门口时，他睁开眼，嗓音带着些许沙地问道："到了？"

傅怀安瞥了眼车窗外的景色，发觉是天府湾，皱着眉头看向正在解安全带的林暖。

被傅怀安深邃的眸子看得有些不自在，林暖松开安全带，半晌才开口说道："你喝了酒，开车不安全，我送你回来，一会儿叫车回去就行了，你早点儿休息。"

她没有称呼他"傅先生"，而是用"你"，傅怀安觉得林暖有了极大的进步。

"我喝了酒开车安不安全，你关心吗？"傅怀安边解开安全带边问了一句。

林暖看向傅怀安，发觉他眼底除了高深莫测，仿佛还有无限的深情藏在其中。

安静的车厢内，林暖的心跳毫无预兆地快了起来。

隔着中控台，傅怀安轮廓立体有型的五官朝她靠近，高挺的眉弓之下，双眸幽深，周身除去淡淡的酒气，还有蛊惑人心的男人味儿——阳刚、成熟，充满岁月磨砺后留下的成熟男性魅力。被他这么直白地注视着，林暖难免不羞涩失措。

林暖下意识地向后靠，垂着眼睑没吭声。

“晚上我没怎么吃东西，陪我吃点儿。”傅怀安面色平静地说完推开车门，先行下车，没给林暖拒绝的机会。

林暖计算着时间，想着一会儿还能不能叫到车，那个时间点儿回去又是否安全。

见林暖坐在车内犹豫，傅怀安一手撑着车顶，一手扶着车门，躬身对车内的林暖说道：“一会儿吃完东西，我让司机送你回去。”

傅怀安这句话打消了林暖所有的疑虑，她点头，下车跟着傅怀安一起进了家门。

时间太晚，又知道傅怀安和团团今天晚上不回来，李阿姨早早地就收拾完别墅，回自己家去了。

冰箱里有蔬菜，也有肉。

林暖看了半天，琢磨自己最擅长的就是煮面条，那就做西红柿鸡蛋面吧。

傅怀安下楼时，林暖正好把手中的面条放入沸水锅中。

开放式厨房明亮的冷色灯光下，林暖单手拢着长发，在一片升腾的水雾中用长筷子搅弄已经发软的面条，精致美好的五官更显温柔。

林暖觉得头发披着特别碍事，手边又没有橡皮筋，在冰箱旁的抽屉里翻找，想找个什么东西把头发扎起来。

傅怀安进了厨房。

以为他进来催促，林暖松开头发对傅怀安说了句：“马上就好了。”

傅怀安应了一声，走到林暖身后，拢起她的长发，滚烫的指腹不小心擦过林暖的耳尖，她心头一紧，想躲开。

“别动！”

傅怀安不知道从哪儿变出了一个发圈儿，动作轻柔地帮林暖把长发扎了一个低低的马尾。

“这发圈儿是白瑾瑜的妹妹上次过来找团团玩儿的时候落下的。”

傅怀安醇厚低沉的嗓音在林暖耳边响起。她一愣，随即才反应过来傅怀安这是在向自己解释，耳根莫名开始发烫。

她觉得自己和傅怀安的距离过近，忍不住羞涩地开口："我看看面熟了没。"

傅怀安没让开，反倒向林暖靠近了一些。

林暖向后退一步，双手扶住身后的台子，视线下移，见傅怀安穿着灰色家居裤的长腿又朝自己靠近了些，林暖退无可退，被迫抬头："我……"

和傅怀安视线相触后，林暖一个"我"字出口，剩下的话就全堵在了嗓子眼儿里。

他双手撑在林暖身体两侧的台面上，把她圈在中间。林暖顿时感觉鼻息间都是他身上沐浴露的薄荷味。

"把话说得那么绝，是不想和我有什么牵扯，却在大半夜和我回家，你是真的记吃不记打，还是明知故犯？"

两人挨得很近，傅怀安说话时热气扫过她的刘海，林暖只觉额头微痒。

林暖撑在身后的手紧张地抠着台子边缘，傅怀安说话总是这么直白，不留余地，咄咄逼人。

林暖没法回答，咬着唇，眼圈儿都要红了。

那天早上她说的话犹在耳边，可转眼她又和傅怀安回了他的家。

她内心比谁都清楚，这个男人没有那么安全！

她确实是在明知故犯！

所以她现在很难堪。

"林暖。"

傅怀安低声唤着她的名字，感觉她的名字从他口中出来就格外动听。

见她不抬头，傅怀安大手捏住她秀气的小下巴，强迫她抬起头。

林暖还没来得及和他对视，傅怀安的吻就落了下来。

他火热滚烫的唇瓣压着她的嘴唇时，林暖微怔，却没有拒绝。

傅怀安的吻一次比一次来得强势，几乎没给林暖犹豫的时间就撬开了她的唇齿，长驱直入。

“你先起开。”林暖的声音被情欲染上了一层媚意，视线闪躲，不敢和傅怀安对视，“锅里还煮着面，一会儿水溢出来了！”

“火关了。”

“我想去洗漱一下。”顾不上自己声音沙哑，林暖赶忙说道。

傅怀安吻了吻林暖的唇瓣，拇指在她的唇上摩挲着，说道：“你去洗漱，就先穿我的衣服，我去客房冲一下，然后去看看冰箱有什么，你洗漱好就下楼吃点儿东西。”

林暖点头。见傅怀安出去，她才挪动自己酸软的双腿，身体像是被人抽干了所有力气。她从衣柜里拿了件傅怀安的衬衫，进了浴室。

傅怀安洗得快，这会儿已经换上了新的家居服，站在燃气灶前，嘴角叼着一根香烟把面捞起放进碗里，动作娴熟流畅。

见林暖下楼，傅怀安把唇上的香烟移开，朝着台面上的烟灰缸里弹了弹烟灰，说道：“面好了。”

傅怀安见林暖穿着自己的衬衫，长度刚好到大腿部，露出两条笔直细白的长腿，看得他有些晃眼。

面被端到林暖面前，冒着热气，红色的番茄和荷包蛋覆盖在面条上，汤色清亮。

林暖把吹干的长发重新拢在脑后，扎成低马尾，松松散散的几绺发丝垂下，被她别至耳后，端着面碗喝了一口汤，味道很好，要比她自己做的好吃。

“你很喜欢吃番茄鸡蛋面？”傅怀安坐在林暖右侧，出于想对林暖饮食方面有所了解，询问道。

林暖喝汤的动作一顿，随后她说道：“谈不上喜欢，大概因为番茄鸡蛋面是我有生以来唯一一次吃过的亲生母亲为我做的东西，后来一直模仿她做出的味道，虽然都没有成功，可做多了就好像成了一种习惯，每次想自己做点东西吃的时候，就会想起番茄鸡蛋面。”

没有任何掩饰，林暖第一次对傅怀安讲起自己的事情。

番茄鸡蛋面对林暖来说有着别样的意义。

她记得那是六月的第一天，大雨过后的清晨，天空一片湛蓝，阳光耀眼。

林暖拎着行李箱从林家出来后，去了解放路芙蓉巷。

巷子狭窄，满地泥泞。

一个满身泥污的疯女人拽着路过的少女，哭着恳求：“苒苒！苒苒！妈妈不疯了，妈妈不疯了！你跟妈妈回家！你跟妈妈回家！”

少女被吓得尖叫，被托付照顾疯女人的邻居拽着疯女人的胳膊喊道：“要死了，真是一眼看不住就闯祸！人家不是苒苒！你要吓死人家小姑娘了！”

少女被人从疯女人手中解救出来，惊慌失措地红着眼眶逃走了。

林暖就站在巷口，一身白裙，背着淡黄色的单肩包，美丽精致，和这颜色灰旧的弄堂格格不入。

弄堂里，几个孩子在大人的训斥声中嘻嘻哈哈地互相拉扯，学着那个疯女人，“苒苒、苒苒”地叫着……

光线刺目，林暖红了眼，看着疯女人跟邻居一起坐在门口的小马扎上，喃喃自语道：“我的苒苒呢？我的苒苒呢？”

林暖眼睛潮湿，走到离疯女人几步的地方停下。

“苒苒！苒苒！”

看到穿着白裙的少女，疯女人再次冲了上来，上了年纪的邻居大妈阻拦不及，眼看着疯女人脏污的手死死拽住了白裙少女白嫩纤细的手臂。

“苒苒！妈妈不疯了！你跟妈妈回家！妈妈再也不敢疯了，好不好？好不好？”

林暖咬着唇，忍着泪水。

那疯女人用脏污的手紧张地抚摸着林暖的头、面颊和胳膊，打量她有没有受伤，不安地问道：“你几天没回家，有人欺负你没有？有没有吃饱穿暖？苒苒，你是不是饿了？妈妈给你做你最爱吃的番茄鸡蛋面好不好？你跟妈妈回家！妈妈给你做！”

疯女人的手劲儿极大，拽着林暖就往破败的单元楼里走，开门时换了一只手拽着林暖，感觉怕一松手就会把林暖弄丢一样。

邻居见林暖没有厌恶地闪躲，也没有惊恐，站在单元楼门口，用奇怪的眼神打量着林暖。

五十平方米的大开间儿，洗手间和厨房连在一起，老房子又是一楼，窗户不大，高且装着生锈的防盗网，屋内暗沉沉的，散发着潮湿的霉味儿。

大概因为她从小过着富裕且殷实的生活，亲生父母的住处要比林暖想象中的还要令人难以接受。

林暖的亲生母亲没有洗手，用脏兮兮的手和面、切菜、打鸡蛋，一切做得那么娴熟，一点儿都不像是个疯子。

那碗番茄鸡蛋面被端到林暖面前，林暖看见亲生母亲用热切的眼神望着她，说着：“苒苒吃！苒苒吃！”

林暖没有嫌弃她一身污泥，没有嫌弃她沾着泥水的手未曾清洗，把那碗番茄鸡蛋面连汤吃完了。

只是她觉得唇齿间都是苦涩，是那种蔓延到心底的苦，让林暖想哭的苦。她攥紧手，攥得骨节都有些疼。

后来她们再见，是在精神病院里。

林暖隔窗看着抱着一个洋娃娃，低声拍哄娃娃的疯女人；因为旁边的人太吵，担心吵到自己的女儿，愤怒地用椅子砸人的疯女人。

她的状况比林暖第一次见她时还要糟糕，她不会再对着林暖叫苒苒，仿佛把余生的情感都寄托在了怀里的洋娃娃身上，即便林暖坐在她面前，她看向林暖的眼神也是空洞、失焦的，只低声和怀里的洋娃娃温柔地说着话。

林暖第一次理解母爱为什么伟大，是从她那个被称作疯子的亲生母亲身上体会到的，哪怕母亲的世界里所有的清明都已经消失殆尽，却还是独留下对女儿的那一份舐犊情深，经久不变。

傅怀安看得出林暖平静之下的隐忍。

她轻轻地吸了吸鼻子，细白秀气的小手捏着筷子，小口小口地把那碗面吃完了。

那夜，林暖睡得很安稳，不知道是因为累极了，还是因为背后那一堵有温度的“墙”把她包裹于温暖之中。

第十二章 救林景全

第二天，林暖到家时，收到了柳明晨母亲的短信，说就在林暖所在的小区门口，让林暖方便的话下去一趟。

林暖和白晓年说了一声，取下挂在门口的外套和伞，换鞋出了门。

柳明晨的母亲陆梅就站在一辆黑色轿车旁，穿着白色的中袖外套，里面正红色的真丝V领衬衫扎在白色的过膝包臀裙里，手腕上戴着价值不菲的陶瓷链手表，端庄华贵的气质中透着精明和强势。

司机站在陆梅身后，为她撑着伞。

见林暖出来，陆梅露出亲切的笑容。

陆梅说有事和林暖说，林暖对陆梅不熟悉，不敢擅自揣测是什么事情。

两个人进了小区对面的咖啡馆，陆梅点了一壶果茶。

知道林暖聪明，陆梅说话也没有藏着掖着："暖暖，明晨这么多年没有谈过一次恋爱，就喜欢过你这么一个姑娘，他对你是真心还是假意你应该看得出来。我和你柳伯伯就明晨这么一个儿子，从来没有指望过他有多么厉害能让公司发展得更好，只希望他余生能找到此生所爱，平安顺遂。"

陆梅说这些话的时候，一副慈母心肠，林暖有所动容。

见林暖垂下眸子在思索着什么，陆梅端起茶杯轻抿了一口茶，问："影帝时寒初找你们节目组了吗？"

陆梅这话一出口，林暖就知道影帝时寒初找到节目组大概和柳家有关。

关于柳家，林暖不了解，更加不了解陆梅。

在长辈瞒着安排的那一次相亲宴之前，柳家一家人早已经被林暖尘封在了记忆里。

林暖点头。

陆梅浅笑道："那就好，时寒初上你的节目对你的事业一定有所助益。"

林暖顿时觉得空气变得有些稀薄。

陆梅一连抛出了两个诱饵，一个是救林景全，一个是林暖的事业。

事业上，林暖可以不在意，但是救林景全的事，林暖不能不在意。

给林暖留了片刻时间让她思考后，陆梅又开口道："暖暖，只要你和明晨在一起，作为亲家，我和你柳伯伯都不可能坐视你们林家出事，也会尊重和支持你的事业。"

如果不是柳明晨喜欢林暖，被拒绝后在家里食不下咽，连实验室都去得少了，陆梅今天不可能来找林暖说这些。

对林暖，她再喜欢，再不计较出身，再不介意林暖的亲生母亲精神有问题这个情况，林暖也拒绝了她的儿子。

陆梅一直都知道，感情这种事情不能勉强。

但她实在是看不得柳明晨像是丢了整个世界一样的消沉模样。

不得不说，陆梅捏住了林暖的七寸——林景全。

林暖面色苍白，只觉氧气稀薄得让人喘不过气，全程未开口说一句话。

陆梅临走时，拍了拍林暖的小手，语气和蔼地道："我不逼你现在就回答，你可以好好想想，要是想通了，可以给我打电话，也可以约明晨出来吃吃饭喝喝茶，抽时间我们就把你们的婚期定下来。当然订婚宴自然少不了明晨的岳父，你说是不是？"

从咖啡厅包间出来，看到漫天大雨，林暖才意识到自己忘了拿伞。她折回包间取了伞出来，裹紧了自己的外套，冲进雨帘小跑过马路。

林暖脑子里都是陆梅的话。

她要救林景全有捷径，但捷径往往要付出相应的代价，等价交换公平得很。

坦白说，陆梅给林暖摆出的捷径，不到万不得已，林暖绝不会走。

其实现在陆梅来找林暖和当初顾含烟来找她时的状况，有异曲同工之意。

可当初林暖选了顾含烟给出的路，如今却在最应该答应陆梅的时候有所犹豫。

林暖走得急，一脚踩进小水洼里，冰冷的积水灌入她的鞋底，一个激灵让林暖立在了原地，凉意让林暖的脑子一下通透了。

答应和不答应之间，隔了一个傅怀安。

也许当初就像她对顾含烟说的那样，她只是想要找一个借口结束自己这四年多的漫长等待。

如今占据着林暖的心的是傅怀安，且他就在身边，林暖做不到像以前那样毫不犹豫义无反顾地应下。

如果有选择的话，林暖大概宁愿向傅怀安低头。

伞面被大雨敲着，林暖站在伞下，紧攥着手机，耳边是自己心脏怦怦跳动的声音。

她盯着手机屏幕，点开联系人，翻到傅怀安的名字，手指按在上面，却在松开拨出时有所犹豫。

白晓年说，让林暖对着傅怀安哭，傅怀安心一软肯定帮忙。

林暖有些头疼，自认没那个厚脸皮做到对着傅怀安哭求。

但她总要开这个口试一试。

电话拨出，林暖几乎是用尽了全部的勇气，虽然她并不是和傅怀安毫无关系的人，却也做不到理直气壮地泰然开口请求傅怀安帮忙。

听筒里，嘟嘟的声音持续了几秒，林暖有些心慌，刚刚鼓起的勇气又消失了。就在她准备挂断电话时，电话被接通，傅怀安磁性成熟的声音钻入林暖的耳郭："怎么没补觉？"

林暖下意识地深吸一口气，垂下眸子，觉得难以启齿，轻轻嗯了一声。

"傅总，时间到了……"

听到电话那头有人叫傅怀安，林暖准备挂电话，这个时候打电话给傅怀安，应该打扰他工作了。

"十分钟后楼下等我。"

这话是傅怀安对别人说的。

他愿意放下工作等自己说话，令林暖心底生出暖意，话在胸腔里百转千回，最终林暖还是选择单刀直入："有件事我想请你帮忙。"

她死死握着伞柄和手机，有些心慌意乱，垂下眸子盯着自己面前的水洼，担心被拒绝。

"你父亲的事情？"傅怀安说来毫无压力，却让林暖惶惶不安。

"嗯，可以吗？"林暖说完，心情紧张得不敢等傅怀安亲自回答，忙给傅怀安找拒绝的借口，语气难免慌张，“如果会影响到你让你为难的话……”

“林暖！”傅怀安打断了林暖的话，低沉的嗓音听不出喜怒，“和我不用这么生分。”

林暖抿住唇，沉默着红了眼眶。

“你父亲的事情我在办，放心，你父亲不会有事。”

他的声音不大，一如既往地低沉磁性，却偏偏有种让人不得不相信的权威感。

林暖喉头哽咽地应了一声：“嗯。”

“今天下午我去一趟金城，团团下午回天府湾，方便的话晚上过去陪陪他。”

“方便的。”林暖立刻应下。

别说她麻烦了傅怀安那么大的事情，就算她不是有求于人，对团团也早已有了不一样的感情，哪怕晚上她有事，还是会去天府湾。

“早点儿回去，别在外面待着了，好好休息一下补个觉。”傅怀安听到了林暖这边大雨敲击伞面的声音，提醒道。

“嗯！”

挂了电话，林暖心中的石头落了地，整个人轻快了不少。

电话那头，傅怀安放下手机，直起倚在大班桌上的高大身躯，朝烟灰缸磕了磕烟灰，刚把香烟咬在嘴角，就听到坐在沙发上的陆津楠问：“哟，姓林的姑娘不端着了？来找你救她爸了？”

陆津楠一副似笑非笑早有预料的表情。

正在看文件的唐峥抬头，望向傅怀安：“你说今天下午有事去金城，该不会是为了林暖的父亲吧？”

陆津楠抬眉道：“那你觉得呢？”

傅怀安的根基在金城，他的律师事务所如今已经是全国律政界最有名气的律师事务所，那里有太多上层人物的隐秘。

要救林暖的父亲最根本的还是要釜底抽薪，有些资料傅怀安需要亲自去找一下。

见傅怀安已经站在沙发旁拎起搭在沙发靠背上的西装，唐峥用手肘撞了撞傅怀安的大长腿："我听说那个王泉被你揍得不轻啊，英雄救美加上救未来岳父大人这件大事儿，林美人儿已经对你心怀感激了吧？"

傅怀安还没吭声，唐峥就合上了文件，捏着嗓子做出一副娇羞模样往傅怀安怀里蹭："怀安，你救了我，又救了我爸爸，小女子此生无以为报只有以身相许！"

傅怀安咬着香烟把西装套上，隔着白色薄雾睨着唐峥和陆津楠那两个戏精，深沉的眸底似乎也有一丝浅浅的笑意。

唐峥恶心地拽着傅怀安笔挺的西裤，指着陆津楠道："怀安，陆津楠说我，不开心，你要帮我出气气！"

陆津楠夸张地捂着自己的心脏："我被什么恶心的东西击中了心脏，快给老白打电话，说我用三根棒棒糖请他来救命！"

傅怀安整理好衬衫和西装领口，骨节分明的大手系好西装中间的纽扣，移开唇上的香烟道："和嘉禾洽谈合作的人是陆津楠你亲自派去的，这次给嘉禾泄了底的事情，瞒得了一时瞒不了一世，肯定会被拿来做文章。嘉禾的唐西不是个好对付的人，你还是多把心思用在这件事儿上吧。"

提到正事儿，陆津楠立即颔首道："这事儿我心里有数。"

傅怀安躬身把烟蒂在烟灰缸里按灭，先行离开了办公室。

唐峥当年感情受挫去国外替傅怀安打理生意，多年没有回国，听说过唐西这个人，但对其了解不深。

"这唐西怎么个不好对付法？"唐峥询问坐在对面皱眉抽烟的陆津楠。

陆津楠眉心拧得更紧，他把手中的香烟按灭后说了一句："怎么说呢？完全不按常理出牌那种。”

林暖下午五点前到天府湾时，傅天赐也在。

林暖进门时，傅天赐正大大咧咧地把两条长腿搭在茶几上，一手抱着薯片零食袋，另一只油腻腻的手按着遥控器换台。

听到开门声，傅天赐立刻把腿拿下来朝着门口看去。

见不是傅怀安，傅天赐松了一口气，然后看清楚来人是林暖时意外地愣住。

林暖也意外会在这里看到傅天赐。

她和傅天赐仅有那么一次在医院门口的接触，经历不怎么愉快。

都说一叶知秋，虽然接触时间短，但傅天赐的纨绔本性显露无遗。

虽然知道傅天赐是傅怀安的小舅舅，但不能否认，林暖对傅天赐的印象不大好。

张狂任性的富二代，大概都不太讨人喜欢。

同样，傅天赐对林暖的印象也不大好。

那天虽说是和白晓年对上，可傅天赐回头细想，觉得是从这个女人出现后，他和白晓年较量时才落了下风！而且这两个女人开口就要一万五，明显是在讹钱。

这么一想，傅天赐便觉得林暖对傅怀安居心不良，看向林暖的眼神带着轻蔑，吊儿郎当地重新把腿搭在茶几上，在沙发上歪着身子继续换台。

林暖看着坐在沙发上穿着黑色连帽卫衣的清瘦少年，问：“团团呢？”

“谁知道，那小子古怪得很，一回来就一个人跑上楼了。”傅天赐漫不经心地往嘴里塞了片薯片，清瘦的下巴往楼梯口努了努。

林暖换了鞋，没理会坐在沙发上的傅天赐，上楼去了团团的房间。

傅天赐瞅了眼林暖上楼的背影，心里不高兴，撇了撇嘴，猜测林暖想要通过攻破团团来接近傅怀安。

林暖轻轻打开门，见团团趴在床上撅着屁股睡着了，身上什么都没有盖，穿着一件藏蓝色的连帽卫衣和小牛仔裤，穿着蓝白条相间的小袜子的小脚一只悬在床沿外。

林暖轻手轻脚地走到床边，见团团侧脸趴着，白嫩的脸颊压在枕头上肉嘟嘟的，蓝色的卡通枕套湿了一片，卷翘浓密的睫毛上还有细碎的泪珠，小手就在微微张开的小嘴旁，四个小肉坑很明显，手指蜷着，轻轻握成半拳，又白又嫩。

雨天阴沉沉的光线让屋内也显得昏暗，团团轻微的呼吸声均匀地在屋内响起。

林暖轻轻拉过小毯子给团团盖上，看着团团的五官，莫名地又想起相思姐来。

团团那觉睡得很沉，醒来时天已经全部黑了。他小手撑起自己的身子，坐在床上，揉了揉眼睛，看到靠坐在床头睡着的林暖，小团团一怔，又揉了揉眼睛，林暖还在。

团团呆坐在床边半天，试探着伸出小肉手戳了一下林暖的胳膊。

真实温暖的触感让团团一下红了眼，他委屈得忍不住撇着小嘴儿，用袖子偷偷擦了擦眼泪，然后爬下床，穿着袜子的小脚踩在地板上，笨拙地踮着脚，努力把刚才盖在自己身上的小毯子往林暖身上盖。

林暖睡得不算沉，刚才团团醒来的动静已经让林暖隐约转醒，毯子落在手背上的触感，让林暖睁开了眼睛。

她垂着眸子，见团团小肉手正费力地拽着毯子想要盖到林暖的胸口。

心头一暖，林暖攥住了团团的小手：“醒来啦？”

看到林暖醒来，团团刚才偷偷擦掉的泪水又聚集在了眼眶里，他点了点头，水汪汪、湿漉漉的大眼睛望着林暖，忍住不哭地点了点头。

林暖手里攥着团团刚才费力给她盖的毯子，蹲下身揉了揉团团的小脑袋道：“谢谢。”

团团心情有点儿好了，肉嘟嘟的小脸儿上有了浅浅的笑意。

“爸爸今天晚上有事不回来，我陪你好不好？”林暖把毯子搁在床上，小声询问。

团团的心情更好了，乌黑明亮的大眼睛里也有了明媚的光，伸着双手要林暖抱。

咕噜噜——

睡了一下午，没吃东西，团团掩耳盗铃地捂住自己发出响声的小肚子，羞涩地左脚踩在右脚上，低着头一脸不自在。

咕噜噜——

肚子又响了，团团把头垂得更低。

“番茄鸡蛋面，上次你睡着没有吃到，这一次给你做好不好？”林暖架住团团的两条胳膊把他抱起来问道。

团团用力点头，回答的声音奶声奶气却特别响亮：“好！”

楼下傅天赐给自己叫了外卖，比萨和薯片之类的小吃还有饮料堆得满茶几都是。

他盘着腿窝坐在沙发上，左腿膝盖上搁着平板电脑，右腿膝盖上放着比萨盒，一边咬着比萨一边兴致勃勃地看电影。

见状，林暖便没有询问傅天赐吃不吃东西。

看到团团下楼，那只被傅天赐强行塞进猫笼的大肥猫突然站起身在不大的笼子里转悠了几圈，笼子内地方有限，猫翘起的尾巴顶在了笼子上。它蹲了下来，一双大眼睛瞅向团团，喵喵叫了两声。

“猫猫……”

团团跑过去把肥猫从笼子里放出来，大肥猫在团团身边绕了两圈，发出喵喵声，跟着团团一起去了餐厅。

团团一个人乖乖地坐在餐厅椅子上，那大肥猫也一跃而上一本正经地蹲在旁边的餐椅上，歪头看着团团。

看着林暖在厨房为他做好吃的，团团的心情很好，他晃悠着小腿，偶尔被傅天赐哈哈的笑声吸引过去，目光落在傅天赐手里的果汁上，分外眼馋。

林暖刚才在冰箱里看到了橙子觉得有些凉，放在洗菜池内用温水泡着，觉得温度这会儿差不多了，又挑选了胡萝卜和苹果，给团团榨了果蔬汁。

颜色漂亮的果蔬汁放在团团面前，团团的眼睛一下就亮了，他用两只手抱着玻璃杯喝得满嘴都是，嘴上沾了一圈橘色沫。

“好喝！”团团十分给面子，对林暖露出大大的笑容。

正在低头看电影的傅天赐朝着厨房的方向侧目，见林暖抽了张纸巾替团团擦拭嘴角。

傅天赐对林暖更加轻蔑，现在的姑娘都是仗着自己有几分姿色就上赶着讨好傅怀安，傅怀安不搭理她们，她们就转而讨好傅怀安的儿子。这些人就这么想当后妈吗？真是有意思……

大肥猫似乎知道团团吃到了什么好吃的东西，突然喵喵叫着从餐椅上跳下来，到团团脚下，两只前爪抬起抱住团团的小脚丫，焦急地喵喵喵叫着。

团团一手扶着玻璃杯，一手撑着桌沿，低下头看那只大肥猫，一脸问号。

林暖猜测那只猫大概饿了，看到厨房一角放着猫粮盆，拉开旁边的柜子，果然看到猫粮在里面。

林暖往猫粮盆里倒猫粮的声音，惊动了那只正对着团团喵喵直叫的大肥猫，那猫扭头看到猫粮盆已满，立刻松开团团，迈着四只小短腿小跑过来，一头埋在饭盆里大口大口吃起来。

过了一会儿，厨房传来诱人的香气，傅天赐吸了吸鼻子，突然觉得刚咬了一口已经凉了的比萨没了滋味，不自觉地朝着厨房看去。

厨房明亮的灯光下，林暖在一大一小两个碗里点了香油，端着面出来。

见是两碗面，傅天赐觉得肯定有自己的一碗，放下了手中因为看电影凉掉的比萨，抽了张纸巾擦手，准备林暖请他的时候就带着平板电脑过去。

餐桌上，小碗被放在了团团面前，另外一碗放在团团身旁的座椅上。傅天赐穿上拖鞋站起身，正要对林暖说他不要和团团坐那么近，就见林暖拉开椅子自己坐了下来。

傅天赐抱着平板电脑，迈出的步子一顿。

余光看到客厅里的动静，林暖抬头看向戳在那里的傅天赐。清瘦又过分白皙的少年哼了一声，别开眼，高傲得像是长脖子的羊驼，抱着平板电脑上楼去了。

团团握着哆啦A梦的学习筷，夹住面条就要往嘴里塞，林暖忙拦住，怕团团烫了嘴，攥着团团的小手吹了吹，这才让团团入口。

正上楼的傅天赐看到那幅画面，停下脚步，对着餐厅的方向拍了张照片，一边上楼一边低着头发微博。

“没见过这么想当后妈的，把别人的儿子当祖宗伺候！”

微博配图是林暖攥着团团的小手吹面条的照片。

他认定了林暖居心不良，团团天真好攻破，这条微博发得内心毫无压力。

睡到早晨五点，傅天赐饿得前胸贴后背，从床上爬起来去楼下找吃的东西。

他刚下楼就听到门铃声，吓了一跳。

外面天还是黑的，下着瓢泼大雨，借着小区内亮着的路灯，他看到了雨水冲刷玻璃的水波纹。

傅天赐站在楼梯口没动，猜测是谁这么闲凌晨五点来敲门？

门铃声再次响起，傅天赐还是一脸好奇地挪到门口，从猫眼儿往外看了眼。

门外一身西装革履的陆津楠站在门外房檐幽暗的顶灯下，一手拿着个厚厚的资料袋，嘴角衔着一根烟卷儿，低头拨出了手机上的电话号码，已经没有了再按门铃的打算。

傅天赐打开门，陆津楠抬头，看到傅天赐似乎有些意外。

“傅怀安不在。”傅天赐扶着门框说了一句，没有要请陆津楠进来的意思。

这孩子心里清楚陆津楠不喜欢他，他也不喜欢陆津楠，要不是看在陆津楠是傅怀安的好朋友的面上，傅天赐连开门和他说这句话都不会。

电话那头的人已经接通，陆津楠视线幽深地盯着挡在门口的傅天赐，把电话放在耳边，咬着烟卷儿含混不清地对电话那头的人道：“我已经到你家了，傅天赐也在。”

虽然没有听到电话那头的声音，傅天赐一下就猜到应该是傅怀安，握着门框的手松了松。

说实在的，傅天赐是隐隐有些怕傅怀安的，大概是傅怀安在他心里积威已久的缘故。

“好，我知道了。”

挂了电话，陆津楠把手机装回口袋里，移开嘴角的香烟道：“傅怀安让我进去等人。”

这里是傅怀安家，傅怀安开口，傅天赐不好拦着人，松开扶着门框的手转身去了厨房，从里面拿了一瓶冰凉的牛奶，看到陆津楠已经进来。

陆津楠换了鞋走到沙发旁，脱了外套，松了松领口领带，随手把刚才拿来的资料袋丢在茶几上，大大咧咧地往沙发上一坐，夹着香烟的手握着手机，给傅怀安发了一条信息。

陆津楠昨天晚上九点连夜去了一趟金城，和唐西见了一面，他的人捅了娄子，他总得给人擦屁股。

结果他被傅清泉的特助盯上了，去了金城就被摆了一道，没见到唐西，事情也没处理成。

陆津楠铩羽而归，可事情得处理，所以傅怀安还得在金城留一天。

傅怀安担心林暖还忧心她父亲的事情，就让回海城的陆津楠把资料捎了回来，让陆津楠告诉林暖，只要把资料交给林琛，林琛知道该怎么做。

这些全是绝密资料，有些事情林琛可以出面，但傅怀安不能。

傅怀安本可以直接把资料都给林琛，但难免会多费唇舌，还不知道林琛会不会用。

他不如直接交给林暖，林琛用不用在林琛自己。

原本陆津楠过来是准备把资料放下就走的，可偏偏傅天赐这个熊孩子在，不亲手把资料交到林暖手里，要是被这个熊孩子看了，谁能承担后果?

陆津楠对傅怀安说傅天赐在就是这个意思。

这会儿人进来了，陆津楠给傅怀安发了信息，让傅怀安给林暖打个电话，林暖下来接了资料后，他就准备回家睡大觉了。

手机一振，陆津楠把烟蒂按灭在烟灰缸里，点开信息看了眼，只有四个字："等她醒来。"

陆津楠："……"

他见过见色忘义的人，没见过见色这么坑兄弟的。

陆津楠正想着要不要上楼敲开林暖的门，就听到林暖下楼的脚步声。

林暖睡眠不算浅，但楼下有人按门铃还是能听到，这个点儿……按门铃的人肯定不是傅怀安。

她想起前几天有团伙深夜进入富人别墅区，冲进其中一家抢了所有的珠宝、首饰、现金之外，还残忍地把一家人灭了口，其中还有一个四个月大的婴儿。

林暖担心傅天赐没戒备心地开门放坏人进来，手中攥着手机准备随时拨通110，然后下了楼。

看到是陆津楠，林暖松了一口气。

陆津楠看了眼还戳在厨房，在冰箱里翻找什么的傅天赐，拿起桌上的文件袋站起身，为避嫌，对林暖道："门外说话，老傅有东西让我给你！"

林暖知道陆津楠大概介意傅天赐，点了点头跟着陆津楠一起出去。

因为没打算再进来，陆津楠又穿上了西装，把车钥匙和手机装进了口袋。

外面下着雨，空气透着刺骨的凉意，关上门后，两个人就站在屋檐下，陆津楠把文件袋给了林暖。

一夜未眠，陆津楠眼底还带着红血丝。

"谢谢。"林暖接过文件袋问了一句，"傅怀安人呢？他怎么没回来？"

陆津楠半眯眼眸，探究着林暖这句话里对傅怀安的关心是真情还是假意。

林暖身上没有穿外套，一阵夹杂着雨水的风吹过，几乎把林暖吹透，她胳膊上瞬间起了一层鸡皮疙瘩。

两人之间沉默良久之后，陆津楠掏出西装口袋里的香烟盒打开，里面仅剩下一根香烟。他抽出香烟衔在嘴角，顺手把香烟盒揉成一团，找出打火机，单手护着在风中摇曳的火苗，把香烟点燃。

林暖听着哗哗的雨声，知道陆津楠有话要说，静静等着。

"王泉被老傅打成了脑震荡，这次老傅因为你……把人可得罪大了！"陆津楠目光悠远地盯着鹅卵石小道两旁暖橘色的小地灯，"你既然知道你爸出了事儿去找王泉，也应该知道王泉的家庭背景。”

朦胧昏黄的光线衬得大雨线条格外清晰，林暖没有吭声，手心微微收紧。

她对王泉的印象一直不好，所以对王泉的背景没有多去了解。

“林暖，老傅挺喜欢你的，你应该知道吧？”

没有听到林暖的回答，陆津楠把香烟从唇边移开，单手插兜转过头直视林暖道：“不回答，是想要揣着明白装糊涂，骗着老傅帮了忙之后再把老傅一脚踹开？”

“陆先生，我不知道您为什么对我这么大成见，但我没有欺骗过他！”林暖声音冷硬干脆，如同平时播报新闻那样表情淡然地道，“不知道陆先生说这话是什么意思？”

“我说这话的意思……”陆津楠冷笑一声道，“你求王泉办事儿的时候，心里没点儿数？这么大的事儿，你不付出点儿代价？”

陆津楠的话让林暖想起王泉捂着她的嘴，在她耳边低声说的话：“想救你爸，总得付出点儿代价吧，你说呢？”

林暖全身起了一层鸡皮疙瘩，头皮发麻。

陆津楠半眯着眼，弹了弹烟灰：“对王泉你都有这个觉悟，怎么到了老傅这里就区别对待了？真以为自己是西施、王昭君，对男人笑一笑男人就神魂颠倒地为你肝脑涂地？”

“那不是我的意愿……”

“林暖，我说了半天，你是真不懂还是假不懂？”陆津楠不打算和林暖绕弯子，“你求老傅办事儿，除了说点儿好听的话之外，是不是还得付出点儿别的代价？我话说得不够直白？你拿了老傅冒这么大风险给你准备的资料，难道还要我手把手地教你怎么做？”

林暖被陆津楠说得感觉特别难堪。

她明白陆津楠话中的意思，也听得出陆津楠有故意折辱她的意思。

林暖下意识地追问了一句：“这是傅怀安的意思？”顿了顿，不等陆津楠回答，林暖又道："还是你的意思？"

林暖并不是多了解傅怀安，但就昨晚来看，他们分明都有往男女朋友方面发展的意思。

她不相信傅怀安会让陆津楠来和她说这些，可还是难免心头微微刺痛。

林暖一直都知道，喜欢一个人全部的喜悲都会牵扯到那人身上，即便是极小的扯动，也会让人痛彻心扉。

所以，林暖才一直严防死守。

"有区别吗？"

陆津楠的表情淡得很，脚下的皮鞋上全是雨水，烟灰也变成了泥污。

"如果是傅怀安的意思，让傅怀安自己来和我说！"林暖把手中的资料袋塞回陆津楠的怀里。

陆津楠半眯起眼眸，按住林暖塞回自己怀里的资料。

"如果他是这个意思，这资料我不要！对王泉我没打算出卖自己，对傅怀安也是这样。"

"你的矫情比你爸还重要？"陆津楠把资料夹在腋下，笑容凉薄。

暖色的灯光下，林暖的脸色却一片煞白。

她紧紧地攥着拳头，胸口说不出的闷痛。

陆津楠看着林暖面白若纸的样子，深吸了一口香烟，慢条斯理地把唇边的香烟移开，朝着林暖迈近一步，眼里渗着寒意，微微躬身在林暖耳边道："你知道这资料袋里是什么吗？"

两人距离太近，林暖下意识地想要退开，陆津楠却一把抓住林暖的手臂，阻止她退开，脸色阴沉地道："这里面是能让你爸和你二叔恢复清白的关键人物的资料。"

林暖心头一惊，目光下意识地朝着陆津楠夹在腋下的资料袋看去，仅仅是听陆津楠说的这些，林暖就能够猜测出资料袋里的东西的重要性，心跳骤然快了起来。

看到林暖的表情，陆津楠才松开她的手臂，冷笑着问："还要拿乔装清高？"

原本陆津楠可以不和林暖说这些，甚至一开始陆津楠是打算放下资料就走的。

但就在林暖下楼的那一刻，他想到临回海城之前问傅怀安的话："你能为林暖做到这一步，是真打算和她结婚？"

傅怀安嘴角带着笑意，对他说了句："林暖把心守得太紧，得慢慢来。"

陆津楠怕傅怀安空付出一场，到头来林暖解决了家里的危机，又把傅怀安一脚踹开。陆津楠有过这种经历，觉得女人心海底针，城府深着呢，并不像表面看起来那么无害。

与其含含糊糊地把这么重要的资料给林暖，又不把窗户纸捅破，陆津楠觉得还不如把这当一场生意，各取所需。

"陆先生大可不必危言耸听，我不是十七八岁的小姑娘，不是陆先生唬两句就会被吓住的。"

大雨中，林暖的嗓音格外清亮，不大的声音并没有被雨声湮灭。

她握紧身侧的手，内心的不安和惶恐情绪逐渐平静下来，语气更显平和："说句没良心的话，傅怀安处世有自己的道理和方式，他不会不给自己留后路，即便我拿到这些资料，即便他们查到傅怀安的事务所头上，想来他们也无法动傅怀安分毫。陆先生我说得对吗？"

如果不是这样，以陆津楠对傅怀安的维护程度，大概陆津楠根本不会把这些资料给她。

头一次，陆津楠在一个女人面前哑口无言。

看着林暖那双清明透彻的眸子，陆津楠沉默了半晌，才开口："所以我才说女人没有一个是省油的灯！但愿林小姐永远能找到合适的借口，让你显得就是一朵遗世独立的白莲花，永远能心安理得地利用别人！”

陆津楠认定林暖之所以能分析得这么清楚，是为了让她自己利用起傅怀安来毫无愧疚之心。

陆津楠夹着香烟的手从腋下抽出资料袋，一脸烦躁地将其甩在林暖身上，转身朝着屋檐的台阶下走去。

他的力道不大，但资料袋打在林暖胸前还是很疼。

资料袋应声落地。

停在别墅外面的SUV车灯闪烁，折起的后视镜缓缓打开。

林暖将视线从资料袋上移开，看着雨帘中陆津楠的背影，神色平静地道：“但愿陆先生能够遇到一个姑娘，不是为了利用你才和你在一起，始于爱情终于亲情。”

拉开别墅栅栏门的陆津楠脚步一顿，林暖的这句话像刀子扎进了陆津楠心里。

这句话对陆津楠来说，是在骂人。

她在吕晗子那里接受心理辅导这么多年，都说久病成医，林暖从陆津楠近乎偏执的语言中，猜测出陆津楠似乎有一段和女人有关的难堪过往。

就像林暖经历了林夏自杀的事情，便不愿意轻易接受任何一个人踏足自己的内心，陆津楠如果不是有什么刻骨铭心的经历，不会对所有女人充满敌意。

陆津楠摔上栅栏门，三步并作两步朝林暖走来。

林暖直视着浑身戾气的陆津楠，站在原地没动。

他踩着那份资料走到林暖面前，高大的身躯将顶灯光线遮去许多，给人带来强烈的压迫感。

他满目嘲讽，冷淡地道：“你对老傅是始于爱情吗？自己都没有经历过的东西也敢这么言之凿凿？”

说到这里，陆津楠突然抬眉一笑：“啊，对了，你倒是和温墨深始于爱情，可温墨深飞机失事的这四五年里，你在干什么？”

陆津楠面上带笑，一头短发和眼睫上染上了一层水雾，衬得陆津楠的神色多了几分凌厉。

林暖面不改色，眸色平静。

“拿着资料去找你哥林琛吧，他知道这些资料怎么用才能起到最大的作用！否则不是白费了你对老傅演戏的这份儿辛苦？”

陆津楠说完，踩着地上的资料袋重新冲入了雨帘中。

那辆 SUV 消失在雨帘中后，林暖才弯下腰捡起地上被陆津楠踩脏的资料袋。

口袋中的手机振动，是傅怀安打来的电话。

林暖接通道：“喂。”

陆津楠开车离开时给傅怀安发了信息，告诉傅怀安资料已经交到了林暖手中。

傅怀安这才放下手头的工作，给林暖打了电话。

“陆津楠吵醒你了？”

男人沉稳醇厚的嗓音从听筒里徐徐传入她耳中，十分好听。

林暖垂着眸子，应了一声：“没有，我浅眠，听到动静就下楼了。”

“回去补会儿觉，我今天下午六点前到海城，一起吃饭？”

电话那头，傅怀安低声道。

“这份资料如果真的用了，对你的影响是不是很大？”林暖突然出声问了这么一句，末了像是怕傅怀安敷衍了事，郑重强调了一句，“我想听真话。”

知道陆津楠是刻意夸大其词，刚才林暖才会对陆津楠言之凿凿地说那些话。

但不能否认，用了这份资料一定会对傅怀安有影响，林暖心里并不是不替傅怀安担心的。

傅怀安沉默了片刻，才道："如果有大影响，你父亲和你二叔就不救了吗？"

林暖觉得心口突然像是堵了一块石头，内心犹如天人交战。如果对傅怀安有影响，林暖不想用，可不用的话，就救不了父亲和二叔。

"林暖……"傅怀安唤了林暖一声，"再大的影响，都比不上你父亲要紧。你有两个父亲，已经失去一个，不能再失去第二个。"

林暖忍着泪水，"谢谢"两个字哽在喉头怎么都说不出口。

她内心除了感激，还有惶然。

第十三章 不信流言只信你

林暖到林氏时，林琛正坐在大班桌前和瑞士银行行长视频。

林琛的特助把林暖带进办公室便离开了。

林琛看向进门的林暖，朝着烟灰缸里磕了磕烟灰，示意林暖在沙发上先坐。

听出林琛正在商量贷款的事情，林暖坐下把资料袋搁在茶几上，又朝着林琛的方向看了眼。

林琛穿着浅蓝色衬衫，没有系领带，挺括的衬衫领口敞开着，蓝牙耳机里传来的是对面银行方面对林氏的世纪华城项目的质疑。

林琛听着，嘴角含笑，慢条斯理地端起茶杯喝了一口，喉结轻微滚动。

林琛放下茶杯开口，轮廓立体的五官带着笑意，以一口流利的英伦腔徐徐叙述着，醇厚沉稳的声音低沉有力，格外具有威信力。

这个办公室，小时候林景全总会带林暖过来。

林景全坐在大班桌前办公，林暖会趴在这里拼拼图，或是写作业。

林景全总会在林暖对着拼图犯难时，走过来坐在沙发上，目光精准地帮林暖解决拼图上的难题，那个时候，林暖总觉得林景全是世界上最无所不能的人。

林暖等了十分钟，见林琛那边还没有一点儿要结束的架势，起身走到大班桌前。林琛抬眸瞅了林暖一眼，她从林琛的笔筒中抽了一支笔，在空白纸张上写起字来。

写完，林暖盖上笔举着纸张给林琛看。

林琛按灭香烟，伸手拿过林暖手里的纸张，秀气的笔迹映入眼帘：茶几上的资料忙完看一下，我还有节目要录就先走了。

林琛对林暖点了点头，拿过笔在那纸上写了一行字：让王特助送你去广电大楼。

林暖虽然对林琛点头，但出门时并未让王特助送自己。

从林氏大楼出来，林暖打了车赶往广电大楼。

林氏股价因为林景全被请走的消息一路下跌，想来公司的事情也足够林琛忙碌，更别说还要处理父亲林景全和二叔林景辉的事情。

今天的节目，嘉宾是大影帝时寒初，时寒初要比林暖想象中更加随和，她与他交谈起来自然流畅让人很舒服。

节目结束后，时寒初已经在台下和粉丝互动，白晓年上来陪着林暖一起往化妆间走。

“你昨天下午不在，温墨深来过！”白晓年突然对林暖说道。

林暖点了点头问道：“没说有什么事儿？”

白晓年停下脚步，林暖跟着停下，攥着手中的水杯，等着白晓年开口。

“给你送请柬，这个月 15 号，他和顾含烟结婚。”

白晓年观察着林暖的表情，说得小心翼翼的。

林暖唇瓣微张，眉目间有意外却没有别的情愫。

“这么仓促？”

“大概是温家父母不允许顾含烟进门，所以他干脆快刀斩乱麻吧！”白晓年猜测道，然后又问，“婚礼你去吗？”

林暖笑了笑，抬脚向化妆间走去：“去，为什么不去？”

如果是以前的林暖，大概会害怕被顾含烟和温墨深站在一起的画面刺伤，但林暖已经放下这段感情了。

对林暖而言，即便是放下了，温墨深和林暖一起长大，是值得尊重的哥哥，哪怕仅仅因为他们从小一起长大的情分，林暖也会去参加婚礼。

林暖推门进了化妆间，刚才忙着看影帝，这会儿才着急收拾东西的化妆师对林暖道：“暖姐，你的电话刚才一直响，好像有什么急事，你快看看吧。”

“好，谢谢。”

林暖点头，拿过手机。

“暖姐、晓年姐，那我就先走了！”化妆师和林暖打着招呼。

白晓年点头，径自端起林暖的水杯在饮水机前接了水，咕嘟咕嘟喝了几大口。

手机上二十九个未接电话，全部来自林琛。

林暖知道林琛忙完看过那份资料之后，一定会打电话过来，正要给林琛回过去，林琛的电话又打了进来。

“晓年，我接个重要的电话，你帮我在门口看着点儿。”

白晓年会意，放下水杯点头，走出门去。

林暖接通电话，唤了声：“哥。”

“这东西哪儿来的？”林琛语气严肃。

他打开文件袋看了第一眼，脊背就无端开始发麻。

就在给林暖打电话的间隙，林琛压制着加快的心跳已经把资料看得差不多了。

有这些资料在手，救林景辉绰绰有余。

“哥，你用的时候小心点儿，最好能让人以为这份资料是你想办法收集到的，多派出一些人假意打探，至少要让那些人收到消息之后，再用这份资料。资料里有几张我抽出来了，资料不全的话说是我们家的人自己收集到的更可信一些。至于资料的来源，绝对不是用什么不正当手段获得的，哥你放心用。”

“我问你是哪儿来的？”林琛沉稳厚重的嗓音中已经难掩情急。

他怕林暖付出他最不愿意看到的代价。

因为他了解林暖。

林暖沉默片刻，抬眸看着镜子中穿着白色西装的自己，开口道：“哥，我知道你担心什么，没有你担心的那些事情发生。我们兄妹多年，你应该知道我不擅长撒谎。”

林琛紧紧攥着手中的资料，问道：“傅怀安？”

以林琛的城府，猜到是傅怀安并不难。

林暖身边能拿到这些东西的人，大概也就只有傅怀安了。

“哥，既然你能猜到别人也能猜到，所以我希望你用这些资料的时候慎之又慎，不要连累了傅怀安。”

代价是什么？

这五个字卡在了林琛的嗓子眼儿里。

良久，林琛应了一句：“知道了！”

挂了电话，林琛把蓝牙耳机摘下来摔在沙发上，脸色极差，内心久久不能平静。

他扯了扯领带，控制不住情绪地转身一脚把单人沙发踹翻，紧咬着腮帮，走到大班桌前，拨通一个电话，指示着电话对面的人应该从哪儿查起。

原本林琛不想让林暖插手这些事情，林暖还是插手了。

林琛打的主意也就是从那个人身上查起，他这边已经安排很多人，只是短时间内查到的内容远不及傅怀安给的这份资料内容来得震撼、全面。

二十分钟后，通话结束，他站在落地窗前，双手撑着玻璃，看着楼下的车水马龙。

即便他不愿意欠傅怀安人情，这一次也欠了。

但男人的尊严和父亲相比，林琛拎得清什么更重要，这个人情林琛认下了。

金城的事情还没处理完傅怀安就赶回了海城，原因是老爷子趁着傅怀安不在，联合董事会的几个老头子，召开董事会准备叫停铂金生活城的项目。

凯德集团大楼三十五楼。

电梯一打开，一身黑色西装的傅怀安从电梯内出来，迈着长腿朝会议室的方向走去。

傅怀安紧抿着薄唇，表情冷肃。

助理小陆紧跟其后，一路小跑都差点跟不上傅怀安的脚步。

大概谁都没有想到傅怀安会突然回来，三十五楼的员工还正议论这次董事会为什么在傅怀安不在的时候开，就看到傅怀安气场强势地大步走来，顿时喊着“傅总”的声音此起彼伏。

另一部电梯打开，面色阴沉的陆津楠亦大步流星地从电梯里出来，手里抱着资料，身后跟着十几个同样抱着资料的公司管理层高管，来势汹汹。

傅老爷子身边的宋秘书得到傅怀安回来的消息，忙从会议室里出来，企图阻拦傅怀安。

“傅总，里面……”

宋秘书的话音未落，陆津楠已经跟了上来，二话不说伸手一把将已经近四十岁的宋秘书推得撞在会议室门口的巨型花瓶上，眼神冷漠地看向宋秘书。

一旁的员工连忙扶起宋秘书，而傅怀安已经推门进了会议室。

会议室内正在进行的会议，因为傅怀安的突然出现而中断。

傅怀安勾唇，神色一派平静，他伸手解开西装的纽扣，走向属于他的座位坐下道：“抱歉，我来晚了。”

陆津楠带着凯德集团管理层高管鱼贯而入。

傅清泉一双炯炯有神的眼眸望向傅怀安，见宋秘书捂着腰进来要说什么，傅清泉抬手制止了。

董事会上所有人你看看我，我看看你，谁都没有先说话。

“关于铂金生活城的项目，我想没有人比陆总更加了解，与其在这里凭各位董事的臆测断定这个项目是否可行，不如我们用数据说话！”

傅怀安周身都是沉稳迫人的强势气息。

陆津楠没有坐下，把手中资料重重搁在会议桌上，双手插兜，侧眸对跟着进来的高管使了一个眼色，高管们立刻为各位董事分发资料。

原本这些都是秘书的活儿，但这些高管都对铂金生活城的项目付出了心血，谁也不想这个项目就这样胎死腹中。

陆津楠站在投影幕布下，从头到尾详细地讲解了整个项目，并且出示了和各大建筑公司签下的合同以及合同违约条款的违约金。

几家公司加起来，足够凯德集团赔得几年缓不过来。

董事们开始交头接耳议论纷纷。

陆津楠扫了眼脸色难看的傅老爷子，徐徐地道：“如今预售证已经到手，预售证到手十天内必须开盘，董事长已经压了好几天，预售部准备妥当也超过一个礼拜了，样板间鲜花都换了两茬，现在就等董事长一句话，这盘……是开还是不开？”

傅老爷子看向傅怀安，冷淡地开口道：“你们都先出去！我和怀安有话说。”

很快，会议室里只剩下傅怀安和傅老爷子两个人。

傅老爷子眼神还算清明地望向傅怀安，说道：“你以为我不知道，那些建筑公司都是你私下开的？”

傅怀安从烟盒里抽出一根香烟，拿在手中把玩：“傅老先生有证据？”

傅老爷子收紧拳头，如果有证据他还会在这里和傅怀安废话？

傅怀安漆黑的眼眸望向傅老爷子，未语。

“以你的能力，你完全可以离开凯德集团另起炉灶，做得不会比现在差！我决定将来把凯德集团交给天赐！”

“哪怕傅天赐会把凯德集团败光？！”傅怀安问。

傅老爷子咬紧牙关道：“天赐还小！长大了就会不一样。”

傅怀安把手中那根香烟搁下，站起身，动作娴熟从容地系好西装纽扣，开口道：“傅老先生，你我都知道，哪怕我今天把利弊摆在这里，在座的董事也是唯您老人家马首是瞻，铂金生活城的项目能否顺利进行还是要看您一句话。”

仰头看着傅怀安高大而带有压迫感的身形，傅老爷子眯起眼眸，恍惚间仿佛看到了年轻时的自己。

“您把人都叫出去，和我说了这么多，告诉我你知道那些建筑公司都是我的，无非想要告诉我，铂金生活城的项目启动，那些建筑公司就能够赚到钱，不启动就赚不到，而启动不启动全在您的一句话下！”

扣好了西装纽扣，傅怀安双手插兜，浅笑道：“没错，项目启动那些公司的确能赚到钱，不启动违约金也是一笔不小的数字，但愿傅老先生可以帮那些董事把窟窿填平！”

傅怀安刚要走，傅老爷子突然又叫住他道："傅怀安，你等等。"

会议室外，陆津楠点了一根烟站在角落，背对着那些董事，听着他们的议论声，心里烦躁极了。

老远看到宋秘书坐在沙发上揉着腰，陆津楠半眯起眸子，朝着宋秘书走去。

"宋秘书……"陆津楠干净漂亮的脸上带着笑意，他又是一副八面玲珑的模样从烟盒里抽出一根香烟递给宋秘书，"抱歉啊宋秘书，我这人吧就见不得谁挡路，所以出手没轻没重的，要不要送您去医院看看？"

宋秘书接过陆津楠手中的香烟，卖了陆津楠这个面子，浅笑着颔首道："小事情。"

半个小时后，傅怀安推门出来，面色阴沉。

所有人都噤声看向了傅怀安。

陆津楠灭了香烟跟上傅怀安，问道："怎么样了？"

傅怀安紧抿着唇，一语不发。

陆津楠跟着傅怀安一起回了总裁办公室，进门后顺手带上了门，问："怎么？老头子还是压着不让开盘？"

傅怀安站在大班桌前，脱下西装随手搭在大班桌上，皱着眉从桌上拿起烟盒，抖出一根烟咬在嘴角，拿过打火机点燃。

薄薄的烟雾后面，傅怀安五官越发冷硬，透着瘆人的寒意。

见傅怀安沉默着，陆津楠也没有一直追问，只是淡淡地开口道："项目不开盘，受损失的是凯德集团，这一次虽然是小范围的董事会，但是我们已经阐述清楚，他们要压着不开盘，这个责任怎么也轮不到你来担。"

"他打算让傅天赐和彭城穆家联姻。"傅怀安拿过烟灰缸，转过身靠立在大班桌上，双腿交叠，朝烟灰缸里弹了弹烟灰。

傅怀安的一句话把陆津楠说愣住了。

和威市谢家一样树大根深的彭城穆家？

陆津楠想起前一阵子宋秘书几次三番带着傅天赐往彭城跑，大概就是为了这件事儿，不由得火大，扯了扯领带，烦躁地道：“傅天赐才多大？联什么姻？老头子也真敢想！”

彭城穆家只有一个今年已经二十一岁的女儿，比傅天赐大了四岁，而且腿脚好像还不好。

这些年人人以为穆家会招婿入赘撑起穆家，所以正儿八经的联姻亲事，谁都没有找过彭城穆家。

“傅天赐就什么都没有和你说？”陆津楠问傅怀安。

傅天赐对傅怀安的崇拜，是个人都能看出来。

见傅怀安皱眉，陆津楠明白傅怀安不屑从孩子嘴里打听什么。

“这件事儿我去细查，到底怎么回事儿总得弄清楚。傅天赐不是个藏得住话的人，要真是去相亲，总是有迹可循的。”陆津楠双手插兜眉头紧锁。

沉默了片刻，陆津楠又突然开口道：“老傅，既然老头子打上了彭城穆家的主意，你是不是可以考虑考虑楚荨？楚荨对你这么多年情深不改，老太太也喜欢楚荨，楚家那边……”

“你把资料给林暖的时候，除了告诉她拿着资料去找林琛之外，还说了什么？”傅怀安突然开腔打断了陆津楠的话。

陆津楠抬头，愣了片刻后笑开来，眼底带着一丝嘲弄，说道：“怎么，她找你告状了？”

傅怀安没吭声，眼神深邃地凝视着陆津楠。

陆津楠从口袋里掏出香烟，抽出一根，四平八稳地往沙发上一坐，嘴角带笑地道：“我就告诉她王泉的来路以及你为她付出了什么，让她别端着清高在你面前拿乔，清高和矫情救不了她爸。”

说完，陆津楠点燃香烟，又像是突然想起什么，随手把打火机搁在茶几上，继续道：“还有她对温墨深的情深无悔，不是也没到人家顾含烟奋不顾身去伊拉克寻人的程度？她又在你面前装什么对温墨深一往情深？我只是把这些大家都不愿意明说的事挑明了而已！”

林暖从广电大楼出来的时候就看到了停在马路对面的迈巴赫，傅怀安单手插兜，倚在车身上，另一只手握着手机正在打电话。看到林暖出来，他慢条斯理地直起身来。

林暖有些意外，虽然隔得远，她还是隐约能看到傅怀安嘴角的笑意。

心跳不由自主地快了起来，隐隐还有一丝浅浅的、让人不可察觉的欣喜涌上心头。

今天早上五点多打电话时，傅怀安还在金城，她能听出傅怀安还在工作。这个点儿傅怀安就出现在这里了，大概他还没来得及休息。

两个人没有提前约好，林暖甚至不确定傅怀安是不是在等她，她却鬼使神差般穿过人行横道，过了马路。

两人碰面时，傅怀安已经挂断电话。

“你怎么来了？”

见有《周末有约》节目组的同事从广电大楼出来，林暖下意识地把被凉风吹乱的碎发别在耳后，不着痕迹地用手挡着脸，怕被人认出。

傅怀安侧身替林暖拉开副驾驶座的车门，单手护着林暖的腰身，高大的身形阻隔了来自广电大楼门口的好奇目光。

“先上车。”傅怀安的嗓音醇厚低沉。

林暖上车后，傅怀安关上车门，绕过车头上了车。

那辆迈巴赫从广电大楼前驶离时，刚才出来凑在一起的女同事讨论起那辆豪车的主人来，哪怕只是远远看一眼，就可见男人气场不一般。她们纷纷猜测着那辆车的主人是来接谁的，可惜没看清楚副驾驶上坐着的人。

车内，傅怀安戴着棕色皮质表链手表的大手握着方向盘，打了转向灯，轿车汇入解放中路的车流中。

“去哪儿？”林暖攥着身前的安全带问了一句。

“云顶公寓。”傅怀安声音低沉地道。

听到云顶公寓四个字，林暖腹部肌肉莫名地收紧，异样的感觉从脊柱上滑过，让她不禁想起在云顶公寓饭都没吃就发生的事情。

她抬手看了眼腕表，现在是十一点。

“我答应了团团下午去接他。”林暖侧头望着傅怀安轮廓立体的侧颜，说道，“不如接了团团去趟超市，然后你去补觉，中午吃饭时我叫醒你？”

林暖一本正经地提议，以掩饰自己内心的想法，好像扯着团团做大旗她才能心安理得地和傅怀安在云顶公寓相处。

“团团今天有李阿姨照顾。”傅怀安侧眸看了眼林暖，随后便目视前方道，“我很想你。”

傅怀安的一句话，让林暖的心跳得更厉害。

如今听着傅怀安说这样的情话，和以往不同，林暖内心没有了惶惶不安。

车内安静得林暖甚至能听到自己的心跳声，她垂着眸子，把自己缩在副驾驶座上，侧头看向车窗外不断倒退的绿化带，清秀的眉眼间尽是羞涩之色，双手不安地搅弄着自己的衣襟下摆。

车窗玻璃上，映出了林暖微微上扬的嘴角。

难怪莎士比亚说，女人是用耳朵谈恋爱的，所以女性大多抵挡不住男性甜言蜜语的攻击。

当车停在云顶公寓楼下时，林暖解开安全带，脸颊有些发热，问傅怀安：“冰箱里有可用的食材吗？”

傅怀安也解开安全带，颔首道：“都有。”

林暖与傅怀安深邃的眉目相对，心跳顿时加速，她忙推开副驾驶座的车门下车。

她跟着傅怀安一起从电梯里出来，公寓内柔和的灯光亮起，玄关台阶射灯下，妥帖地摆放着一双崭新的粉色女式拖鞋，应该是给她准备的。

傅怀安换了鞋，口袋中的手机突然振动起来。

“家政阿姨应该已经把冰箱填满了，你看看食材想吃什么。”

傅怀安解开西装纽扣，脱下西装随意地搭在单人沙发上，手里攥着手机。

暖色灯光下，男人身材高大挺拔，白色的衬衫衣领挺括，西裤笔挺，脸部轮廓分明，眉眼间却有着些许疲惫之色。

林暖把脚放进舒服的棉质拖鞋里，对傅怀安点了点头。

她也把包和外套搁在单人沙发上，抬眼时，傅怀安已经走到阳台上，一手举着电话，一手把阳台推拉门拉上，单手插兜，笔挺地站在泳池旁边打着电话。

洗了手，林暖拉开冰箱门，见里面被新鲜的瓜果蔬菜和肉类塞满，下意识地伸手拿了番茄，却在取鸡蛋时顿住动作。

想起上次傅怀安问她是否特别喜欢番茄鸡蛋面，林暖想了想把番茄放了回去，见冰箱的保鲜层里有鱼，便将其拿了出来。

林暖打算清蒸鲈鱼，查看了一下厨房的料酒调料都不全，搭配好其他配菜，便拿起放在沙发上的手机，站在沙发旁点开软件，想用外送软件把料酒调料买全。

傅怀安从阳台进来，见林暖纤细颀长的身影站在沙发旁，微卷的长发在脑后束成马尾，身着驼色的宽大毛衣、修身黑色小脚裤，袖口推至手肘上方，露出白皙的胳膊，纤细的手腕儿上戴着精致的白色皮链手表，衬得她皮肤越发白皙。

射灯暖色的光线下，林暖低着头认真地摆弄着手机，眼睫微微颤动，五官秀气漂亮得让人移不开眼。

傅怀安把手机换了手拿着，动作轻缓地关了推拉门，朝林暖的方向走来。

“看什么呢？”

傅怀安站在林暖身后，低哑醇厚的嗓音在林暖的头顶响起。

林暖忙回头，见傅怀安单手插兜站在她身后，道：“我看冰箱有鲈鱼，想做清蒸鲈鱼，但厨房里没有料酒还缺少些调味品，想让外送员送一下。”

林暖的毛衣领口宽大，露出的脖颈优美细腻，锁骨曲线诱人。

傅怀安眸色变深：“叫了吗？”

“嗯！”林暖锁了手机屏幕，抬眸望向傅怀安。

两人四目相对，傅怀安眼神深邃，让林暖心脏怦怦直跳。

两人之间像是弥漫着某种不能言破却又呼之欲出的暧昧。

林暖垂下视线，目之所及是傅怀安的白色衬衫领口，纽扣解开了几颗，他性感的喉结轻微上下滑动着。

彼此距离太近，近到之前在车上傅怀安身上若有似无的男人气息如今已经将林暖团团围住，让她无所适从地低头双手握住手机。

“想我吗？”傅怀安压低了嗓音问。

傅怀安磁性的嗓音听得林暖呼吸都变得凌乱，她羞于启齿，脑子里晕晕乎乎的，觉得呼吸不畅，故意岔开话题道：“清蒸鲈鱼，还有红烧排骨、土豆牛腩、西蓝花和番茄鸡蛋汤，你看可以吗？家政阿姨准备的荤菜比……”

男人动作轻柔地揽住林暖的腰，把她搂到怀里，下巴搁在林暖的头顶上，又问：“想我了吗？”

林暖能感受到傅怀安说话时胸腔的震动，他的气息亦带给林暖强烈的感觉，剩下的话全卡在了嗓子眼儿里。她垂着眼眸，却稳定不住自己慌乱的心神。

“嗯？”

没有等到回答，傅怀安低声催促道。

林暖的脸颊贴着傅怀安的胸膛，耳边是他强有力的心跳声，她张不开嘴，抬起垂在身体两侧的双手，隔着一层薄薄的衬衫布料，环住了傅怀安没有一丝赘肉的腰身。

傅怀安的吻落在林暖额头的刘海间，他单手捧着她的小脸，唇落在她的眼睑、鼻头上……

林暖闭着眼睛，咬住唇，抱在傅怀安腰间的小手紧攥着他的衬衫，手心冒出一层细汗。

傅怀安略带薄茧的拇指在林暖被咬住的下唇上摩挲着，林暖松开唇瓣，抬眼望向傅怀安，羞涩的眉眼间染上了一层迷离色彩。

傅怀安英俊的五官靠近，林暖精致的鼻头和男人挺直的鼻子轻微触碰，让她的小腹突然收紧，紧绷到发疼，呼吸乱得一塌糊涂。她慌张地垂下头，只觉得感官似乎变得异常敏锐，轻微的触碰都像是有电流滑过脊柱。

明明他还未吻上，林暖却已经意乱情迷。

两人的呼吸纠缠在一起，似能碰撞出嗞嗞的火花。

傅怀安用力箍紧林暖纤细的腰，把人拉向自己，低下头压住了她温热的唇瓣。

试探着吮吻之后，傅怀安熟练地撬开了林暖的齿关。

林暖的耳朵红得一塌糊涂，她明明知道他已经很累，想要催促他去休息，却被吻得全身发软，没法推开面前的男人，小心狼狈地回应着。

因为缺氧林暖感觉大脑一片空白，天旋地转间，整个人已被傅怀安压在了沙发上。

得到喘息的机会，她忙用双手抵住压在身上的男人的胸膛，丧失清明的脑袋居然还记得她的料酒和调味品："一会儿……外送员该到了！"

傅怀安吻了吻林暖发出娇媚嗓音的小嘴，手肘撑在林暖的耳侧，带着林暖抵在他胸前的小手环住自己的脖颈："东西放在楼下保安那里就好。"

两人一番折腾下来，已经下午三点。

林暖睡醒时，身旁已经没了傅怀安的身影。她只觉浑身像是被人拆了，酸得抬不起胳膊。

吸取上一次的教训，林暖没有立刻起身下床。

套了毛衣，想起拖鞋还在客厅沙发处，林暖光着脚出了卧室，目光下意识地往楼上的健身室瞥。

"醒来了……"

林暖闻声朝着餐厅方向走了两步，见洗过澡穿着一身藏蓝色家居服的傅怀安正在摆放碗筷。

林暖只穿着宽大的毛衣出来，笔直的一双大白腿露在外面，纤细的脚踝和白玉雕琢似的小脚在大理石地板上显得格外小巧。

把唇边的香烟移开，傅怀安磁性的嗓音有些暗哑："拖鞋在床尾，穿上；衣帽间有你的换洗衣服和家居服，家政阿姨已经洗过熨烫过了，你冲个澡出来就能吃饭了。"

林暖应声，转身回了卧室，穿上拖鞋。

傅怀安轻微弯腰摆放碗筷的样子，让他整个人有了人间烟火的气息，不似以往气势那么凌厉。

衣帽间里果然挂着女式衣服，棉质家居服和真丝睡衣叠放得整整齐齐，甚至还有已经准备好的贴身内衣和底裤，俨然一副这里有女主人的架势。

洗完澡，林暖披散着吹得半干的长发从卧室出来，傅怀安正在阳台上打电话。

林暖看了眼傅怀安的背影，进了厨房，听见嵌入式蒸箱嘀嘀直响。林暖快走几步，垫着抹布把蒸箱拉了开来。

意料之外的是，里面并不是林暖今天打算蒸的鱼，干净漂亮的几个盘子里放着卖相极好的清蒸桂花鱼和海蛎蒸蛋。

垃圾桶里歪着几个望月楼的外卖打包盒。

林暖戴上手套，把桂花鱼和蒸蛋端上餐桌，和傅怀安加热好的其他菜放在一起。

见傅怀安那边电话还没结束，林暖拿了手机，在餐桌前翻看着等他。

一个五分钟前宋窈的未接电话、两个 Miss 夏的，还有一条短信。

林暖点开信息，Miss 夏说让林暖看一下邮箱资料，是下周二录节目的嘉宾资料。

林暖抬头，见傅怀安短时间内大概不会结束电话的架势，先给宋窈回了电话。

听筒里嘟声响了很久，宋窈才接通电话，嗓音沙哑带着浓得化不开的鼻音："暖……"

林暖听出宋窈的哭腔和难以抑制的颤抖，怔一怔，问了句："怎么了？"

宋窈强压着喉咙里翻腾的哽咽，却压不住身体的颤抖："你能……能帮我带套衣服来华鼎世纪酒店接一下我吗？！"

林暖没过多追问，起身往卧室走去："我马上过去！房间号……"

林暖换好衣服出来，傅怀安正好接完电话，从阳台外进来，正在关阳台的推拉门，听到卧室关门的动静，回过头来。

林暖身上穿着来时的那套衣服，臂弯里却搭着一套从衣帽间里拿的新衣服。

刚才还阴沉沉的海城天空，已经下起了细雨。

察觉林暖要走，傅怀安略微沙哑的声音透着沉稳内敛的威慑感："有事要走？"

“嗯！我朋友让我帮她送套衣服去酒店，她的身材和我相似，我就自作主张地从衣帽间拿了一套。”

林暖说得简单，关于宋窈克制的哭声和嗓音里的颤抖，她一个字都没有提。

傅怀安也没追问，把手机和香烟盒、打火机搁在茶几上，说道：“我送你。”

“不用了，你刚出差回来，到现在还没来得及休息。”林暖说到这里，耳根发烫，忍着脸红指了指餐桌，继续道，“热好的饭菜我已经端上餐桌了，你吃一点儿后好好休息，回头我给你打电话。”

哪怕傅怀安此时衣冠楚楚，看起来精神奕奕，眼底还是泛着红血丝。

傅怀安一向少眠，昨晚一夜未睡，难免疲惫。

看得出林暖眼底的关心，傅怀安没有坚持，拿起车钥匙走到林暖面前道：“车你开走。”

拒绝的话在嗓子眼儿里回转着，最终她还是伸手接过车钥匙，仰头看向傅怀安道：“那你好好休息。”

从云顶公寓出来，林暖开着傅怀安的车赶到了华鼎世纪酒店。

林暖站在3012总统套房门口按了很久门铃，却没有人开门。

看着套房两扇紧闭的奢华浮雕木门，林暖皱着眉，压着内心对宋窈的担忧，拨通电话。

良久后，宋窈接通电话，声音嘶哑得不像样子：“喂。”

“我到3012套房门口了。”

“我这就来。”

听筒里，林暖听到了宋窈起身带起的哗啦啦水声。

挂了电话，林暖站在套房门口，焦急地等待着。

半分钟后，右侧那扇浮雕木门缓缓开了一条缝隙，林暖上前要进去，却被拒之门外。

“暖！你把衣服给我，别……别进来。”

缝隙开得极小，宋窈躲在门后，嗓音颤抖着道。

“宋窈！”林暖抬手推门。

“求你！”宋窈死死地抵着那扇门，哭声里带着惶然。

林暖被吓了一跳，收了推门的力道，紧攥着手中纸袋的绳子。

她不忍宋窈哭，捏着纸袋边缘把衣服递了过去：“我知道了，我不进去，在外面等你，你拿一下衣服。”

宋窈在这个世界上仅有的两个朋友，一个是白晓年，一个是林暖。

她之所以给林暖打电话而没有打给白晓年，除了今天中午白晓年接到她父亲出车祸的电话，此刻人在医院之外，还因为白晓年脾气太过耿直火暴，做事只随心里所想。

而林暖会给人足够的尊重，从来不会轻易越过别人不想让她越过的隐私底线。

宋窈把门缝开大了些，伸手攥住纸袋的另一头。

林暖的视线落在从套房内伸出的纤细手腕儿上，红色的勒痕十分刺目。

林暖顿觉心像是被一只大手狠狠攥住，透不过气来。

在宋窈攥着纸袋要收回手臂时，林暖保持镇定突然双手用力地把门推开，挤了进去，反手关上了房门。

遮光帘紧闭的总统套房内，当林暖目光触及宋窈身上触目惊心的痕迹时，大脑出现瞬间的空白。

宋窈全身是水，海藻似的长发湿漉漉地垂落在身前，遮住了胸前的美好。

看到林暖眼中的错愕和难以置信，宋窈紧抱住林暖带来的纸袋，用力到手指指节青白，脸色分外难看，面如死灰，全身都在颤抖。

林暖清秀的小脸十分苍白。

冲进来的那一刻，她没有想到入目的会是这样的画面。

宋窈一语不发地拿着衣服去浴室更换，却久久没有出来，打开水龙头在浴室里掩唇痛哭。

浴室门打开，宋窈整理好情绪，换了衣服出来，故作轻松地勾唇道："大学时候我就偷偷穿过你的衣服，现在穿……"

林暖难忍眸中酸涩，一语不发地伸手抱住宋窈。

宋窈在电影里演技很好，现实中的演技却很烂。

朋友温暖的怀抱瞬间击溃了宋窈平静的伪装，泪水大滴大滴地落在林暖的肩上，身体止不住地颤抖，她从默默流泪到放声大哭。

那些令宋窈恐惧难过的情绪因为眼前温暖的怀抱，爆发了出来。

很多话令宋窈难以启齿。

从华鼎世纪酒店出来，宋窈坐在那辆迈巴赫的副驾驶座上，一路都没有再说话。

直到车停在林暖家的单元楼下，宋窈闭着通红的眼，和林暖说起想要搬离林暖这里。

有些不该说出口的话，宋窈守死了都不会对林暖说出口。

"你去哪儿？"林暖问。

"想去国外散散心。"宋窈用手指拭去眼角刚溢出的泪水，伸手推开车门下车，煞有介事地抱怨了一句，"待在国内烦透了！"

进了家门，宋窈回卧室休息，林暖在厨房里给宋窈熬粥。

她靠立在流理台旁，等水开的同时，给傅怀安发了条信息，告诉他今天她有事去不了云顶公寓了，让傅怀安好好休息。如果傅怀安急用车能不能麻烦助理过来取一下，她走不开。

信息刚发出去，傅怀安就打了电话过来。

"你怎么没休息？"林暖语气里难掩意外。

"原本晚上还打算去云顶公寓吗？"

听筒那头，傅怀安含笑的醇厚声音低缓地传来，林暖耳朵轻微发烫。

注意到傅怀安的用词是“去”而不是“来”，林暖故意岔开话题道：“你没在云顶公寓吗？”

“嗯，在去机场的路上，金城还有点儿事情没处理完。”

担心傅怀安太累的话林暖还没说出口，她就听到傅怀安接着说道：“到了金城我给你打电话，明晚陪你在云顶公寓看你节目的重播，对你说晚安。”

傅怀安磁性的声音很低沉，钻入林暖耳中，就像贴着林暖的耳朵说的一般。

明白傅怀安话里的意思，林暖脸上泛上了红潮。

见煮粥的锅盖被热气冲得跳动，林暖忙挂了电话，关了火。

林暖接到傅怀安已经抵达金城的电话时，已经六点五十。

她叮嘱傅怀安抽空休息后，挂了电话，以免打扰傅怀安工作。

林暖一个人简单吃了点儿东西后，便窝在沙发里看下次节目录制嘉宾的资料。

《周日有约》节目晚上八点播出，从节目开始收视率就跃居第二，并且以稳定的姿态呈直线上升，节目开播15分钟，收视率便稳坐第一位。

节目播完半个小时之后，林暖冲了澡出来，刚打开手机看同事发来的恭贺短信和微信，Miss夏的电话就来了。

“林暖，你要火了！”Miss夏难掩激动情绪，“你知道收视率是多少吗？0.881%，市场份额占到3.82%。”

这档节目可以说是Miss夏入行以来做得成绩最好的。

虽然因为和曾经民众空前关注的T-324失踪航班有关，节目大火在意料之中，但Miss夏还是难以控制激动情绪。

临睡前，林暖上洗手间时接到白晓年的电话，让林暖看一下微博热搜，说她要压不住火，准备在网上爆当年为了温墨深去伊拉克的人是林暖了。

安抚住白晓年，林暖点开微博看了眼。

《周日有约》和林暖、温墨深、顾含烟上了热搜榜前三。

有人把温墨深叫林暖“暖暖”那段视频截了出来，转播量非常多，都在猜测温墨深口中爱了多年的人就是林暖。

网上甚至还有帖子详细扒出林暖的身世，点出林暖曾经的未婚夫是海城顾家独子顾邵庭，加上温墨深和林暖的年龄差距的确有些大……

还有温墨深在节目中望着林暖那温情脉脉又无可奈何的落寞眼神以及温墨深失口叫林暖“暖暖”时，顾含烟瞳仁紧缩的微表情，以上种种都说明了林暖就是温墨深口中爱过的好女孩儿。

帖子和视频一样，在微博上被疯狂转载，无一例外带上了话题：# 温墨深，林暖，顾含烟 #。

人们的关注点意料之外地没有落在 T-324 失踪航班上，而是落在温墨深的感情生活上！

有网友联系顾含烟在节目中说在温墨深登上 T-324 航班前，她和温墨深是分手状态，已经猜测温墨深是否打算回来后对林暖告白。

温墨深在节目上看似轻松说的那些话以及不愿意深谈的姿态，其实是为了维护林暖。

倘若林暖对温墨深真的没有一点儿意思，温墨深怎么会在登上飞机之前和这么爱他的顾含烟分手？

这个观点被网民所接受，结果林暖被推上了风口浪尖。

林暖的思绪有些纷乱，她想起了温墨深临走前带着蘑菇来她这里，对她说等他回来会带给林暖一个让她意外的礼物，希望林暖能够喜欢不要排斥。

温墨深说得含混，林暖便没有往那方面想。

现在这点却突然被人点出来，还有人 @ 林暖，骂她是负心人。

她抽了两张纸巾擦了擦手，心情难免不畅快。

林暖辗转难眠，三个小时后，再点开微博时，无数条 @ 林暖的信息嘀嘀直响，有骂林暖负心人的，有骂林暖是破坏别人感情的第三者的。

不多时，Miss 夏的短信进来，让林暖把事情看淡点儿，身处这个人人注目的圈子里，被人拿来做文章是不可避免的。

林暖犹豫着不知道该给 Miss 夏回复什么，这时手机轻轻一振，又是一条信息进来，来自傅怀安。

"睡了吗？"

不知道为什么，林暖在深夜辗转难眠时，突然看到来自傅怀安的信息，隐隐生出淡淡的喜悦之情，心头笼罩的阴郁变薄。

林暖翻身，趴在被窝里，清秀的面部轮廓被手机屏幕映亮，双手握着手机快速给傅怀安回了信息。

"还没。"

电话在下一秒响起，林暖坐起身靠在床头接通，因为嗓子干涩声音有些发哑："怎么还没睡？"

"想起还没对你说晚安。"傅怀安磁性浑厚的男性声音，有着抚慰人心的力量，"被微博上的帖子影响心情了？"

傅怀安的语气透着笃定之意。

林暖被看穿也没有狡辩，伸手开了床头灯，清亮的嗓音不急不缓地响起，答非所问道："我记得刚从林家搬出来时，学校流言蜚语满天飞，说我不择手段不顾亲生父母，费尽心机想要成为林家大小姐，出了事推出亲生父母，自己躲在背后装白莲花……"

后来流言愈演愈烈，林暖被孤立，身边除了宋窈、白晓年，再没别的朋友。

在不了解事实真相的情况下，有些人总会以内心最阴暗的一面来揣度别人。

“那时我有委屈和憋屈，但不至于难过伤心……”

不重要的人怎么想她，对林暖来说不重要，人生来就不可能让每个人都喜欢，只要林暖喜欢的人了解她、喜欢她就够了。

林暖听到了傅怀安电话那头打火机点烟的声音，随后他淡淡地道：“我不信流言，只信你。”

隔着电话，傅怀安的话仍旧让林暖心跳加速。

傅怀安听得懂林暖话里隐藏的意思。

林暖所指不仅仅是这一次微博上疯传的事情，还有他们的以后。

她不知道和傅怀安能走多远，但她愿意尽自己最大的努力和傅怀安走下去，她愿意相信傅怀安，也希望傅怀安能给她同样的信任。

不管是情侣还是夫妻，最忌讳的就是彼此猜忌。

挂了电话，林暖攥着手机，已经彻底没了睡意，心底某种别样的情愫被傅怀安勾起，让她就连想起傅怀安深邃的眉眼，心脏都会扑通扑通直跳，身体里涌起一阵阵喜悦和暖流。

第二天一大早，林暖就被 Miss 夏叫回了广电大楼开会，是针对这一次微博上闹得沸沸扬扬的事情。电话里 Miss 夏叮嘱林暖，出门戴上口罩，万一遇到记者，不要对这件事儿发表任何看法，什么都别说也别做。

大雨中，林暖撑着一把枣红色的折叠伞在路口打车，大概是雨天的关系，来往的出租车全都有客，她看了眼腕表，住的地方本就离广电大楼不远，便撑着伞步行前往。

从广电大楼门口进去，林暖把伞套在塑料伞套里，摘了口罩刷过工作牌往电梯口走去。

站在电梯间等电梯时，林暖隐约察觉其他人看自己的眼神不似以往，想起微博上现在疯传的帖子，林暖脸色如常，心情却有些阴郁。

从电梯间出来去往 Miss 夏的办公室时，林暖看见早间新闻部几个早到的同事隔着格子间，正凑在一起一边脱外套整理桌面，一边热议林暖。

见到林暖进来，有同事对其他人使了使眼色，几个人朝林暖的方向看了眼，都不说话了，低着头面色如常地各干各的事情。

就算刚才林暖不知道他们在说什么，这会儿他们这样尴尬且生硬的反应，也让人一目了然。

曾经在学校经历过这些，林暖懂。

“林暖！”杨雨泽见林暖已经过来，从 Miss 夏的办公室出来对林暖招手喊道。

林暖走到 Miss 夏的办公室门口，杨雨泽拉开玻璃门，小声对林暖说了句：“你别理他们，他们就是闲的！”

勉强对杨雨泽勾了勾唇，林暖进门和正在抽烟的 Miss 夏打招呼道：“Miss 夏……”

“网上的帖子是你找人删的？”Miss 夏语气不善，眉头紧皱着，语气很冲，“我有没有和你说，让你把事情看淡点儿，什么都不要做也不要回应？二十分钟前你做了什么？”

心情本就憋闷的林暖被 Miss 夏这么一说，脸色也不太好地道：“我没有回应也没有做什么，从昨晚到现在一直在保持沉默。”

“你自己看！”Miss 夏把平板电脑摔在林暖面前，要不是杨雨泽手疾眼快地接住，平板电脑得从办公桌上滑下去。

杨雨泽嘴里忙说着让 Miss 夏先别生气，把平板电脑递给了林暖。

微博的界面上，那个被疯狂转载，名为“扒一扒女主持人不能对他人言的心机人生”的帖子被删除了，所有转载的界面都是：抱歉，此微博已被删除。

网上各路键盘侠的情绪被这条微博的突然删除和发微博者被封号的事情激怒，各种带着攻击性的难听字眼直指林暖。

是傅怀安做的吗?

这个名字在林暖心中一闪，立刻被林暖否定!

连林暖都知道，这种情况下删帖是愚蠢的办法，一定会把她推上风口浪尖，傅怀安比林暖更聪明老成，不可能不知道。

“帖子不是我找人删的。”林暖把平板电脑放在 Miss 夏的办公桌上，“我还不至于蠢到在事情闹得最凶的时候做这种事情。”

Miss 夏发了一通火，又见林暖双眸明澈，不像是会做糊涂事的人，烦躁地把香烟按灭在烟灰缸里：“走，去台长的办公室!”

不怪 Miss 夏生气，原本今天台长发了话叫林暖过来就是为了商讨解决微博上的事情，毕竟《周末有约》这个节目刚刚播出，收视率可以说一路长虹……

接下来的第二集、第三集，又是当红国际影星苏曼曼和影帝时寒初的专访，按照海城电视台以往的惯例，出了这样的事情，是要换主持人的。

但影帝和苏曼曼的档期那么难约，根本不可能重新录制，海城电视台舍不得放弃这两个人能够带来的效益，自然得想办法把这件事儿压一压。

可这帖子一删，眼下谁都无力回天。就在林暖刚进来前五分钟，Miss 夏接到台长的电话，说会议取消，考虑放弃林暖。

Miss 夏恼火林暖的愚蠢和沉不住气断送了自己大好的前程，现在听了林暖的解释，想要最后再帮林暖博一把。

林暖和 Miss 夏进门的时候，楚荨刚挂了苏曼曼的电话。

楚荨已经打算放弃林暖，所以准备用交情试着邀请苏曼曼再上一次《周日有约》，哪怕苏曼曼没有时间来海城电视台，也可以让他们的主持人去苏曼曼拍摄电影的现场探班，等苏曼曼有空了抽时间录一录节目。

苏曼曼甚至没听楚荨把话说完，就直接拒绝了。

“楚荨，话说白了，我们两个人能有那么点儿交集，原因是我哥傅怀安。我这次上《周日有约》的节目，也是因为我哥！我哥摆明喜欢林暖！你觉得我会在这个时候捅林暖刀子？”

苏曼曼话说得算客气，楚荨懂。

如果不是傅怀安，苏曼曼甚至不会接楚荨的电话，就像她不会和圈里段位较低的明星来往一样。

对苏曼曼的所有话，楚荨都不意外，唯一让她握不住手机的是那句——我哥喜欢林暖。

搁下手机，楚荨靠立在办公桌上，看着哗哗砸着落地窗的大雨，烦躁地抽出一根女士香烟衔在涂着豆沙色口红的唇上，还未点燃，敲门声响起。

楚荨把香烟从唇边挪开，直起身说了一声：“进！”

这是楚荨和林暖第一次面对面。

楚荨黑色的长发中分，扎了个低马尾，化着漂亮成熟的妆容，眉目间透着干练的气质。

她穿着利落的白色西装、包臀裙，袖口挽至肘弯，露出两截纤细白皙的胳膊，西装衣襟敞开着，里面浅蓝色的V领衬衫质地优良。

Miss夏和林暖进门时，见楚荨正把细长的女士香烟放进金属烟盒里，优雅流畅的动作在看到Miss夏身后的林暖时，有轻微滞涩。

楚荨搁下手中的金属烟盒，不着痕迹地收回停顿在林暖身上的视线，转向Miss夏，单手撑着办公桌桌面，手指飞快地在键盘上输入电脑密码。

“我说得还不够清楚？”楚荨声音清冷。

林暖对楚荨的了解，多来源于网络，但就现在林暖看到的表面印象来说，楚荨无疑浑身透着沉稳干练气质，眉宇显得精明且不好说话。

“台长……”Miss夏攥着林暖的手腕，一起站在楚荨的办公桌对面，“找人删帖子的事不是林暖做的，林暖没那么蠢。”

楚荨抬头，黑白分明的瞳仁中透着冷意："我不管过程，我看重的是结果！"

楚荨说完，视线又移向林暖，语气平和又冰冷地道："这件事你来解决，找谁都可以，解决不了节目换主持人，这是电视台一般的处理办法，我想你应该懂。"

不等林暖回答，Miss 夏先开腔："台长！一个刚刚起来的节目最忌讳的就是换主持人！换个角度想，林暖现在话题度这么高，我相信下期节目我们的收视率还会再涨！"

Miss 夏说得笃定，因为她知道，如果按照电视台一般的处理方法，林暖这辈子至少在海城电视台前途无望了。

"三天时间，三天之内解决不了，你就回去做你的音乐调频主持人。"楚荨公事公办地说完，垂着眸子看向什么都没有的电脑桌面。

"不知道台长解决的界定是什么？是让整件事的风波平息，还是要我把《周日有约》从这件事中名誉无损地摘出来？或者台长有什么其他的要求？"

林暖问得认真，楚荨不给个要求，她心里没底。

楚荨抬头看向声音清亮的林暖，却没有从她干净的眼里看出任何挑衅的意味，积聚在心头的那股火倒显得自己小人之心了。

她直起身，手指有一下没一下地敲击着桌面，一时间竟想不出什么样的结果才算达到她的要求。

不管过程，只要结果，是楚荨自己说的。

楚荨想起之前听说林暖初到《早间新闻》，却和化妆师闹得特别不愉快，后来那位化妆师恶人先告状诬蔑林暖，林暖是怎么不动声色打了那个化妆师的脸的事情。

楚荨下意识地认为林暖不是善茬。

现在《周日有约》官方微博快被网友的留言给挤爆了，都是在骂林暖，甚至有一大部分人要求《周日有约》更换主持人。

于公，楚荨完全可以借此把林暖换下去。

但知道林暖是傅怀安喜欢的人之后，楚荨却下不了这个决定，好像这么做了自己就是心胸狭窄公私不分了。

沉默了半晌，楚荨道："如果你有门路可以把这件事情的风波平息下去最好，如果平息不下去，把你自己摘出来！"

林暖颔首道："好。"

瞧着林暖答应得干脆，楚荨掩藏起心底那一抹不屑，更加认定林暖一定会找傅怀安帮忙。

楚荨嘴角弯起浅浅的弧度："出去吧，Miss 夏留一下。"

林暖点了点头，从楚荨的办公室出来，拨通了白晓年的电话："晓年，你那个对网络特别精通的朋友能查出已经删掉的文章作者的 ID 吗？"

"帖子删除之前我就已经让他查了，地址是新城区一家叫'新风格网咖'的网吧，他帮我请他的朋友入侵了那家网吧的监控系统，把昨天的监控视频给找了出来。但是因为不清楚那个写帖子的人，是在网吧里编辑然后发的，还是在家编辑好在网吧发送的，所以不太好确定时间，也就不太好人肉……"

"能对我过去的事情那么了如指掌，把真实发生的事实扭曲后发帖，应该是熟人，能不能让我看看视频？"

林暖昨天在看完那篇帖子后，就已经大概猜测到是谁，文笔太过熟悉。

"好，我让他把视频发送到你的邮箱。"白晓年道。

就林暖和白晓年打电话这不到一分钟的工夫，网络上突然又发生了翻天覆地的变化。

林暖被 @ 得心烦，直接关了微博，直到从广电大楼里出来，被气喘吁吁追上她的杨雨泽叫住才点开微博。

@ 苏曼曼："关于林暖的帖子是我删的，那种不实的帖子不删留着过年？就算温墨深之前准备对林暖告白又怎么了？你们谁没被人告过白？难不成你们被人告白都是你们故意勾引别人的？脑残的人简直多到令人发指！都是圣母还是脑瘀血？被别人喜欢就必须得在他消失了四五年都不能工作跟傻子一样等着？就得冒着生命危险去找人？既然你们这么圣母，怎么好意思不跟着去死？”

苏曼曼的微博瞬间激起千层浪。

关于苏曼曼的作风，全宇宙都知道，是个以自我为中心、特立独行、骄横又玩世不恭的大小姐，但有一点，苏曼曼很有是非观，三观很正。

苏曼曼的粉丝得到号召，几乎全都跳出来支持苏曼曼，维护林暖。

那条微博转载的数量在短短半个小时内，几乎要超过之前那个黑林暖帖子的转发量，苏曼曼微博下的留言几乎都是：

“我是曼曼的脑残粉，所以无条件支持林暖小姐姐！”

“我曼三观奇正，我曼删的帖子一定是子虚乌有的，我倒戈支持林暖！”

之前臆测林暖找公关公司删了帖子，封了发帖人账号的人，全被打脸不吭声，销声匿迹。

林暖和苏曼曼可以说是泛泛之交，在这种时候，苏曼曼突然跳出来发声鼎力维护，林暖心中有着不一般的情绪波动。

她猜想到苏曼曼的鼎力维护和傅怀安有关，眼底有些湿润，心底有着淡淡的思念。

洗手间内，不知道是不是心理作用，林暖总觉得运动鞋右脚底像是有小石粒，磨得脚心发疼。

她倚着洗手台边缘脱了鞋子，右脚脚尖虚踩着大理石地面，果然从鞋子里倒出一粒极小的石子。

被林暖搁在洗手台上的手机一振，她穿上鞋子，洗了手点开微信，是白晓年发来的截图。晚上八点四十分顾含烟戴着鸭舌帽进了那家网吧，还有一张截图是今天上午顾含烟再次进入网吧的时间，和删帖时间出奇一致。

心中的疑惑被证实，林暖反倒没有之前那么恼火了。

她打电话给顾含烟，顾含烟倒是接得很快："暖暖。"

"和温墨深的婚期只剩下三天不到，安安宁宁地和温墨深结婚不好吗？你非要在我身上做文章？"林暖声音极为平静，却让人不由得发怵。

电话那头的顾含烟沉默了片刻才开口，嗓音里都是无辜："暖暖，你在说什么呢？我怎么听不懂？"

"我说过，如果温墨深回来，知道你曾经在咖啡厅里拜托我的事情，我必然会成为横在你们之间无法拔出的倒刺，你还记得吧？原本这件事我想要烂在肚子里，不论真相如何只要温墨深以后幸福就好，可你似乎不太想过安稳日子。帖子的事情你不用否认，是编辑好之后去新风格网咖发的吧？居然专程跑到北郊发帖子，也是够辛苦的！你做事这么周密，怎么就忘记了把网吧的监控也处理好？"

顾含烟大概没有想到林暖会这么快查到监控，一时间不知道怎么回答，唤了林暖一声："暖暖，帖子不是我发的。"

"需要我把监控截图公之于众，跟你正儿八经地撕一次？"

林暖扬高尾音，顾含烟的矢口否认让她积怒于心。如果顾含烟坦坦荡荡地承认，林暖也不会这么愤怒。

"帖子的事情是你惹出来的，你解决！解决不了我们就让温墨深来解决！"

林暖挂了电话，压住火，握紧了手机。

她之所以没有把事实告诉温墨深，不是懦弱到被顾含烟抢了经历还默不作声！

只是现在林暖心里已经没有了温墨深，何苦把过去的事情说出来，让温墨深对自己愧疚？

当林暖得知温墨深或许也喜欢自己之后，她更不愿意把事情说出来。

她不愿意在已经和温墨深没有可能之后，还让温墨深对自己存着一份情，折磨他也难为自己。

稍微平静了心绪后，林暖又给白晓年回了电话。

刚才她和顾含烟打电话时，白晓年发了条信息过来，说要去找顾含烟。林暖把白晓年劝下，说她已经打过电话了，这事儿让顾含烟解决。

顾含烟是聪明人，林暖把话说到这一步，她懂得怎么做对她自己最有利。

第十四章 结婚选个好日子

林暖撑着伞从广电大楼出来，低着头正往前走，一辆轿车速度慢下来跟在林暖身侧。

她脚步一顿，副驾驶座的车窗放下，林暖看到了驾驶座上五官轮廓硬朗的傅怀安。

他穿着正装衬衫马甲，衬衫衣领挺括，衬得他侧颜刚毅，戴着钢表的大手扶着方向盘，骨节分明的修长手指攥着电话搁在耳边，漆黑的眼朝着林暖看来。

两人四目相对，林暖眼底本就有的湿润忽而成灾。

她忍着翻腾的情绪，深吸一口气，收了伞，拉开副驾驶座的车门坐了进去。

“先这样，你看着处理。”

见傅怀安挂了电话，林暖问：“你怎么回来这么早？”

傅怀安似笑非笑地看了林暖一眼，目视前方，嗓音低沉地道：“这话我会理解成，你想我，所以很惊喜。”

被傅怀安戳中心事，林暖心跳变得有些快。

鼻息间是傅怀安身上若有似无的成熟气味，林暖思绪有些迷醉，她迟疑片刻后点头道：“嗯。”

大概是林暖的回答在傅怀安的意料之外，他打了右转向，余光看了眼林暖悄无声息地红了的耳朵。

“微博上的事情你不用过分担心。”傅怀安的嗓音有些沙哑。

今天晚上还会有大新闻爆出来，人都是喜新厌旧的，当更刺激的新闻爆出来后，其他人自然不会再揪着林暖不放。

更何况这一次新闻的主人公还是顾含烟。

“我不担心，顾含烟要是想和温墨深顺顺利利地结婚，她弄出的事情她自己会处理。”林暖和傅怀安说话时嗓音平和，不似对顾含烟时满含积怒。

傅怀安有些意外，点了点头。

他本已经筹划好，既然林暖已有行动，他可以暂时按一按，真到林暖处理不好了，他再帮忙也是一样的。

傅怀安放在储物盒里的手机振动起来，林暖视线下意识地看了过去，瞧见是一串陌生号码，林暖问了一句：“接吗？”

傅怀安拿起手机看了眼，又搁下，突然问了一句：“你那里有别人在吗？”

林暖耳朵发烫，忍着心跳摇头道：“没有。”

小腹轻微抽痛，林暖只觉得一股熟悉的湿热涌来，手攥紧了肩包带子。

这段时间林暖忙，把“大姨妈”的事情抛在了脑后，包里没有放卫生棉。

她怕把傅怀安的车座弄脏，见路旁有便利店，忙道：“靠边停一下。”

傅怀安闻言，打了转向灯，靠着路沿将车子停下。

“我去便利店买一下东西。”林暖解开安全带对傅怀安解释道。

“雨太大，我去吧！你要什么？”傅怀安说着，骨节分明的大手已经解开安全带，要去推车门。

林暖伸手攥住傅怀安戴着钢链手表的手腕，掌心下除了带着傅怀安体温的表盘，还有他结实有力的骨骼。

“我自己去吧！我要买女性用品。”

林暖说得含蓄，傅怀安没弄明白，气定神闲地问了句：“私人用品？内衣裤吗？”

“不是！”林暖还是有些不好意思开口，耳根发烫，“我……来例假了，要去买卫生棉。”

“雨太大，我去，有什么要求吗？或者平时习惯用什么牌子？”

傅怀安按下双闪，视线还停留在林暖清秀漂亮的五官上，语气平静利落得像是在说一件十分平常的事情。

在林暖的记忆里，男性是很少愿意去碰卫生棉这类女性用品的。

她记得曾经和林琛、温墨深还有顾含烟一行人一起出游去海边度假，中途顾含烟来了例假腹痛难忍，中午吃过饭午休的时候，温墨深红着脸敲响了林暖的房门，颇为不好意思地请林暖陪他去一趟酒店对面的便利店，给顾含烟买卫生棉。林暖负责挑选和拿东西，温墨深负责结账。

所以当傅怀安语气平常地问林暖用什么牌子时，倒让林暖意外得一时间不知道该怎么回答。

傅怀安已经拿过驾驶座靠背上挂着的西装套好，不见林暖应声，发出声音询问：“嗯？”

“我不挑牌子，网面就好。”林暖下意识地说完，又怕尴尬，“我自己去吧！”

“在车上等着！”傅怀安磁性的嗓音里带着不容抗拒的意思，他把车内温度调高了些，推开了车门。

“伞！”

知道拗不过傅怀安，林暖忙把手中的伞递给他。

傅怀安撑开伞，关了车门，绕过车头朝着便利店走去。

林暖望着那个撑着枣红色折叠伞、一身西装革履身姿挺拔的男人，哪怕手握一把普通的伞，身处人流中，内敛的强势气场依旧让人无法忽视。

不知道是不是车内暖风升温的缘故，她心头也似有涓涓暖流淌过。

储物盒里，傅怀安的手机一直振动，引得林暖不得不朝着储物盒看去。

屏幕上显示着“楚荨”两个字。

曾经从陆津楠和傅怀安的对话中，林暖隐约能听出楚荨对傅怀安是存了心思的。

客观地说，刚才林暖在办公室和楚荨第一次面对面，觉得楚荨很漂亮，精致的五官比电视上更加出色，有女强人的成熟气息，却又不缺乏女性的迷人魅力。

尽管林暖明白楚荨和傅怀安相识多年，既然以前傅怀安没有对楚荨有什么男女之间的想法，以后也不会有，但思绪还是有些纷乱。

雨天的海城天空昏暗，明明才是上午天空却像是被打翻了的墨汁。

傅怀安去的时间不短，大雨已经有逐渐停歇的迹象。

林暖还在出神间，傅怀安已经回来，他拉开副驾驶后排座椅的车门，把印有便利店 logo 的塑料袋丢进去，关上车门后，敲了敲副驾驶座的车窗玻璃。

林暖忙把车窗放下。

傅怀安指节分明修长的手指攥着一杯热的红枣桂圆茶，送到了林暖面前。

她仰头看着伞下阴影中的傅怀安，五官线条英俊又成熟，深邃的眼部轮廓和薄唇间都藏着笑意："听便利店店员说，特殊时期喝一点儿热的东西会舒服些。"

林暖很难想象，傅怀安这样的男人居然会询问便利店店员关于女性例假期的注意事项。

大概傅怀安问得一本正经，店员却会脸红心跳吧。

林暖接过红枣桂圆茶，隔着纸杯，感觉掌心温热，甜丝丝的红枣香气萦绕在鼻间，她对傅怀安道："谢谢。"

傅怀安收了伞，坐进驾驶座，林暖自然地伸手接过伞，怕把雨水弄到傅怀安的车里，细心地用塑料袋把伞套好，提醒了傅怀安一句："刚才你的手机一直在响。"

尽管稍有犹豫，林暖还是说了："是楚葶的电话，不用回过去吗？"

"不着急。"傅怀安淡淡地应了一声。

林暖没有揪着这话题不放，安静地坐在副驾驶座上喝着红枣桂圆茶。这对她来说过于甜腻了，林暖猜测傅怀安问的店员应该是二十一二岁喜欢甜食的小姑娘。

从广电大楼到林暖家并不远，傅怀安把车停在林暖家楼下时，林暖杯子里的桂圆红枣茶还没喝几口。

她撑着伞从车上下来，拉开后排车门，拿出傅怀安帮忙买好的卫生棉。

听到单元楼门被推开的声音，林暖把伞压得更低，推着傅怀安的手臂，想退出他的怀抱，结果一脚踩进身后的水洼中。傅怀安把林暖拽回怀里已经来不及，林暖整个右脚被积水浸透，凉意从脚底蔓延了上来。

"慌什么？"

伞下傅怀安含笑的声音让林暖心悸得更厉害，她忍不住咬住刚被傅怀安吻住的唇，垂眸不去看傅怀安的眼。

视线里是傅怀安满是水珠的皮鞋和有了湿意的西裤裤管。

“先上楼换鞋。”

傅怀安单手搂住林暖的肩，就着林暖的手撑伞护着她往单元楼门口的台阶走去。

傅怀安随林暖之后进来，反手关上了防盗门，林暖已经把包和卫生棉放在鞋柜上，换了鞋。

玄关处的空间不大，傅怀安一进来，就让这地方显得更逼仄。

“我先去冲个澡。”

“家里有红糖吗？”傅怀安突然问。

刚才傅怀安耽误的时间久，是给白瑾瑜打了个电话请教女孩子来例假时的注意事项。白瑾瑜对这方面也不精通，问了妹妹才给傅怀安回电话。

林暖怔了怔之后点头道：“有。”

“去洗澡吧！”傅怀安慢条斯理地脱下西装外套挂在鞋柜上方的衣钩上。

“嗯……”

林暖回房间拿了换洗衣服出来时，听到厨房传来傅怀安打火的声音。她第一次在家里有男性的时候去洗澡，难免有些紧张。

林暖例假的第一天，往往来得比较少，只是小腹总会隐隐抽痛，热水澡能够缓解疼痛。

傅怀安在，林暖洗得特别快，吹干头发扎了一个低低的马尾，垫好卫生棉穿着套淡蓝色的家居服出来了。

客厅里，已经脱了正装马甲的傅怀安双腿交叠地坐在沙发上，嘴角咬了根未点燃的香烟，双手拿着手机在编辑邮件回复，一只手里还攥着打火机。

见状林暖取了一次性杯子，学着上次林琛来时给一次性杯子里倒了点儿水做成临时烟灰缸，搁在了傅怀安面前的茶几上。

傅怀安扫了眼林暖放下的纸杯，语气再平常不过地道："家里来过其他男性？"

林暖直起身把鬓边碎发别在耳后点头道："我哥来过。"

傅怀安颔首，对林暖道："小奶锅里有生姜红糖水，喝一点儿，我回个邮件。"

"要用电脑吗？"

傅怀安点头，林暖进房间把笔记本抱出来递给了他。

两室两厅装修温馨的小居内，傅怀安坐在灯光柔和的餐桌前回复邮件，林暖在厨房内捧着水杯，抿着热气氤氲的生姜红糖水，气氛前所未有的温馨。

她透过隐约的热气看向傅怀安，想到昨天缠绵之后他立刻飞往金城，今天又从金城赶了回来，他应该很累了。

她放下手中的水杯，洗干净茶杯，泡了一杯大红袍轻轻地放在傅怀安手边，没有出声打扰。她正要离开，纤细的手腕儿被傅怀安略带薄茧的大手攥住，傅怀安的视线还停留在电脑屏幕上，拇指摩挲着她白皙稚嫩的皮肤。

"你想知道我的什么？"傅怀安突然开腔，问得没头没尾的。

"嗯？"林暖小脸上都是不解之色。

傅怀安回头凝视着林暖清秀漂亮的五官，示意她看屏幕。

电脑光标在搜索那一栏闪烁着，上面有之前林暖搜索过的内容，傅怀安的名字在第二行！

林暖的脸一下红了个透彻，她掩饰着心虚解释道："我就是觉得你和之前在伊拉克出现的时候不太一样，想搜一下看你以前的经历。"

傅怀安把林暖朝自己面前拽了拽。视线所及是傅怀安英俊迷人的五官，她别开视线，眉目间流露出羞涩之色。

茶香混着林暖身上沐浴后的香气袭来，十分诱人，傅怀安轻揉着林暖的手腕，喉结滑动，问道：“不信我？”

傅怀安刻意压低了嗓音，让气氛更加暧昧。

林暖摇头道：“不是不信，就是随便搜了一下。”

看见梁暮澜的来电，林暖接通道：“妈。”

“暖暖！你哥把你爸带回来了！”梁暮澜的声音带着忍不住的哭腔，“你爸回来了，你爸说让你今天晚上回来，我们一家人一起吃顿饭！”

林景全没事虽然在林暖的意料之中，但听说林景全平安回来，她还是被酸涩冲击了眼眶。

“我知道了妈，我晚上早点儿……过去。”

一个“回”字，在林暖口中百转千回，最终还是没有说出口。

挂了电话，林暖没回卧室打扰睡得正好的傅怀安。

已经一点半了，两人中午都没有吃东西。

不知道傅怀安会睡多久，林暖从阳台上取了衣服换好，撑着伞去了趟附近的超市，打算买食材回来准备午饭。

她从电梯里一出来，隔着玻璃门，老远就看到倚着车头抽烟的温墨深。

细雨中，他没有撑伞，穿着浅蓝色的衬衫，打着深蓝色领带，浅灰色的西装外套包裹着他笔挺修长的身影，英俊儒雅中透着沉稳和贵气，紧皱的眉目间难掩烦闷之色，呼出的白雾都显得焦躁。

他墨发上都染上了一层水雾，肩头的西装因为湿润颜色显得格外深一些。

林暖猜测，温墨深出现在这里大概是因为帖子的事情。她犹豫片刻，还是抬脚朝着单元楼门口走去。

隔着玻璃，温墨深注意到向门口走来的林暖，扔了烟蒂朝单元楼台阶走去。

林暖开了门出来，见有人从细雨中冲进来，往一旁柱子方向挪了挪，温墨深跟了过去。

林暖扎着一个松散的马尾，穿着一件白色的连帽套头卫衣、黑色的小脚裤，白细的脚踝露出了一截，脚下踩着一双深紫色的运动鞋，显得很青春靓丽。

“来找我吗？怎么不打个电话？在楼下等很久了？”林暖嘴角弯起浅浅的弧度，很漂亮。

面对温墨深，林暖已经不需要竭力控制自己的情绪，不知道是已经成为习惯和能力，还是随时间流逝，心头炙热的情感逐渐磨灭。

网上关于林暖、温墨深、顾含烟的三角关系众说纷纭，尤其是不知情者对林暖的抨击，温墨深看了如坐针毡，想要采取行动，但知道他的动作一定会弄巧成拙被有心人揪出来大做文章，更让林暖为难。

他担心林暖会躲在家里哭红双眼，又怕见到林暖脆弱的样子忍不住拥她入怀。既然已经打算和顾含烟结婚，温墨深也想断了对林暖的念想。

在煎熬中挣扎了十几个小时，温墨深脑子里都是林暖的样子，四五年前稚嫩青春的林暖以及如今气质成熟的林暖。

他一夜未眠，眼底有隐隐可见的红血丝。见她神态平静淡然，仿佛什么都没有发生，他忍着心底翻滚的灼热情绪，双手插兜，挺拔地站在林暖面前，视线深邃地盯着林暖，像是想要找到她伪装的痕迹。

许久，温墨深才开口道：“刚来没多久。”

温墨深刚才站的地方，脚下已经有不少烟蒂，林暖没戳穿温墨深的谎言，点了点头问道：“有事吗？”

“节目的事情，我没想到会造成这么大的风波……”

温墨深话还没说完，林暖卫衣口袋里的手机就响了，他欲言又止，最后只对林暖道：“先接电话。”

是傅怀安的来电。

林暖接通电话道："怎么不多睡会儿？"

不同于刚才和温墨深说话的语气，林暖清亮的嗓音压得很低，声音里带着几不可闻的一丝柔软。

"出去了？怎么没叫醒我？"傅怀安磁性的声音传来，已经听不出丝毫睡意。

林暖手机听筒的声音不大，但两人离得近，温墨深虽然听不到电话那头的人说什么，却隐约可辨是男声。

凉风夹杂着细雨袭来，吹乱了林暖鬓边的碎发，她半眯着眼防止发丝吹进眼睛里，侧身躲着风。

"我去超市买点儿食材，看你睡得沉想让你多睡会儿。你休息一下，我最多半个小时就回去。"

温墨深下意识地想要伸手帮林暖把发丝别在耳后，林暖已经先温墨深一步把碎发别在秀气的耳根处。

睡、回……这些字眼联系在一起，温墨深似乎明白了什么。

他有些烦躁，从西装口袋里掏出烟盒，抽出一根香烟咬在嘴角，见林暖已经挂了电话，又皱着眉把香烟移开，没点燃。

"恋爱了？"温墨深忍着心头挥之不去的焦躁情绪问。

林暖手里攥着手机，精致的五官染上了一层浅浅的笑意，点了点头。

温墨深心口像是被什么堵着，呼吸不畅，他把那根香烟送到唇边，从裤兜里掏出打火机，垂着头，单手护住火苗点燃香烟，深吸了一口，问道："你同事吗？"

林暖没打算瞒着温墨深，回答得很坦然："不是我同事，你刚回海城可能不认识他，但应该听说过傅怀安这个名字，他……"

"顾家之前逼着顾含烟订婚的对象？"

没等林暖说完，温墨深已经恼火地开口打断了林暖的话。

林暖抿唇，点了点头。

从温墨深的态度里，林暖已经看出温墨深对傅怀安的排斥和反感。

温墨深得到肯定的回答，紧抿着薄唇弹了弹烟灰，眉头紧皱，又道：“我的确不认识傅怀安这号人物，但就他的传闻我回来这么短时间已经听说不少。林暖，先不说他比你大多少，他还有一个儿子！你是打算给他的儿子当后妈吗？”

关于团团的身世，林暖没打算和温墨深解释。

林暖说：“那孩子很可爱，把我当妈妈……”

“所以你这是心甘情愿地给别人当后妈，还是故意和顾含烟曾经差点儿订婚的对象在一起报复谁？”温墨深突然拔高了声音，一腔怒火毫无遗漏地燃烧了他的全部理智。

两人突然就陷入了沉默，周围静得只能听到雨声和温墨深略微粗重的呼吸声。

林暖感觉掌心像有针在刺，她攥紧了掌心里的手机，心头被酸涩袭击。

如果之前林暖还不确定，那么现在她敢肯定，以前她喜欢温墨深，温墨深是知道的。

他知道了那么多年，还是选择装聋作哑，选择和顾含烟在一起。

林暖喜欢了温墨深那么多年，即便此时心头那份悸动已经随着时间流逝而消失，但这样的话从他嘴里说出来，还是格外伤人。

淅淅沥沥的雨还在下，潮湿泛凉的空气顺着林暖卫衣宽大的领口钻进脖颈里，凉意瞬间蔓延至心口。

见林暖清亮的眸子微红，温墨深只觉喉头堵得难受，抿了抿干涩的唇瓣，让自己语气尽量平和地道歉道：“我说话不该这么冲，但傅怀安年纪比你大太多，还有一个孩子，我听说傅怀安对那个孩子宠得厉害，我怕你和他在一起对他来说只是无聊时的消遣，走不到结婚这一步，白白浪费年华。”

“在你回来那天，我和傅怀安就在民政局打算领证，后来是因为你回来了，我着急去医院看你才耽搁了。”

林暖的声音很轻，却像重锤狠狠砸在了温墨深的心头，他心里涌起了说不出的滋味。

多年后再次回到海城，温墨深只觉自己真的一无所有，哪怕知道林暖没有等他，但听到她在他回来时已经准备和别人领证，他还是痛得窒息。

“后妈没有几个好当的……”温墨深也平静了下来，不似刚才那么暴躁，声音里透着无力的凉意。

温墨深吸了一口烟，入口苦涩，他把抽了半截的香烟在垃圾桶顶端的烟灰缸里戳灭，垂着眸子开口道：“况且你怎么知道领证不是一个男人想要得到一个女人的手段？那天如果不是我回来，可能还有其他原因让你们无法领证。林暖，你是个聪明的姑娘，怎么就不能理智地想一想？”

“感情这种事情，是不由理智选择的，能理智选择的，又怎么会是感情？”

如果可以理智选择，那么林暖愿意选择曾经没有喜欢上温墨深，死去的林夏也可选择没有喜欢过那个渣男。

这样林暖以前的日子不会过得那么压抑，林夏也不会因为一番言论痛不欲生。

林暖的一句话，堵得温墨深心口疼，他又从烟盒里抽出一根香烟，咬在嘴里点燃，不知道该说什么来反驳林暖。

积在胸腔里的火气逐渐被浇灭，化成浓稠的愧疚。

林暖把双手插进卫衣口袋里，调整好情绪，嘴角勾起浅笑，说道：“婚礼准备得怎么样了？有什么需要我帮忙的吗？”

温墨深看向林暖，喉结轻动：“没什么可准备的。”

“到时候我会准时参加，给你包一个大红包！”林暖语气轻松地道，“劫后余生、新婚宴尔，人生中的两大幸事，该好好庆祝庆祝！”

新婚宴尔……

倘若结婚的人是自己心头所爱，那的确算是人生幸事。

听出林暖想要结束谈话的意思，温墨深单手插兜，说道：“我送你去超市。”

“不用了，两步路，走过去就当锻炼了。”

说着，林暖已经撑开伞，叮嘱温墨深道：“开车小心。”

温墨深颔首，明明贪恋林暖的身影，却还是故作坦然地举起自己手中的香烟：“你忙，我抽完烟就走。”

有些话温墨深曾经没有说出口，现在也没法说出口。

以前温墨深对有缘无分这四个字的理解是惋惜，而自己经历后才知道这四个字里包含着怎样的无奈和刻骨铭心。

林暖撑着伞从台阶上下来，背对着温墨深，面颊上毫无破绽的笑容逐渐消失。她红了眼眶，深吸一口气，很快平复了心情。

林暖把这次和温墨深的对话当作对过去八九年单恋的终结，心底有翻滚的情绪，虽不复当初那般触目伤怀，但难免鼻酸。

林暖采购了两大塑料袋东西，推着推车从超市正门出来，正愁怎么回去时，就看到站在超市门口身姿挺拔的傅怀安，西装笔挺，有着沉稳的成功人士的气场和派头。超市门口推销电话卡的几个小姑娘忍不住凑在一起讨论着这位男士在这里耐着性子等谁。

冲过澡的傅怀安换了助理送去林暖家的干净西装，整个人透着一丝不苟的精致。他站在垃圾桶旁，背对着超市出口，左手插兜，夹着香烟的右手攥着电话，正看着墙上贴的几张麦当劳新品海报，打着电话，偶尔侧身对着垃圾桶弹烟灰，旁边麦当劳内暖色的灯光透过玻璃勾勒着他轮廓刚毅立体男人味儿十足的五官。见他抬手看了眼腕表，林暖心头有怦然心动之感。

薄唇张合间，白雾从薄唇间溢出，袅袅白雾里，他像是有所感应般朝着林暖看来，在垃圾桶上方的烟灰缸里把香烟按灭，另一只手挂了电话，把手机装进西装内侧的口袋里。

站在林暖身边的两个小姑娘也注意到了傅怀安的视线，红着脸掩唇窃窃私语起来。

“我的心脏跳得好快，他是朝着咱们这边儿看来了吗？”

“好像是，早知道我就化个妆再出门了。”

林暖没有扭捏，推着购物车走到傅怀安身边问道：“你怎么来了？”

“下着雨，你一个人怎么把东西拎回去？”傅怀安从购物车内把两个塑料袋拎出来，眼神含笑地道。

林暖拿出购物车里的伞，把购物车推到放置处，撑开伞转身，瘦削的肩膀已经被傅怀安温热的大掌搂住，拉进了怀里，为她挡去凉风。

男人右手拎着两个偌大的塑料袋，左手环着她的肩，身上专属于他的气息混着沐浴露香味和淡淡的烟草味，这样的男人，无不让林暖感到强烈可靠的安全感。

林暖耳根一红，双手把伞举高，避免挡住傅怀安的视线。

她问：“不打个电话问问，万一我不在这个超市怎么办？”

“半个小时能来回的超市，除了这里还有哪儿？”男人笑了笑，嗓音成熟沉稳，十分好听。

雨水细细密密地敲击着伞面，不过几步距离，两人走到车旁，傅怀安拉开副驾驶座的车门让林暖先坐进去，把东西放进后备厢，也上了车。

回去的路上，傅怀安接了一个电话，听出电话里在说傅天赐的事情，林暖百无聊赖地点开了微博，想要看看事情的进展。

@苏曼曼：“关于林暖的帖子是我删的，那种不实的帖子不删留着过年？就算温墨深之前准备对林暖告白又怎么了？你们谁没被人告过白？难不成你们被人告白都是你们故意勾引别人的？脑残的人简直多到令人发指！都是圣母还是脑瘀血？被别人喜欢就必须得在他消失了四五年都不能工作跟傻子一样等着？就得冒着生命危险去找人？既然你们这么圣母，怎么好意思不跟着去死？”

事情发展的方向，完全出乎林暖的意料。

虽然顾含烟还没有任何动作，可微博上的热搜已经不再是温墨深、林暖和顾含烟的三角关系，而是苏曼曼要给时寒初生猴子！

林暖还晕晕乎乎的没搞清楚是怎么回事儿呢，微信上白晓年的一段语音就进来了。

傅怀安还在接电话，林暖把语音转换成了文字。

“时寒初居然转发了苏曼曼的微博！我说呢，怎么苏曼曼一来参加你的节目时寒初也来了，闹了半天人家是妇唱夫随啊！”

林暖再次点开微博，仔仔细细地看了一遍苏曼曼发的微博。

时寒初转发了苏曼曼的微博什么都没有说，连一个表情都没有。可即便如此，时寒初这位平时不怎么发微博的影帝，号召力还是让人震惊的，时寒初转发苏曼曼的那条微博下，评论以井喷的方式在微博上爆发。

时寒初作为史上最年轻的大满贯影帝，人品有口皆碑，但也是出了名的老干部，不怎么接触微博这类软件，也不怎么爱多管闲事。现在连时寒初都站出来挺林暖，这确实让人匪夷所思。

时寒初转发苏曼曼的微博不过半个小时，苏曼曼接着转发了那条微博，还说要给时寒初生猴子……直接让网友炸锅。

苏曼曼一向走的是刁蛮高冷风，竟然出口就要给时寒初生猴子，有人怀疑苏曼曼被盗了号，也有人觉得苏曼曼和时寒初是借机公布恋情！

更有好事者催促时寒初回答苏曼曼。

广大网民的注意力全都转移到了当红巨星苏曼曼和影帝时寒初身上，没有人再纠缠林暖、温墨深和顾含烟之间剪不断理还乱的关系。

林暖对苏曼曼很感激，但不至于自恋到觉得苏曼曼在微博上对时寒初表白是为了压下她的风波，只是对身为公众人物的苏曼曼来说，能站出来为她说话，已经不是难能可贵四个字可以形容的了。

她看着被雨水敲打的挡风玻璃出神，察觉傅怀安挂了电话，视线自觉地朝着傅怀安看去。

对傅怀安林暖也是满心感激，不论是因为林家的事情，还是这一次微博风波……

傅怀安动作随意地把手机丢在仪表台上，打了转向灯，看了眼她白皙秀气的小脸，问了一句："海城电视台是不是举办了一个什么选秀节目？"

这件事儿林暖听白晓年提起过，点头道："好像正在进行海选吧！"

傅怀安点头，眼神讳莫如深。

车停在林暖家楼下，林暖攥着安全带，对傅怀安道："我爸爸已经回家了。"

这件事儿她觉得有必要和傅怀安说一声，毕竟林景全能这么快平安回来，多亏傅怀安帮忙。

傅怀安取了仪表盘上的手机装进西装内侧口袋，磁性的嗓音里带着笑意："这是好事儿，怎么还皱眉？"

林景全没回来时，林暖担心林景全，林景全回来了她又担心傅怀安会被连累。

傅怀安单手搭在方向盘上，伸手攥住了林暖细白的小手，轻轻用力："担心我？"

林暖没有否认。

傅怀安看着林暖白净的面庞，略带薄茧的拇指摩挲着林暖纤细的腕骨，呼吸靠近，鼻息间尽是女性身上淡淡的幽香。

雨天的海城天空光线很暗，透过贴了暗膜的车窗勾画着傅怀安深邃的轮廓和挺鼻以及他微扬的薄唇。

知道傅怀安正观察着自己的反应，林暖面色微红，清秀的眉眼间尽是羞涩之意，呼吸变得有些急促……

线条硬朗的五官靠近，林暖心跳的速度有些快，她难得一脸乖顺，没有闪躲，任由男人吻住她的唇瓣，撬开齿关，缠上她柔软的舌头，掠夺她肺里的所有空气。

她被他老道成熟的男人味吸引，细长的小手主动攀上他宽厚结实的肩膀，随后移至后颈。

掌心下是傅怀安挺括的衬衫衣领，她迎合着他，大胆又羞涩，眼睫轻颤，耳边都是心脏扑通扑通跳动的声音，身体变得有些发软。

有车经过，压响井盖的声音惊得林暖立刻松开傅怀安，坐回副驾驶座目视前方，生怕被人瞧见。

傅怀安炙热的视线落在林暖通红的侧脸上，呼吸有些粗重。

林暖本想做出一本正经什么都没有发生过的样子，可胸口的剧烈起伏早已经将她出卖。

车子狭小的空间内，暧昧的气息正浓。

“我们……先回去吧！”林暖慌张地伸手去按安全带扣，才发现自己早已经解了安全带。

她尴尬地抬头，见傅怀安正似笑非笑地看着自己，别开眼，无法和傅怀安对视。

进了门，林暖面颊上余温仍旧未散。

瞧见餐桌上放着两个白色的六层保温饭盒，她回头看向把两个超市大塑料袋往流理台上放的傅怀安：“这饭盒是？”

“望月楼打包的午餐，这个点儿才准备午餐什么时候才能吃上？你还来着例假，不能饿肚子，真想自己动手，晚饭再说。”

傅怀安语气柔和，却无端给林暖一种说一不二的威严感。

说到晚饭，林暖想起和梁暮澜的电话，对傅怀安道：“爸爸回林家了，刚才你休息的时候妈妈打电话让我回家吃晚饭。”

傅怀安脱下西装外套，随手将其搭在餐桌上：“应该的，我送你过去。”

想让傅怀安好好休息不用送她的话，在胸腔里绕了几圈，林暖没说出口，洗了手回来时傅怀安已经把饭菜摆好。

林暖泡了大红袍端过来，拉开椅子在傅怀安右边坐下，就听见傅怀安道：“你这里的租期快到了，是吗？”

刚夹了一筷子菜送进嘴里，林暖抬眸看向傅怀安，咬着筷子点头。

“搬到云顶公寓去吧。”傅怀安道。

林暖垂下眼睫没吭声，用筷子有一下没一下地夹着饭粒。

“有什么顾虑不要闷在心里，说出来。”傅怀安说得轻描淡写，漆黑的眸子盯着林暖刘海下秀气的五官。

“说出来矫情，但总觉得没有结婚住在你的公寓里，不自在……”林暖耳根微红，端起茶杯小口抿着茶。

“我以为你会喜欢先谈恋爱。”傅怀安嗓音轻缓，他看了眼腕表，说道，“现在去民政局领证还来得及。”

“咳咳咳——”林暖呛了口水。

她手忙脚乱地伸手抽纸巾却打翻了茶杯，掩唇咳嗽着，一张脸涨得通红。

傅怀安抽了纸巾递给林暖，大手轻拍着她的脊背：“多大了，喝口水都能呛着？”

哪有这么说风就是雨的人？

林暖用纸巾擦了嘴，忍着咳嗽抬眸望向傅怀安：“今天下午领证会不会太着急了？”

傅怀安目光扫过林暖红透的小脸，说道：“云顶公寓安保系统很好，你早点儿搬过去我放心些。”

女孩子独居的确危险。

林暖忍不住又咳嗽了两声，知道傅怀安是为她的安全考虑，考虑片刻开口道："我的房子还有一阵子才到期，这里离广电大楼近，我上班方便，等到期后……到期后我再搬过去也不晚。"

她没有一口拒绝，傅怀安觉得林暖已经进步很大，点了点头，没有勉强。

见傅怀安重新拿起筷子，林暖酝酿着接下来要说的话，忍不住耳朵先红了。

"至于领证的事情……"林暖的嗓音带着一丝紧张。

"怎么？"傅怀安嗓音低沉，敞开的挺括衬衫领口处，说话时上下滚动的喉结都很性感。

"我们可以不用这么着急，毕竟是结婚，是不是得选一个好日子？"

林暖紧攥着筷子，看向傅怀安的眸子含水，波光盈盈，羞涩中带着风情。

傅怀安眸底带笑，温柔地颔首道："对，结婚是得选个好日子。"

说到结婚，林暖想起温墨深的婚礼，想张口请傅怀安陪自己一起去，又觉得傅怀安连休息的时间都不够，不想再麻烦他。

她低下头，想了想，到时候还是让白晓年陪她去吧。

今天林琛接到林景全之后先去了林家老宅，后来没跟着林景全一起回林家吃饭，在天玺苑包间见了傅怀安。

林琛双腿交叠着坐在雕花木椅上，一只手手肘搁在座椅扶手处，一只手搁在膝盖上，指间白雾袅袅，神色高深莫测，唇角溢出的白雾模糊了他刚毅的五官，气场显得有些沉重。

傅怀安就坐在林琛对面，嘴里咬着一根烟卷儿，漆黑的眸子半眯，翻看着手里的合同文件。

潦草地看过之后，傅怀安勾起嘴角，合上了文件，随手将其搁在小圆茶几上，移开嘴里的香烟，俯身朝着烟灰缸弹了弹烟灰：“凯德集团百分之八的股份，林总这份谢礼重了。”

唐峥私下安排各个分公司收购凯德集团股份的事情，做得相当隐秘，就连傅怀安身边知道这件事儿的人都屈指可数。

没想到林琛居然会拿凯德集团百分之八的股份当作谢礼，先不说这百分之八的股份值多少钱，要攥在手里大概得费一番功夫。

林琛能在这么短的时间内兼顾救他父亲，稳住林氏股价，再拿到这百分之八的股份，的确有些手段。

林琛浅笑，拎起茶壶为自己斟茶，目光落在那徐徐入杯的浅色茶汤上，徐徐地道：“救我爸爸的恩，怎么报都不为过，但除了林暖……”

包间里弥漫着烟雾，安静得落针可闻。

林琛夹着香烟的手把茶壶搁下，他看向傅怀安道：“我不知道林暖去找傅总时，是以什么代价换来的那些资料，我希望到此为止。”

林琛用指尖点了点自己面前那份和傅怀安看过的一模一样的合同文件，意图明确。

关于林暖怎么得到那份资料的，林琛想过最坏的答案。

不可否认，林暖是个漂亮的姑娘，过分漂亮那种，哪怕刻意收敛，依旧掩不住其华光！

这样的姑娘很容易招人喜欢，傅怀安又是曾经差点儿和林暖领证的人，即便他们有了什么关系，都在情理之中。

“喜欢林暖？”傅怀安戳破那层窗户纸，含笑看着林琛。

“你不喜欢？”林琛反问道。

傅怀安神色一派平静，看向林琛，神色探究：“林总这话是以什么身份来说的？哥哥？或是……别的身份？”

林琛不动声色地答非所问道：“既然话都说开了，你我不妨有话直说，作为大哥，我希望林暖选择伴侣时不用考虑任何其他因素，不被套上枷锁束手束脚，对林家的救命之恩这样的枷锁太沉重，她柔弱的肩膀不该扛起这些！”

林琛从小和林暖一起长大，深知她的个性。

林琛对傅怀安说这番话，并不是希望从此傅怀安远离林暖，只是希望林暖在选择伴侣时，不会因为心怀愧疚而屈从，委屈自己的感情，委屈自己的心。

傅怀安没搭话。

“作为她的哥哥，”林琛在烟雾后的五官变得有些模糊，“我尊重她的任何选择。”

林琛看了眼腕表，放下交叠的双腿，按灭了烟蒂，又从口袋里掏出一个信封放在茶几上，两指按着推向傅怀安，带着嘲讽笑容说道：“但你在追求林暖之前，先处理好和身边这些女人的关系！倘若林暖真的选择了你，为了避免她伤心，你处理不好的，我就来替你处理！”

说完，林琛起身，神色淡漠冰冷地拿过搭在座椅靠背上的西装穿好：“我还有家宴，就不陪傅总了！”

林琛离开后，傅怀安打开信封，里面有一张照片，照片上的人是陆相思的堂妹，陆绮丽。

傅怀安一直资助她到大学毕业，现在她在傅怀安的公司。

傅怀安咬住烟卷，端详着照片上和陆相思有些相似的姑娘，眸底泛起一片冷意。

“老傅……”唐峥推门进来，一脸笑呵呵的模样。

傅怀安抬眸朝门口方向看去，见唐峥进来反手关了门，把照片搁在茶几上，淡淡地问了句：“你怎么在这儿？”

唐峥解开西装纽扣，四平八稳地往傅怀安对面一坐，重新拿了个茶杯，动作娴熟地给自己倒着茶：“还能为了什么？和姓方的孙子周旋，手里攥着个股权跟他攥着玉玺一样，牛得不行！”

喝了口茶，唐峥随手拿起刚才林琛搁在茶几上的股权转让书翻开，问道："这是什么？你和人在这里谈生意？"

话音一落，唐峥看到股权内容后愣住，抬头看向傅怀安："老傅你行啊！从谁手里弄来的？"

嘴里这么问着，唐峥已经看向后面的签名处，十分强劲有力的两个字：林琛。

唐峥脑子一转，突然笑开来："哟，大舅子给你的见面礼？感激你救了他爸和二叔？啧啧啧……林家可真够有情有义的！有林美人儿以身相许，还有这么重的见面礼！林美人儿可真是你的福星！"

唐峥没瞧见傅怀安的签名，抬头问了一句："你怎么没签字？"

傅怀安把抽了半截的香烟按灭，似笑非笑地瞅着唐峥："你觉得该拿？！"

唐峥想了片刻，说道："照道理说你帮了林家，林美人儿对你以身相许，你不该再拿人家这么重的礼了，可换个角度想，你们都快是一家人了，你帮帮未来的老丈人，他们帮帮你这个未来女婿，理所应当的。"

唐峥把股权转让书翻开摊在傅怀安面前，视线扫到了一旁陆绮丽的照片，目光轻微一闪，定了定心神还是说了一句："签吧！"

这百分之八的股份来得不容易，林琛之所以能拿到，是身份摆在明面儿上，拿了百分之八的股份作不了什么妖。

那些犹豫着卖掉手里股份，又惦记着和傅老爷子的旧情的人，大概宁愿把股份卖给林琛，也不愿意把股份卖给来路不明的唐峥。

"搁着吧。"傅怀安端起茶杯轻抿了一口茶。

"你不要？"唐峥一脸意外地问道。

傅怀安神色不变地把茶杯搁了回去。

"我说你这人，咱们费这么大的劲百分之一二地往回买，眼前现成的百分之八的股份你不要？"唐峥弄不明白傅怀安的心思，紧盯着他辨别着傅怀安话里的真假。

唐峥的目光再次扫过桌子上陆绮丽的照片，他压低了声音问："该不会是你这位大舅子知道陆绮丽的事情，用这百分之八的股份感谢你，然后让你和林美人儿一刀两断吧？"

见傅怀安一副漫不经心的模样，唐峥眉头紧皱地抽出一根香烟，把烟盒搁在茶几上，语气有些着急："我早说过陆绮丽这个女人得早点儿处理，她对你的那点儿心思谁不知道？就算是看在陆相思的面子上，你供她上完学已经算仁至义尽了！以她的学历和这些年在凯德的工作经验，去别家公司完全可以谋到更好的职位！"

提起陆绮丽，唐峥心里不是没有火的。

唐峥承认陆绮丽这个女人能力强，业务也没的说。

可这些年她总认为自己在傅怀安面前是特殊的，公司给配的车子她宣扬是傅怀安送的，公司给配的单独公寓也变成了傅怀安"别有用心"的馈赠。

就连去祭拜陆相思，陆绮丽那个女人都能玩出花样儿来。

唐峥总觉得陆绮丽仗着傅怀安对陆相思的那点儿旧情，费尽心机想嫁给傅怀安。

他想，如果不是两年前傅怀安郑重警告陆绮丽不允许她以任何借口靠近团团，大概陆绮丽早就是天府湾的常客了。

"我对林美人儿虽然不太了解，但我敢肯定，越是不会很快交付自己真心的人，就越是情深，但凡她对谁交付了真心，那么她必定爱那个人胜过爱自己，至死不渝！"

唐峥对林暖生出了惺惺相惜的别样情感，想起自己曾经的过往，把指间的香烟点燃，开口道："这样的姑娘感情上一点点的污点对她来说都足以痛彻心扉，如果你真的和林美人儿在一起了，先处理好陆绮丽，毕竟陆绮丽和楚葶不一样，她太会作妖了！"

楚葶有着楚家小姐的骄傲以及骨子里的高傲，陆绮丽很小的时候陆家就已经没落，陆津楠说是生长环境造成了陆绮丽手段不入流，但唐峥认为这是人品的问题。

傅怀安之所以纵容陆绮丽，唐峥一直知道症结在哪儿。

唐峥的神色难见的认真，他看着傅怀安冷漠又刚毅的侧颜线条，调整了下坐姿，向前坐了坐，捋好领带，说道：“陆相思身边的所有亲人，你是照顾不过来的！陆相思已经不在了，你也该放下了！你是行得正坐得端，可架不住流言蜚语，如果你不想让林美人儿听到什么乱七八糟的传闻伤心，让陆绮丽离开公司吧。这件事儿你不好办，让陆津楠来做！”

良久，傅怀安颔首：“让陆津楠去办吧。”

听到傅怀安的话，唐峥勾起了嘴角。

第十五章　温墨深结婚

林暖从林景全的书房出来，手里攥着上次林景全以为自己要出事给林暖的资料袋。

里面是上次分给林暖的不记名债券和海外账户的钱。

林暖不收，林景全就要把这些折成林氏股份给林暖，林暖只能拿着这些东西从书房里出来。

已经换好衣服的林苒下楼时看到林暖，目光扫过林暖手中熟悉的文件袋，又抬眼看向林暖。

她手里端着陶瓷水杯，细长的左手搭在右手肘弯处，勾起嘴角道："你可真是招人疼爱，哪怕没有血缘关系，这个家里不论什么好事儿都有你一份儿！爸出事儿的时候你该工作还工作，该上节目还上节目，回来惺惺作态一番，就有钱拿，你的钱，比拍电影的影星还好赚，你说是不是？”

林暖浅浅呼出一口气，走到林苒面前，把文件袋递给林苒。

林苒嘲讽地笑了笑，视线扫过面前的文件袋：“这份东西我要是拿了，爸一定会给你更丰厚的补偿，你当我傻？”

心知自己和林苒无法好好相处，林苒不接，林暖不再多说，也没有刻意找话题做出一副想和林苒和平相处的姿态，转身准备下楼。

“林暖，你知道吗？当我知道我的身世的时候，我其实并没有多恨你的亲生父母，也没有多恨你。当我回到这个家，看着我的亲生父母对你那份难以割舍的感情，看着和我有血缘关系的亲人因为你的离去而泪眼婆娑、崩溃绝望，让我觉得，我仿佛才是那个最大的错误！”

林苒攥着陶瓷杯的手收紧，指节泛白，她勾起嘴角，眸子却被酸涩袭击：“一开始我并不想来这个家，可是你的亲生父亲把我丢在这里，不负责任地自杀，让我无家可归！而这个所谓的家，即便你不在，你的影子也无处不在，我妈会失口叫我暖暖，我爸这些年送我的生日礼物全都是按照你的喜好买的，大哥对我不冷不热，像是我的到来破坏了你们一家人的相亲相爱。所以，林暖我特别恨你！”

楼梯口的射灯照射在林暖白皙干净的小脸上，她单手扶着楼梯扶手，回头望向林苒：“我理解你对过去我们身份调换的不甘和愤怒，但我们都是被调换的！区别在于，我享受了你原本应该拥有的优渥富裕的生活，而你过着原本属于我的贫穷艰难的日子！所以我对你来说是十恶不赦……”

她深深呼出一口气，平复了心头翻滚的情绪，接着道：“可林苒，我们换回来后，你的亲生父母尚在努力地补偿你，我却从来没有享受过亲生父母一天的宠爱，你还有家，我却连家都没有了，我该怪谁怨谁？”

灯光下，林暖精致的五官略显苍白，眼神带着涩意。

“这个世界上谁都有委屈，不是只有你有。”

林暖回头向楼下走了两步，余光看到隐在楼梯旁的梁暮澜的披肩一角，脚步轻微一顿。

梁暮澜正站在楼下，一手拢着披肩，一手端着刚切好的水果，听到林暖下楼的声音，忙拭去眼中积聚的泪水，转身躲开。

林暖将林景全给的资料袋搁在林家沙发靠背后，见梁暮澜调整好情绪端着水果出来，笑意盈盈，林暖勾唇和梁暮澜告别，谎称台里让回去开会。

听过林苒和林暖的对话后，梁暮澜没有强留林暖。

林暖刚换上鞋出门，林琛的车已经在门口停稳。

关上车门，林琛见林暖穿着运动鞋，背着肩包，问了一句：“要走？”

“嗯！”林暖点头，因为不擅长撒谎，耳根有些泛红，下意识地抬手把碎发别在耳后，“电视台临时有会。”

林琛没戳穿林暖，又拉开车门说了句：“我送你过去。”

不给林暖拒绝的机会，林琛已经坐进驾驶座，林暖只能拎着包和梁暮澜告别，坐进副驾驶座。

梁暮澜站在门口望着林琛的车离去，脑子里回想着林暖那句“你还有家，我却连家都没有了”，心如刀割，捂着胸口，眼眶湿润。

良久，她强装平静地拭去泪水，转身回屋。

车内，林琛没有和林暖提起今天找过傅怀安的事情，反倒和林暖说起苏曼曼力挺林暖的事。

“和苏曼曼认识？”林琛问了一句。

林暖掏出包里轻微一振的手机，回答道：“她上过我的节目，下个周末就要播……”

她点开微博，网上又炸了锅。

先是顾含烟站出来力挺林暖，称和林暖相识多年，温墨深心头所喜欢的绝对不是林暖，他把林暖当亲妹妹，希望大家不要攻击无辜的林暖，并称帖子上所描述的都不是事实，林暖的人品不应受到质疑，并且向所有人道歉，说发帖子的是自己和林暖有过节的表妹，并且@了自己的表妹，要求她站出来还林暖清白。

而一分钟之前，又有帖子发了出来，顾含烟所谓的表妹承认自己曾在学校和林暖有过节，因为她喜欢的学长一直追求林暖，林暖却对那位学长视若无睹。她可以看在自己表姐的面子上站出来说明情况，但绝对不向林暖道歉，除非林暖向那位学长道歉！

网上乱糟糟的说什么的都有，但有了苏曼曼和时寒初的力挺，林暖倒是被摘得干净。她烦躁地关了微博，就听林琛开口道："微博上的事情你不用在意，墨深和顾含烟惹出来的事情，墨深会解决好。"

林琛说话时余光扫过林暖："墨深的婚礼，如果你不想去……"

"哥，我已经放下了。"

林琛单手扶着方向盘，侧头看了眼林暖，她这话不像作假。

他目视前方，点头道："放下最好！"

林暖通过后视镜注意到后面跟着的那辆迈巴赫，虽然看不清楚车牌，心脏却还是怦怦直跳。

应该不会是傅怀安吧？

海城的豪车不少，开迈巴赫的人应该也不少，林暖忍着加快的心跳，压下自己心头所想，总不能看到迈巴赫就觉得傅怀安在其中。

林琛把车停在广电大楼门口，林暖解开安全带对林琛道："我先走了，开车注意安全。"

"小暖！"

林暖按着门把手，回头问道："嗯？！"

现在是下午五点半，时间并不晚，但阴沉沉的天空已经黑透，霓虹灯光穿过茂密的大树枝叶，从挡风玻璃外照射进来，斑驳地落在林暖干净白皙的小脸上，让她的五官显得越发立体精致，眉目间轻熟气质毕现。

林琛的喉结轻微滑动，他还是把想说的话咽了回去，抿了抿薄唇，声音低沉地道："以后有关家里的事情，你做之前都和我商量一下！"

知道林琛指的是这次她找傅怀安拿资料的事情，林暖点头道："我知道了。"

林琛颔首："去吧。"

强劲的凉风吹过，几乎把林暖吹透，冷得她抱紧了双臂。树枝摇晃，积水哗啦啦地往下掉，林暖单手护着头顶往旁边公交站的候车棚下挪了挪，细长的手指拢着凌乱的发丝，将其别在耳后。

公交站候车棚的广告灯箱灯光柔和，给林暖整个人镀上了一层柔光。

有车灯朝着林暖的方向闪了闪。

林暖侧头看去，一辆迈巴赫停在不远处。林暖心头雀跃，她把手机放回包里，走向迈巴赫。

隔着挡风玻璃，林暖看着里面眉目深邃的男人，心跳怦怦跳动。

她拉开副驾驶车门坐进去，眉目间有着掩不住的欣喜："你怎么在这儿？"

傅怀安笑了笑道："接你。"

这时傅怀安的电话响起，他按灭，随手将其搁在仪表盘上。

追问傅怀安怎么知道她在这里的话被林暖咽了回去，她想起了刚才在车上透过副驾驶的后视镜看到一辆迈巴赫跟着。

她攥着包带的手微微蜷缩，心底漾着浅浅的蜜糖味："你在车后跟了一路？"

傅怀安点头应了一声，放在仪表台上的手机又振动起来。

他没接电话，目视前方专心地开着车，打了左转向灯。

见不是回她那儿的方向，林暖问道："我们去哪儿？"

“去天府湾，团团想你了。”傅怀安终于拿起一直振动的手机，挂断电话，然后关机。

林暖点头，路过蛋糕店时，让傅怀安靠边停了几分钟，给团团买了草莓蛋糕。

林暖进门时，见漂亮的小团团正跪在小板凳上，撅着小屁股趴在茶几上用水彩笔画画，模样很认真，然后放下一支水彩笔换了颜色接着涂涂画画。

他两只小手上全是水彩的颜色，花花绿绿的。

“先生、林小姐！你们回来了。”李阿姨从餐厅出来用围裙擦了擦手，从鞋柜里给傅怀安和林暖拿出拖鞋。

团团闻声看向门口，看见林暖，有些着急地双手扶着茶几，伸脚往小板凳下面的地板探。

“李阿姨我来就好了！”林暖不好意思地弯腰想要自己拿鞋，却被李阿姨抢先一步。

客厅里突然传来咚的一声，林暖忙抬头看去，就见团团和小板凳都倒在地上。

林暖顾不上换鞋，忙把蛋糕搁在鞋柜上，脱了鞋穿着袜子小跑过去扶起地上的团团。

团团眼眶有些红，但他看到林暖还是露出了笑脸。

林暖跪在团团面前问道：“摔疼了？”

团团摇头，两只小肉手抱住林暖的脖颈，把头枕在林暖肩上，白白胖胖的小脸被压得嘟了起来：“妈妈……”

李阿姨都要被这幅画面萌化了。

只是林暖今天穿着白色的连帽卫衣，扎着马尾辫，看起来就像十八九岁的小姑娘，团团这一声妈妈倒显得违和了。

傅怀安拎着林暖的女式拖鞋走至林暖面前，松了松领带，蹲下身把拖鞋搁在林暖脚下。

“谢谢。”林暖道谢。

团团闻声双手抱着林暖的脖颈转身，低着头看着单膝蹲跪在地上的傅怀安。

贵气的男人大手攥着林暖的脚踝，把她的脚放入拖鞋中。林暖一下红了耳根，因为男人掌心过烫的温度，也因为傅怀安的动作。

她很难想象傅怀安这样的男人，会纡尊为别人做这种事情。

李阿姨这么大年龄的人了，站在一旁看着都觉得眼热。她和自己家丈夫在一起三十多年也不曾见他这样体贴过，傅先生平时看起来冷淡，倒是个知道疼人的。

火上还熬着一道汤，李阿姨怕溢锅，忙回厨房盛汤。

傅怀安上楼换衣服，林暖坐在沙发上，任由团团捧着自己的画作挤进她怀里，献宝似的举起让林暖看。

林暖没看明白，只看到绿色的是草，还有用红色水彩笔画的房子，还能看出一棵大树，但是……这大树下的黄、红、蓝三个圈圈叠圈圈的东西……

团团伸出手指，指着红色的那堆圈圈：“妈妈！”

林暖微张唇瓣，理解了团团的意思，笑着揉了揉团团的小脑袋，十分配合地点了点头，指着那堆小一些的黄色圈道：“这是团团。”

团团不好意思地红了脸，点了点头，又指了指蓝色圈道：“爸爸！”

林暖点头，团团小手指又滑向那个房子，仰着脖子看林暖，双眸十分明亮：“家！”

林暖莫名地眼眶有些发酸，如果相思姐还在应该会给团团一个幸福又温暖的家吧！

她抬手揉了揉团团的小脑袋，夸奖道：“团团画得真好！”

餐厅里，三个人在暖色灯光下和乐融融的模样，从未拉窗帘的落地窗透了出去，在这大雨倾盆的雨夜里显得格外温馨，犹如一幅充满温情的油画。

团团坐在儿童餐椅上，紧挨着林暖，十分享受林暖给他喂饭的幸福感。

那只英短大肥猫跃到了椅子上，一本正经地坐在林暖的另一侧，卷着尾巴，似乎闻到了鱼肉的味道，喵喵叫了两声，抬起前爪扒住餐桌边缘，却在触及傅怀安幽深的目光后，吓得跳下餐椅逃窜了出去。

李阿姨做了鱼炖豆腐，团团坐在儿童座椅上，双手扶着桌子，张嘴吃着林暖已经剔除鱼刺的白嫩鱼肉，被喂了一个肚儿圆，在餐厅里拿着小飞机来回跑。

见举着飞机的团团突然跑到自己面前，仰头看着自己杯子里的柳橙汁，十分眼馋，林暖把杯子递给团团，他抱着玻璃杯咕嘟咕嘟喝了几大口，很有良心地给林暖留了些，举高胳膊把玻璃杯还给了林暖。

“日子看好了吗？”傅怀安放下水杯，眸子含笑地望向林暖问道。

“还没来得及……”

提到领证，林暖心底就泛着甜丝丝的感觉，只是梁暮澜和林景全对傅怀安有误会，这段时间林家事多，林暖还没来得及澄清。

“不急，一会儿看你节目重播的时候，我们慢慢挑选。”

收拾完厨房，林暖拿了包去卫生间换卫生棉才发现包里的卫生棉已经用光了。

她尴尬地从洗手间里出来，看了眼外面的大雨，犹豫再三，打算用手机软件叫超市那边帮忙送一下卫生棉。

因为起送价是八十，林暖正坐在餐桌前挑选别的东西凑单。

“要买什么？”

不知道什么时候傅怀安走到了她身后，一手扶着座椅靠背，一手扶着餐桌边缘，靠近林暖看向她的手机屏幕。

林暖回头，肩膀抵住了傅怀安的胸膛，视线所及之处是他棱角分明的侧脸轮廓。

像是被傅怀安圈在怀中的姿势让林暖有些不安，她生怕团团跑出来看到尴尬："卫生棉没了，买卫生棉，起送价不够在凑单。"

鼻间全是傅怀安身上的男性气息，林暖只觉得周遭空气的温度在上升，她专心地看着手机屏幕，点击了几样东西加入购物车。

傅怀安侧头看着林暖泛红的耳郭，眼神带着几分笑意，唇瓣几乎擦着林暖的耳骨，热气和磁性的嗓音一起灌入她耳中："卫生棉我让李阿姨准备了，怕你今晚没有用的。"

耳朵本就是林暖最敏感的地方，她咬住唇，几乎要忍不住面颊上沸腾的热度。

她听得懂傅怀安的话。

傅怀安让她今晚留下。

"衣服什么的我都没带……"

"李阿姨都准备了！"傅怀安压低了声音，"雨下这么大，一会儿还要一起看你的节目重播挑选领证的日子，你哪里来的时间回去？"

听到爸爸妈妈在餐厅里说话，团团一个人在客厅里待不住，嗒嗒嗒地跑进餐厅，站在林暖身边，仰着头看向林暖，问："领证？妈妈？"

林暖想要起来，又怕动作太大反倒让团团疑惑，硬是压着心跳坐着没动。

她正想着该怎么回答团团的问题，傅怀安侧头看向小不点儿道："就是爸爸和妈妈结婚，以后住在一起。"

团团一听，呆愣了片刻，随即瞬间红了眼，扑过去抱住林暖的双腿，仰头用湿漉漉的黑眼眸望着林暖："团团也要领证！"

他也想要和爸爸妈妈住在一起。

那双湿漉漉的眸子里都是伤心和害怕，林暖没有被逗笑，反而心疼不已。

“爸爸妈妈领了证，我们就能都住一起了！”傅怀安耐心地和团团解释。

团团直起身，一副来了精神的样子，又似乎不太相信，乌黑的眼珠子直看向林暖。

傅怀安又道：“去把日历本拿来挑选领证的日子。”

团团点了点头，被林暖放了下来，跑远，片刻后又嗒嗒嗒地抱着日历跑过来，卖力地扒着沙发爬上去，一屁股坐在林暖和傅怀安中间，翻开日历，小手戳着日历本上的数字一个一个地看。

“领证……和妈妈住？”团团仰着脖子看向林暖，幸福得耳尖儿发红。

林暖垂着眸子，揉了揉团团的短发，耳朵也红了，不敢抬头看傅怀安，点头道：“嗯……”

“领证！今天！”团团勇敢地大声说出了自己心里所想，肉肉的小手指戳着日历上今天的日期，露出大大的笑容表示自己对这个日子的满意。

傅怀安双腿交叠地坐在落地灯下，看着正和林暖讨论领证时间的团团，刚毅的五官被灯光染上了一层暖色，嗓音低沉地道：“这个点儿民政局的叔叔阿姨都下班了，没法领证。”

团团低头看着自己手里的日历，手指一挪，本来想说明天，但一想到明天他要去幼儿园，又抬头问傅怀安：“团团也去？”

“你不去，明天你在幼儿园好好上课。”

团团想了想，从傅怀安的胳膊底下钻过去，举着日历，胖手指戳着周六的日期，神情认真地对傅怀安道：“领证！团团去！”

星期六？

林暖将视线落在日历本上，周六是顾含烟和温墨深举办婚礼的日子。

现在星期六民政局也可以领证，带上团团也不是不可以。傅怀安注视着林暖清秀干净的五官，开腔道："星期六怎么样？"

听到傅怀安低沉的嗓音，林暖回神，见团团已经歪着屁股坐在傅怀安腿上，眼巴巴地望着自己。

她已经答应了要去参加温墨深的婚礼，婚礼结束时大概一点多，到时候去领结婚证也来得及。

说到领证，林暖除却甜蜜心底还有些不好意思，她把碎发别在耳后，点头道："那上午我去参加婚礼，下午我们去领证。"

团团拽了拽林暖的衣袖，眼巴巴地看着林暖："团团也去！"

在团团期待的目光中，林暖说了个"好"字。

星期六早上，林暖录完节目，白晓年也已经从早间新闻部过来等着林暖，准备陪她一起去参加温墨深的婚礼。

"你陪我去没关系吗？叔叔怎么办？"林暖不放心地问白晓年。

"我请了护工照顾我爸，没事儿，走吧。"白晓年看了眼腕表，拎起单肩包，"再不走就赶不上婚礼了。"

两人一到地下车库，就见白晓年停在电梯口的 A4 车门不知道被谁划了一道长长的痕迹。

白晓年看着自己的爱车，心里无比郁闷，拉开车门嘟哝了一句："我这车门是招谁惹谁了？好好长在自己身上，一会儿被人撞飞，一会儿被人划！"

"地下车库有监控，我给保安部打个电话让他们看看监控。"林暖坐进车内，拿出手机给广电大楼的保安部打电话，询问关于白晓年的车被划的事情。

保安一听就知道是怎么回事儿，说今天上午有几个青少年不知道怎么进了广电大楼的地下车库，划了十几辆车，白晓年的车倒霉，正好就是这十几辆车中的一辆。

保安那边的意思是，那些青少年已经没了踪影，白晓年只能和其他人一样自认倒霉。

等林暖挂了电话，白晓年目视前方开着车，问道：“怎么说？”

林暖从副驾驶的储物盒里找出白晓年的保单扫了几眼。

“走划痕险吧，车门是被一群青少年划的，早就找不到人了！”

虽然郁闷，可白晓年也暗自庆幸，幸亏自己当初没省那俩钱，把保险给买了，否则从后保险杠到前保险杠这么长的划痕，让白晓年自己掏腰包修，她得怄死。

温墨深的婚礼定在明珠大酒店举行。

温家的长辈没有一个人来，对顾含烟这个儿媳妇，温父、温母都不接受。

尽管如此，温墨深还是执意要迎娶顾含烟。

他打算和顾含烟结婚后就出国，温氏这些年一直是温墨时在打理，他做得很好，温墨深不打算夺回继承权。

远在国外的温墨时知道温墨深要结婚，赶回国内参加婚礼，十分不情愿地当了温墨深的伴郎。

顾含烟的父母因为女儿被爆出的丑闻，此次也是十分低调，没有大肆宣扬女儿结婚的消息，仅邀请了关系比较近的亲朋好友。

和顾含烟想象中的婚礼不太一样，但现在她的名声已经是这个样子，如果不是温墨深的话，大概也没有人愿意娶她。

只是温墨深放弃了温氏的继承权，这的确大出顾含烟所料。

想到她和温墨深以后的日子，她心里就没底，甚至觉得当初还不如答应和傅怀安订婚，至少不会为以后的生计担忧。

顾含烟当初之所以不愿意和傅怀安订婚而找林暖帮忙，是源于傅怀安让顾家签的一份协议，要求订婚后顾含烟住进天府湾照顾傅怀安的儿子，而婚礼必须等到她怀了傅怀安的骨肉才能举行。

傅怀安这些年洁身自好，身边没什么女人，顾家人老早就猜测大概是他儿子的缘故。

所以协议称，为了照顾傅怀安的儿子的情绪，傅怀安会告诉他的儿子顾含烟是他的亲生母亲，一旦顾含烟住进天府湾却又改变主意不愿意嫁给傅怀安，那么需要以顾氏百分之三十的股份作为赔偿。

为了孩子，这样严苛的条件顾家不是不能理解，更何况傅怀安以前是律师，做事严谨，喜欢丑话说在前面，签协议也没什么，顾家人能接受！

协议还称，两人婚后只要不是因为顾含烟出轨等原则性问题离婚，傅怀安会支付顾含烟和孩子一切所需费用和凯德百分之五的股份，反之如果因为顾含烟出轨而离婚，顾氏需要以百分之三十的顾氏股份赔偿傅怀安。

顾氏百分之三十的股份和凯德集团百分之五的股份相比，自然是不够瞧的，顾家也十分爽快地答应了下来。

这样的协议，虽然婚前对顾含烟不公平，但只要顾含烟怀上傅怀安的孩子，哪怕是离婚后生活也会有所保障。

再者，顾家人也希望顾含烟和傅怀安结婚后好好在一起，指望傅怀安能够成为顾家的助力，自然不会让顾含烟和傅怀安轻易分开。

但就在订婚前几天，顾含烟和朋友去夜店庆祝时，偶然碰到了傅怀安的好友陆津楠。顾含烟原本要上前去打个招呼，却听到喝多了的陆津楠正和别人说，这么多年傅怀安身边从未有女人，不是他洁身自好，是因为傅怀安那方面不行！

顾含烟当时就停下脚步，躲在灯光幽暗处细细听着。

有人问陆津楠："傅先生不是要和顾家的小姐订婚了吗？那顾家不知道？"

陆津楠摇头，笑得神秘莫测，点了根香烟道："还能让顾家知道？"

“呀！那傅先生这算不算是骗婚啊？要是结了婚，以后顾家知道傅先生身体有问题，还不得告得傅先生倾家荡产？就算傅先生以前在官司上未尝败绩，这样的官司也打不赢吧？”

陆津楠嗤笑着弹了弹烟灰，一脸轻蔑地道：“你们当老傅傻啊？他以前可是做律师的，精着呢！老傅让顾家和他签一个协议，订婚后顾家小妞得住进老傅那里给他的儿子当妈，婚礼需要顾家小妞怀孕了之后才能举行，而在此期间如果顾家小妞不愿意和老傅结婚了，需要顾氏用百分之三十的股份进行赔偿！”

和陆津楠说话的人一脸震惊，压低了声音道：“那顾家手中握着的顾氏集团的股份不过才百分之四十五！”

陆津楠点了点头，笑容无比轻蔑地道：“所以啊，谁能精得过老傅？”

顾含烟站在角落里，听得心脏怦怦直跳。

傅怀安已经有一个儿子了，所以大概根本不在乎她顾含烟是否能再为他生一个孩子！

现在想想，傅怀安的这个怀孕才结婚的要求，就是为了断顾含烟的后路，让顾含烟不能生孩子又不能嫁别人，只能认命地给傅怀安的孩子当后妈。

顾含烟不笨，甚至能够想象到，等到孩子逐渐长大，她却一直没能怀上傅怀安的孩子，傅怀安大发慈悲说可以娶了她，但是那份协议的内容就会变一变了。

怕是以后她再也别想离婚了，就算是要离婚大概也会让顾家付出相当可怕的代价。

顾含烟回去后找父母商量，不愿意再和傅怀安订婚，可是协议已经签了，顾氏百分之三十的股份可不是开玩笑的！

顾含烟的父亲手上攥着顾氏集团百分之四十五的股份，身为最大股东，要是把百分之三十的股份交出去，那傅怀安可就是顾氏的最大股东了！

顾家人深知着了傅怀安的道却没有办法，只能让顾含烟牺牲。

思来想去，她想起傅怀安曾隐约提到过林暖，似乎对林暖很感兴趣的样子，这才去找林暖说了那样一番话。

外面婚礼现场的奏乐已经响起，顾含烟回神，觉得自己刚才那个想法很可怕！

和温墨深在一起，至少还可以拥有自己的孩子，不论是离婚还是结婚，她都是自由的。

最重要的是她了解温墨深这个男人，和傅怀安在一起她必会战战兢兢，傅怀安那个男人城府太深，和他一起生活怕是每天都在算计，想想就觉得累。

顾含烟就不相信温墨深的父母真的会不管温墨深了！毕竟当初顾含烟和温墨深在一起的时候，就知道温墨深能力不凡，想必温墨深的父母不会放弃培养了二十几年又这么优秀的继承人。

顾含烟呼出一口气，走一步看一步吧，反正婚礼后她会和温墨深出国。如果实在不行她可以在婚礼后先不和温墨深领结婚证，如果温家最后绷不住在温墨深这里服了软接他们回温家，她再和温墨深领结婚证就行了。

如果温家真的那么狠心放弃了温墨深，那她完全可以等国内温墨深的热度过了，在国外和温墨深分开，那个时候大概也没有多少人会关注她了。

工作人员敲了敲门，然后推开门对顾含烟说了一句："十分钟后新娘子准备出场！"

顾含烟点头。

宴会厅门口竖立着温墨深和顾含烟的合影，有一人多高，照片上顾含烟一身白纱，挽着温墨深的手臂，眉目间流露着甜蜜之意。

温墨深单手插兜嘴角含笑，那双眸子平静无澜，说不出的高深。

“看什么呢？”

白晓年不由分说地拉着林暖的手臂走进了宴会厅。

一进婚礼现场，林暖就看到温墨深、林琛还有宋晨枫医生站在主桌旁说话，他们三个曾是大学时期特别要好的朋友。

温墨深今天穿着白色礼服，区别于林琛一身黑色西装的深沉厚重，温墨深整个人温润如玉，嘴角带着礼貌的微笑，显得英俊儒雅。

余光注意到刚进来的纤瘦身影，他侧头朝着林暖望去。

两人四目相对，他那双漆黑的眼眸里仿佛藏着无数话语以及无法对人言的深情。

隔着十几张宴会桌，林暖对温墨深浅浅颔首，表情十分郑重。那是她的过往，是她青葱年华曾深深爱过的人。

温墨深已经成为林暖心头的过去式，她会为那段单相思画上休止符，但仍然会把那份纯粹的爱留在心底，好让自己不要失去爱一个人的勇气。

前几天林暖和温墨深的事情在网上闹得沸沸扬扬，不少人因为这件事认识了林暖，见林暖来参加温墨深的婚礼，都侧着头低声议论起来。

温墨深远远看见林暖，迎了过来，把林暖和白晓年带到座位上，草草地和林暖说了两句话，又忙着去招呼其他人了。

林暖和白晓年被安排和林琛坐一桌，因为温家父母和亲戚没有来，主桌位子空了一大半。

宴会厅并不大，却没有坐满人，来客稀稀拉拉地坐着，就连酒店外面被保安拦着的记者都比来客要多。

林琛本打算过来和林暖一起坐，却被生意上的合作伙伴拉到了另一桌。

看着新娘挽着父亲的手臂从门外款款走来，掌声亦稀稀拉拉地响起。

隔着长长的水晶玻璃T台，林暖看到吊儿郎当地坐在椅子上、嘴角叼着一根香烟的陆津楠，彩色绚烂的灯光下，他弹了弹烟灰，正侧头和身旁的男士说着什么。

“他怎么在这儿？”白晓年也注意到了陆津楠，皱起眉头问道。

林暖摇了摇头，低头摆弄着手机，查询领证的流程。

和第一次去领证的心态不同，此时林暖已经开始紧张了。

顾含烟的父亲绷着一张脸，把新娘交到温墨深的手里便从台上下来了，没有让人热泪盈眶的叮嘱。

主桌上，顾含烟的爷爷用拐杖用力敲着地板，厉声训斥着顾含烟的父母，亲家不到场的婚礼简直就是在打他们顾家的脸！

顾老爷子情绪激动，剧烈地咳嗽起来，整张脸涨得通红，用力捶着胸口。

主桌上瞬间乱成一团。

顾含烟的姑父推着轮椅过来，几个人手忙脚乱地把快背过气的顾老爷子扶上轮椅。

顾含烟的姑姑趾高气扬地说了些什么，一群人连忙簇拥着把顾老爷子推走。

顾家老太太叹了一口气，坐在主桌上未动，对女儿叮嘱了几句，拢了拢披肩。身旁的保姆忙给顾老太太送上清凉油，又忙按摩顾老太太的太阳穴。

整个婚礼的气氛本就不热闹，这会儿因为主桌的变故显得越发古怪压抑。

“我还真是头一次见这样的婚礼。”白晓年端着倒满橙汁的高脚杯，抿了一口橙汁，听着新郎、新娘说着“我愿意”，然后交换了戒指。

白晓年撇了撇嘴，视线朝着台上看去。她怎么就那么看不顺顾含烟泪眼婆娑地说什么“我愿意”呢？

中途白晓年出去接了个电话，回来对林暖道：“一会儿傅怀安在你家小区楼下接你吗？”

林暖将视线从手机上移开，看着白晓年道：“嗯，怎么了？”

她和傅怀安约的两点在楼下见，婚礼结束时也就一点，林暖打算回去换身衣服化个淡妆。

“我有点儿事在附近办，车你开走。”白晓年把 A4 的钥匙放在林暖面前。

林暖没拿车钥匙，打车回去十几分钟的事情，白晓年一会儿还得去医院，她不想耽搁白晓年的时间。

见温墨深扶着一身婚纱的顾含烟从台上下来，白晓年眯起眸子对林暖道：“婚礼结束了，我就先走了。”

“好！”林暖点头把手机装进包里，“我和我哥打个招呼也走了！”

林暖是看在温墨深的分儿上来参加婚礼的，但顾含烟来敬酒还是算了。

林暖人到了，祝福温墨深的心意就到了，并没打算多待。

T 台那头，陆津楠见林暖起身，目光却跟随着白晓年窈窕的身影。

有人顺着陆津楠的目光看过去，打量着和林暖告别往另一方向走的白晓年，打趣道：“那个是白晓年，海城电视台早间新闻的主播，啧啧啧……陆总要是想认识的话，我有办法在中间搭个桥！”

陆津楠把手中的烟头丢进烟灰缸里，呼出一口白雾，表情别有深意地道：“不劳徐总费心。”

这话的意思就是不让别人插手了，说话的人识趣地点了点头：“那是自然，陆总想要认识的人，哪有搞不定的！”

白晓年临走前去了趟卫生间，出来就看到了站在垃圾桶旁抽烟的温墨深。

温墨深脱掉了白色的西装外套，穿着白色马甲、白衬衫、笔挺的白色西裤和白色皮鞋，领口的领结已经解开，随意塞在裤兜里，单手插兜，挺括的衬衫衣领敞开着，即便整个人一丝不苟，身上却充满着一股浓浓的颓废感。

白晓年甩了甩手上的水珠，就见温墨深目光深邃地向她看来。

两人之间不过四五米的距离，白晓年无视温墨深，抬脚离开，两人擦肩时温墨深略微嘶哑的声音传来："暖暖呢？"

白晓年脚下步子一顿，还未干的手指轻微收紧，她侧头见温墨深已经把未抽完的半截香烟按灭在垃圾桶顶端的烟灰缸里，白烟中温墨深的神情带着说不出的伤怀。

看着不远处被烟灰弄脏的大理石地面，白晓年突然勾唇，答非所问道："其实我一直想在你和顾含烟结婚之后告诉你一件事情。"

温墨深听出白晓年话里的讽刺，双手插兜，点头道："你说。"

白晓年的笑容标准得和直播《早间新闻》一般："2014 年 6 月，林暖人在伊拉克，经历了什么她从来没有对任何人说起，我只知道林暖回来之后，在你的大学同学吕晗子那里接受了相当长一段时间的心理疏导！"

温墨深只觉大脑刹那间变得空白，胸口像突然被什么东西堵住，明明白晓年说得轻松随意，他的血液却像是瞬间凝结成冰，冰碴狠狠地穿透了他的骨髓。

望着温墨深逐渐苍白的脸色，白晓年接着道："我记得林暖说过当年里州地震，还是医科大学学生的你们也去灾区救援了吧？从灾区那种地方回来，你们尚且被学校安排进行心理疏导，要是顾含烟去过伊拉克回来，还能什么事儿都没有地该干什么干什么，那我倒是真挺佩服顾含烟的心理承受能力的。"

温墨深双眸红了一片，整个人仿佛还处于震惊中回不过神来，全身的毛孔都透着寒意，身体止不住地颤抖起来。

"我之所以选择等你结了婚再告诉你，是因为今天林暖要去领证了，和傅怀安。"

温墨深骤然收紧双手，死死地攥着拳头，心像被人撕开了长长一条口子，疼得鲜血直流。他嗫嚅着唇瓣想要问什么，喉咙却胀痛得发不出任何声音。

“林暖能和傅怀安修成正果，说起来还要多谢你和顾含烟呢，是因为顾含烟找到林暖，说什么她不想等你回来了却发现你最爱的女人和傅怀安结了婚，所以林暖答应了顾含烟代替顾含烟去和傅怀安结婚！”

一股气血涌上头顶，温墨深脑子嗡嗡直响，他还没反应过来，脚下已经动了起来。

白晓年一把抓住温墨深的手臂，隔着一层薄薄的衬衫，她的指甲几乎要穿透温墨深的皮肉，她勾唇：“想去阻止林暖吗？你来得及吗？你配吗？温墨深，你已经结婚了！”

“你已经结婚了”这六个字绞得温墨深心肺俱裂，他双眸通红，心里翻腾着复杂的情绪：“放开！”

白晓年闻言，松开温墨深的手臂，抬起双手，笑看着温墨深，直到温墨深的身影消失在她的视线中，她嘴角的笑意才消失。

林暖说，既然已经不打算和温墨深在一起，就不想把真相说出来撩拨温墨深的心。

可凭什么？凭什么林暖遭了那么多罪，最后却是顾含烟享受到了结果？

凭什么林暖付出的一切，温墨深却都不知道，心底还怨着为什么林暖不等他？

凭什么便宜都让别人占尽，林暖就活该倒霉？

白晓年不愿意违背林暖的意愿，却也不愿意看着自己的朋友白白受委屈。

既然现在温墨深和顾含烟结了婚，那就没有再去追求林暖的立场。

白晓年选择这个契机将一切告诉温墨深，不过是想要在温墨深心里留下一份歉疚和永远抹不去的遗憾，只有这样顾含烟的日子才不会好过。

“都说最毒妇人心，说得真是一点儿都不假。”

白晓年闻声，回头瞧了瞧，一身黑色西装的陆津楠正站在男洗手间门口，双手插兜，黑色的衬衫领口领带有些歪。他蹙着眉，眼睛微眯，仰着清瘦的下巴凝视着她，眉目间多了几分风流不羁的味道。

因上次在傅家老宅的交锋，白晓年心底还是有些怵陆津楠的，脖颈后渗出细密的汗水。

她深深地看了陆津楠一眼，语气不似刚才和温墨深说话时那么轻蔑地道：“我只不过是把事实告诉当事人而已，怎么就最毒妇人心了？陆总这话说得倒是让人不明白了。”

陆津楠盯着白晓年看了片刻，显然不信白晓年的话：“真相？！呵——你口中所谓的真相，大可在他结婚之前告诉他，结婚后才说……白小姐这是杀人不见血，却比杀人更狠，诛心呢！”

“陆总，今天我的好友要和您的好友领结婚证，我脑子没陆总好也知道，在温墨深结婚前告诉他真相，那不等于搅黄了我好朋友领证的好日子？”白晓年嗤笑了一声，“还是陆总想要搅黄自己朋友的姻缘？”

陆津楠看着白晓年明艳的五官，朝着白晓年的方向迈步。

白晓年一副镇定自若丝毫不畏惧的表情，却又忍不住退了脚步。陆津楠停下脚步，似笑非笑地看着白晓年道：“你说林暖曾经为了温墨深去了伊拉克，这事儿如果是真的，我就不大赞同老傅和她领证了。她心里藏着个人，能一心一意地对老傅吗？！如果没有这事，你这些话就显示了你的人品有问题，物以类聚，人以群分，我看林暖也不怎么样！”

白晓年被陆津楠的话说得一肚子火，她冷笑着直视陆津楠的双眸，说道：“要说物以类聚，人以群分，傅怀安和你是好朋友，那我倒是觉得傅怀安配不上我们林暖了！”

陆津楠眸色一沉，盯着表情视死如归的白晓年。

从婚宴上出来后，林暖和傅怀安通过电话，约了在楼下见面的时间，见时间还早，洗了个澡。

她打开衣柜，挑选了一套比较正式的带领连衣裙小套装。

林暖平时不怎么会化妆，她把化妆品从梳妆台下面的抽屉里找出来，盘了头发，开始扑粉描眉。

林暖的口红都是白晓年送的，白晓年总说林暖的嘴巴长得特别好看，特别适合豆沙色口红。

涂好口红，林暖把头发放下来，在镜子前换了好几双鞋，才郑重地出门，心里的滋味说不上来，但能感觉到其中有丝丝甜蜜。

林暖从单元楼门一出来，就看到温墨深一个急刹把车停住，从车上下来，还是那身结婚礼服。

他望着从单元楼门里出来的林暖，她穿着浅色秋款连衣裙，外面套着一件中袖小香风外套，纤细白皙的手腕儿上戴着白色陶瓷手链腕表，单肩包、高跟鞋，长发披肩亭亭玉立地站在那里。

一阵风吹过，林暖抬手把被风吹得四散的长发别在耳后，一脸意外地看着温墨深的黑眸说道：“墨深哥，你怎么来了？”

温墨深闯了几个红灯赶来，有一肚子的话想对林暖说，想让林暖不要去领证，想告诉林暖他爱她！

可他看着林暖被阳光勾勒的清丽五官，喉头一哽，竟一个字都说不出来。

想去阻止林暖吗？你来得及吗？你配吗？温墨深，你已经结婚了！

白晓年说的每一个字都像是一把利刃，刺得温墨深鲜血淋漓。

哪怕没有领证，他也给了顾含烟一个婚礼！

他和林暖之间本就有沟壑，而如今怕已经不仅仅是沟壑那么简单了。

温墨深突然心酸得难以控制情绪，红了眼道：“我……”

“妈妈！”

温墨深刚开口，就见一个小身影从旁边的车上下来，挣脱大人的手，举着一枝玫瑰花，嗒嗒嗒地朝着林暖的方向欢快地跑来。

乍一看到团团，林暖有些错愕，猜出傅怀安也来了，又有些惊慌，抬头朝着团团跑来的方向看去，内心莫名地害怕傅怀安误会这样的场面。

黑色轿车的后排座椅车门开着，傅怀安迈出长腿，弯腰出来，林暖不受控制地向傅怀安看去。

阳光下，傅怀安身高腿长，穿着月白色衬衫，没系领带，藏蓝色的西装衬得他挺拔优雅又透着沉稳和极强的威慑感，骨节分明的大手系好腰间的西装纽扣，他缓步走来。

林暖攥紧肩包，心怦怦地跳。

团团原本趴在后排坐上乖乖地等着妈妈出来，可妈妈一出来就被那个穿白色衣服的叔叔拦住了。

团团仰头见爸爸不动声色，有些着急想要下来救妈妈，他没有问爸爸，自己想了想就飞快地推开车门下车朝着妈妈的方向跑去。

“妈妈！”

团团张着双臂抱住林暖的双腿，仰头看向林暖，小胖手举得高高的：“妈妈……花，送你！”

温墨深看到一个孩子抱着林暖叫妈妈，意外又震惊，话没经大脑下意识地脱口而出：“你什么时候有儿子了？”

团团抱着林暖的腿没有松开，扭头看向说话声音突然大起来的温墨深，有些害怕，却还是勇敢地伸手指着温墨深：“凶我妈妈！讨厌！”

林暖弯腰托着团团的胳膊把他抱起来，浅笑着对温墨深道：“嗯……我有儿子了！”

当着团团的面，林暖不愿意和温墨深解释得那么详细，怕伤了小团团的心。

从林暖抱起团团的那一刻，团团就已经和林暖结下了不解之缘，她就是团团的妈妈！今天是，以后永远都是。

温墨深看着那个在小不点后面从容走来的男人，男人背光而来，举手投足间气场低调中透着强势，让人无法忽略。

“墨深哥，你有什么事吗？”林暖抱着团团问道。

温墨深注视着傅怀安，喉结上下滑动，脸上神色复杂。

这些日子，温墨深内心纠结挣扎，郁郁寡欢，整个人都被染上了一层颓然气质。

和眼眶通红的温墨深相比，傅怀安周身透着一丝不苟的精致。

团团单手抱着林暖的脖子，手指并拢挡着林暖的耳朵，低声耳语道：“后备厢，都是花花！团团拿一枝……送妈妈！”

林暖一手抱着团团，一手拿着刚才团团送的那枝玫瑰花，眉目间有几分隐约可见的羞涩神采。

女人谁不喜欢悦已者花点儿心思的鲜花攻势？林暖也是女人，所以没能免俗，听到团团这么说，很难不愉悦，嘴角的弧度压都压不住，羞赧也跃然于眉眼之间。

“准备好了？”傅怀安抬脚走上台阶，声音温柔地问道。

林暖点头道：“嗯……”

温墨深看着林暖看向傅怀安的眼神，明亮又带着几分羞涩，曾经林暖也用这样的眼神看过他，所以温墨深懂得其中的含义。

如果刚才因为想起白晓年的话，温墨深满腔的爱意无法宣之于口，那么此刻，看着他们四目相对的眼神，温墨深有预感，即便他说了什么，保证会把顾含烟的事情处理干净，怕也再无法得到林暖这样的眼神了。

他已经永远失去了对林暖开口表白的机会。

温墨深紧抿着唇瓣，如今只想问林暖一句：她曾经……是否到过伊拉克？

傅怀安看向温墨深，伸出手道：“恭喜，抱得美人归。”

这话从傅怀安嘴里说出来格外讽刺。

清风习习，初秋的几场雨之后，在太阳下不算很热，风里带着几分凉意，温墨深只觉冷风穿透了薄薄的衬衫，胳膊是冰凉的，心脏也是冰凉的。

保安骑着电动车碾过井盖的声响让温墨深回神。他暗暗深呼吸，伸手握住了傅怀安的手，想要故作大方地回应傅怀安。

可要和傅怀安领证的人是林暖，“同喜”两个字温墨深便说不出口了。

这是傅怀安的喜，他温墨深的悲。

因为他至此错过了此生最爱他的姑娘，再也无法挽回。

林暖就站在两人身旁，抱着有些软软的团团，想起自己和傅怀安的开始，竟是因为现在站在他们面前的温墨深……

林暖勾起嘴角，心底只觉缘分这东西真的很奇妙。

温墨深知道林暖和傅怀安是因为顾含烟去找了林暖才开始的，很多话就变得难以启齿了。

终于，还是温墨深先开口，却不是问林暖是否为他去过伊拉克，只对傅怀安道：“谢谢。”

温墨深平静的嗓音里带着几不可闻的哽咽，喉咙像是被什么堵住了一样，胀痛得难受。

“温总要是没有其他事，我们就先走了。”说话间，傅怀安用大手虚扶住林暖的腰，与她并肩而立，般配得刺眼。

温墨深没吭声，眉头紧皱。傅怀安却已经从林暖手中接过沉甸甸、软绵绵的团团，一手抱着人，一手攥着林暖纤细漂亮的手指，对温墨深点头，然后朝着台阶下走去，姿态从容优雅。

“墨深哥，我们走了。”

林暖对温墨深说了一句，单手攥着单肩包，小步跟在傅怀安身侧，小女人姿态十足。

温墨深看着那三人远去的背影，心口堵得难受。

林暖临上车前扶着车门朝温墨深的方向看了眼，露出一抹甜甜的笑意，对着温墨深挥了挥手。一股酸涩袭击了心脏和眼眶，温墨深没忍住，失态地让咸涩的液体从眼眶中冲了出来。

他低下头，从口袋里掏出烟盒，转过身抽出一根香烟咬在嘴里，掩饰着自己眼角透明的液体。

他紧皱着眉头按下打火机把香烟点燃，第一口吸得着急呛了一口。

温墨深扶着单元楼门口的柱子咳得脖子通红，额头青筋暴起，泪水积聚得越来越多，顺着高挺的鼻梁滑向鼻头、下颌，狼狈得不成样子。

从单元楼里结伴出来的两个小姑娘被温墨深这咳嗽的架势吓到，其中一个从包里翻出一包手帕纸，小心翼翼地走过去递给温墨深道：“需要纸巾吗？”

第十六章 心里藏着一个人

民政局。

团团拽着林暖细长的手指，快步朝台阶上走去，开心得像只小鸟。

傅怀安浅笑着跟在他们身后，不急不缓地抬脚踏上台阶，表情沉稳。

倒是团团忍不住回头看了眼爸爸，喊道：“爸爸！快！”

傅怀安的助理老早就在那里等着，等他们照了照片之后，拿出那些表格，这一次林暖填得特别认真。

小团团站在林暖身边，两只小手扒着林暖的左胳膊，虽然什么都看不懂，却还是踮着脚拼命地看着。

傅怀安的助理把林暖两人填好的资料交过去，林暖和傅怀安也并肩站在了窗口处。年纪看起来并不大的工作人员扫了一眼林暖和傅怀安，似乎惊讶于这一对儿新人的颜值之高。

工作人员收回视线看资料前，目光不自觉地在林暖脸上停留了片刻，总觉得林暖有些眼熟，却想不起来在哪里见过。

走过场似的看了两人的合照之后，工作人员老气横秋地问："你们都是自愿结婚的吗？"

"是！"被林暖抱在怀里的团团单手环着林暖的脖颈，用力点头，奶声奶气地大声回答道。

工作人员朝着林暖的方向看来，就见那个小萌神一本正经的模样，都快被逗得绷不住笑出声来。

团团说话的呼气热乎乎地扫过林暖的耳朵，林暖耳根发痒，忍不住红了一片，躬身把团团放了下去。

工作人员很痛快地把两个盖了钢印的红色小本子交给双手扒着窗口的小不点儿。

团团郑重地接过来，对工作人员鞠了一躬："谢谢！"

傅怀安的助理给工作人员送上了一盒喜糖，红木盒子包装上面贴着双喜字，高大上得不得了，工作人员下意识地双手接住说了一声："谢谢。"

林暖一行人离开办证大厅，其他工作人员笑着问了一句："哎哟，现在咱们这一行也可以收礼了，是什么啊？"

那工作人员打开盒子，里面整齐地摆放着巧克力。

有人认识这是 Gold and Diamond Chocolates 的巧克力，瞬间炸了："刚才领证的是'土豪'中的战斗机啊！这可是 Gold and Diamond Chocolates！ 1256 美元呢！居然当作喜糖发……"

林暖和傅怀安带着团团从民政局大楼出来时，橘色的霞光染红了西边整个天际，把市区内的高楼大厦也都染成了一片暖色。

民政局大楼台阶两旁还未凋谢的夹竹桃随风摇曳着，空气被断断续续接连一个多月的雨水洗涤，变得异常干净清爽。

秋天的鸽子成群地从天空中飞过，嗡鸣的鸽子声让林暖觉得像是回到了小时候，心中说不上来地一片温暖，仿佛阳光也照进了她的心底。

林暖侧头看着夕阳下身形挺拔的傅怀安，光线虽然柔和，还是逼得她眯起了眼。

习习清风中，傅怀安从西装口袋中拿出烟盒，抖出一根香烟衔在嘴里，打火机刚擦出火花，察觉林暖看着他直笑，傅怀安回头，把香烟移开，亦勾起嘴角，侧身面对林暖，把打火机放回裤兜中，就那么夹着一根未点燃的香烟，单手插兜，喉结上下滑动，磁性的声音让林暖耳朵都酥了："怎么了？傅太太……"

林暖的耳根红了一片，她咬住唇一个字也说不出来，表情幸福，面颊染红的颜色比夹竹桃更好看。

是啊，她是傅太太了。

"妈妈！"小团团拽了拽林暖的裙角，挺直了小身板，"以后……可以，嗯……可以叫妈妈？"

小团团组织了一下语言，磕磕巴巴地说道，眼眸清澈。

林暖突然被团团问得心酸，她弯下腰伸手抱起团团，勾唇道："就算我和爸爸不领证，你也可以叫。"

团团抱着林暖的脖颈，又问："幼儿园，也可以吗？"

林暖点头。

"妈妈！"团团突然底气十足地大叫了一声。

林暖眼眶有些湿，点头回应团团："嗯！"

“妈妈！”团团又大喊了一声。

“妈妈在！”

团团深吸了一口气准备喊第三声，喉头却哽住了，他很开心，开心得想哭……

清澈干净的眸子湿漉漉的，他抱住林暖的脖颈，把头埋在林暖的颈窝里蹭了蹭，感觉软软的。

团团抽噎的热气喷在林暖的颈侧，有点儿痒，还带着湿意。

傅怀安背对着天空中那一片霞光，和抱着小团团的林暖四目相对，夕阳的余晖和傅怀安眸中的温柔，让林暖溺死其中。

经历过暗恋，原来明恋是这么让人心情愉悦。

林暖在心底纠正自己，她已经不是明恋而是结婚了。

她是傅太太了。

以后，她有家了，有丈夫，有儿子！

林暖的眸子突然被酸意袭击，她抱紧了沉甸甸、软绵绵的团团，嗅着团团身上的奶香，心里无比踏实。

傅怀安朝着林暖靠近，伸手从林暖怀里接过团团单手抱着，一手环住林暖的肩，把她揽入怀中，吻落在林暖的发间。

团团在傅怀安怀里挣扎，小手抱住林暖的脑袋，也朝着林暖的脑袋啃了一口，弄乱了林暖的头发。

团团啃完，小手指着傅怀安，绷着一张小脸道：“爸爸坏蛋！”

怎么只能他偷偷亲妈妈？

林暖整理着自己的头发，幸福又无奈。

“回家吧！”傅怀安对整理好头发的林暖开口，伸手攥住了林暖细长的手指。

林暖点头：“好，回家！”

团团伸着双手吵着让妈妈抱，傅怀安轻松地单手掂了掂胖团团，徐徐地道："胖团团你太重了，你妈妈抱不动，想要妈妈抱，你得减肥。"

傅怀安没开玩笑，团团胖胖的是很萌，但有些超重，傅怀安怕影响团团的身体。

团团有些委屈，湿漉漉的眼睛看向林暖。

傅怀安知道林暖会心软，柔声道："去把后备厢打开。"

林暖的心跳突然再次加快。

她已经听团团说了，后备厢里是玫瑰花。

刚开始她还以为傅怀安会在领证前给自己，没想到是领证后？

这是林暖第一次收到傅怀安送的花，心里难免愉悦。

被傅怀安牵着走到车旁，林暖在傅怀安的注视下走向后备厢，哪怕知道里面的惊喜，还是忍不住红了耳朵，看向傅怀安。

傅怀安把团团放进车里关上车门，示意林暖打开后备厢。

一大束鲜花中间，是打开的宝蓝色天鹅绒戒指盒，里面躺着一枚偌大的鸽子蛋钻石戒指。

林暖唇瓣微张，欣喜也惊讶。

她只知道后备厢里有鲜花，却不知道还有戒指。

傅怀安站在林暖身边，躬身从后备厢中拿出戒指，对林暖伸出另一只手。

林暖明白傅怀安的意思，咬了咬唇。他们证都领了，她也没有矫情，伸出自己的左手，注视着傅怀安的动作，任由傅怀安把戒指套在了自己的无名指上。

林暖抬头，看着傅怀安深邃到让人窒息的眸子，压抑着强烈的心跳道："我要是戴着这枚戒指去上班，会被抢劫吧？"

璀璨的钻石在余晖将尽的夕阳里，依旧闪耀夺目，林暖稍有动作就十分闪亮。

“这不是婚戒……”傅怀安的声音格外迷人且温柔。

林暖举起手，看着手上那枚沉重的戒指。她白皙的手指关节处褶皱非常少，细白得像玉管似的，青色脉络清晰明显：“那婚礼之前我也不敢戴，这么大的求婚戒指……”

“谁说这是求婚戒指了？”傅怀安没等林暖说完，伸手握着林暖瘦若无骨的手腕用力一拽，林暖趔趄着撞入了傅怀安结实的胸膛上，鼻间全是傅怀安身上成熟的男人味气息。她还没抬头，傅怀安压低的磁性嗓音混着热气蹿入了林暖耳中，让林暖耳朵和脖子红了一片。

他说：“这是领证礼物！傅太太我欠你一个求婚，还在筹备，大概等到正式婚礼前可以筹备好！”

林暖戴着“鸽子蛋”的小手下是傅怀安胸膛里强有力的心跳，她感觉整个人要陷入到傅怀安的温柔中了，心跳剧烈得快要从胸腔里撞出来。

她对傅怀安深邃的眼神总是无法抗拒，那里面仿佛蕴藏着让林暖窒息的深情。

还有……求婚?

其实林暖不是没有想过会不会有什么惊喜求婚，甚至在少女怀春的中二时期，会和朋友凑在一起幻想未来的另一半在众目睽睽的世纪广场抱着一大束玫瑰花，单膝跪下献上求婚钻戒，围观者会起哄嚷着答应他，她泪流满面地点头，然后和她爱的人相拥，从此两人永远在一起……

但她总觉得像傅怀安这样的男人，大概会觉得这很幼稚，所以不让自己有所期待。

现在傅怀安却说在筹备，她下意识地想要问是什么，却又觉得太不矜持。

林暖咬着下唇，忍着没有开口。

傅怀安将大手按在林暖腰后，让她和自己紧贴，粗重的呼吸在她耳边扫过，连嗓音都染上了一层暧昧："可傅太太都领证了，你什么时候主动一次呢？"

林暖脸上的热度炸开，傅怀安虽说得隐晦，她却知道他指的是什么！

面颊滚烫的温度，让林暖的身体都要开始冒汗。

团团跪在后排座椅上，双手紧贴着车窗玻璃，肉嘟嘟的小脸被压得变了形，却还是什么都看不到。

林暖嗫嚅着唇，却不知道应该怎么回答。

她也非常想要取悦傅怀安，却不知道应该怎么做。

耳朵也变得滚烫，林暖却不想退缩。

她知道，自己和傅怀安，与她堂姐林夏和那个渣男不同。

她和傅怀安已经领了结婚证，她知道傅怀安对她的感情是真的，她对傅怀安也是真心的。

虽然羞涩，虽然心底还有着淡淡的羞耻感，但林暖愿意为了傅怀安努力。

"你……给我一段时间！"林暖声音很小，语气却很郑重，"我会去学着……"

林暖话未说完，后面那几个字也有些模糊。

可尽管如此,傅怀安还是忍不住,大手勾起林暖的下颌,吻了上去。

林暖踮起脚，双手从傅怀安的后腰处攀上他的双肩，闭上眼，和傅怀安拥吻在了一起。

两个人到底顾及车上还有孩子，吻得浅尝辄止。

"回家吧！"傅怀安用力攥了攥林暖的小手。

林暖点头道："好。"

傅怀安口袋中的手机振动起来，他拿出来看了眼，对林暖道：“你先上车。”

林暖点头，先上车陪团团了。

见车门关上，傅怀安单手插兜，转过身接通电话，不知道电话那头的人说了什么，傅怀安勾起嘴角道：“嗯……先发顾含烟的那一部分……对，不着急，剩下的星期一晚上再发！”

酒店的新娘房内，顾含烟已经敬酒回来换下了敬酒服，拿出手机继续给温墨深打电话。

从她换上敬酒服出去，就不见温墨深的人影。

嘭——

房门被猛地推开，撞在墙上发出巨大声响，吓得顾含烟抱紧了怀里的敬酒服，转头看向门口。

顾含烟的表妹扶着门框剧烈喘息着，胸口起起伏伏：“网……网上……”

顾含烟放下手中的敬酒服，拍了拍胸口，顺手去给表妹拿矿泉水：“你慌慌张张的干什么呢？吓我一跳！”

“你快看微博！”顾含烟的表妹憋着一口气喊了一句。

顾含烟没来由地心脏一紧，把水递给表妹后，顾含烟点开微博，目前还没有有关她的热门，她没搜到……

可往下翻了几页，顾含烟顿时呼吸停滞。

九宫格图发的是她在温墨深出事后和别的男人暧昧的照片和她那几个月飞往法国巴黎的机票以及酒店开房聊天记录，还有照片，她和朋友购物时满面笑容的照片！

当初和顾含烟同行的朋友也都纷纷跳出来说顾含烟当初在温墨深出事儿后和她们在各地旅游，根本就没有去过伊拉克，也贴出了她们出去玩儿时的照片！

那些照片中，顾含烟都笑容灿烂，看不出半点儿失去爱人的伤怀。

顾含烟慌了。

顾含烟的表妹刚喝下一口水，看见面色阴沉的温墨深回来，吓得呛住，忙喊了一声："姐……姐夫！"

顾含烟的一颗心悬了起来，她回头看到一直温文尔雅的温墨深此时额角青筋直跳，双眸通红，她下意识地向后退了一步，内心惶恐不已。

"墨深……"顾含烟强撑着停下步子看向从门外进来的温墨深。

此时顾含烟还不知道温墨深已经知道当初去伊拉克的是林暖，也不知道林暖今天和傅怀安领证，而温墨深已经去见过林暖了。

顾含烟的表妹一见情况不对，想要说和："姐……姐夫！"

"你先出去！"温墨深直视顾含烟，脸色阴沉得像是前几天海城阴沉沉的天空，嗓音透着冰冷的寒意。

"姐夫……"

"我说出去！把门关上！"

温墨深回头，透着刺骨寒意的眼神瞬间让顾含烟的表妹血液凝结成冰碴。

顾含烟的表妹抿住唇，垂下眸子走出去，顺便把门关上了。

密闭的空间内，顾含烟越发紧张，艰难地吞咽着唾液，脑子乱成一团，没有想好该怎么和温墨深解释。

"墨深，这件事儿我会和你解释的！"顾含烟故作镇定地望着温墨深，"你给我点儿时间！"

"给你时间让你继续编造谎言吗？"温墨深冷着一张脸问道。

"不是的！墨深，我……"顾含烟咬了咬下唇，"你应该相信我！傅怀安那么好的条件，我都没有选择和他订婚，你要相信我是爱你的！"

不提起傅怀安还好，提起傅怀安，温墨深想起白晓年说的，林暖是因为顾含烟才去找傅怀安和傅怀安在一起的，温墨深的拳头攥得咯咯直响。

“你真的就这么爱我吗？嗯？”温墨深勾唇，原本儒雅英俊的面颊上青筋暴起，温文如玉的气质被蒙上了一层阴鸷，“爱到不惜去找林暖，让林暖替你嫁给傅怀安？”

顾含烟睁大了眼望着温墨深。

那天在咖啡店门口，林暖的话出现在她的脑海里……

——你能这么逼我，倚仗的不过是我爱温墨深，可如果有一天他回来，知道真相，我必定会成为横在你们之间无法拔除的倒刺，顾含烟，你敢和我赌吗？！

顾含烟喉头哽住，她强撑着握紧拳头，做出一副难以置信的模样：“是不是林暖找你说什么了？墨深，你明明知道林暖爱你，她不过是在耍手腕儿，说不定现在微博上发的这些就是她做……”

顾含烟话还没说完，就被温墨深攥住手腕，一把甩在沙发上，她立即尖叫出声。

“你闭嘴吧！”温墨深充血的眼眸狠狠瞪着被摔在沙发上面色发白的顾含烟，“你以为谁都和你一样垃圾，和你一样恶心？”

任何人，都不能在温墨深面前说林暖一句不是！

尤其是当那些真相都已摆在温墨深面前！

他给林琛打了电话，问林琛林暖是否去过伊拉克！

他得到的回答是一片沉默和电话那头的打火机声，那一刻温墨深就懂了，林暖一直是那样一个姑娘，做的远远要比说的多得多！

温墨深知道，是自己的优柔寡断葬送了他和林暖之间的爱情。

明明他们是相爱的！

如果，如果顾含烟没有去找林暖，温墨深回来后他们还有可能！

想起今天林暖和傅怀安四目相对时那纠缠在一起的眼神，温墨深就知道自己已经永远失去了挚爱，永远！

看着温墨深可怕的脸色，顾含烟揉着几乎要被温墨深扭断的手腕，眼睫轻颤。

温墨深紧咬着牙关，弯下腰双手撑在顾含烟身侧的沙发上，寒意从眸底蔓延开来，让顾含烟脊背发凉。

“顾含烟，既然你这么爱我，那我们就好好地生活在一起，我绝对不辜负你的这片痴心！”他死死盯着顾含烟，嗓音冰冷残忍，“我一定会让你这辈子生不如死……”

温墨深一辈子的幸福已经随着林暖嫁给傅怀安结束了！

既然他不幸，那爱着他的顾含烟怎么能不陪着他不幸呢？

房间门突然被推开，温墨时冲进来，单手扣着门框喘着粗气。没有看见预想的画面发生，温墨时松了一口气，咽了口唾液唤道：“哥……”

温墨时背后跟着顾含烟的小表妹！

网上的事情，温墨时在顾含烟的小表妹去找他前就已经知道了，可当顾含烟的小表妹来告诉温墨时，说曾经去伊拉克的是林暖而不是顾含烟时，他怕温墨深控制不住对顾含烟动手，然后失手……

温墨时是温墨深的弟弟，知道温墨深到底有多爱林暖！

他犹犹豫豫那么多年，甚至和顾含烟交往想要借此来转移对林暖的感情。

温墨深直起身，表情冷漠地睨了眼顾含烟道：“温太太……余生我们多多指教！”

清晨，傅怀安穿好衣领挺括的衬衫，下摆扎进笔挺的西裤里，越发显得身高腿长。

他转过头，就见林暖已经醒来，红着脸把自己的小嘴和鼻子藏在了被子里，只留下一双清澈干净的眼眸。

傅怀安眼底带着纵容的宠溺，说道："傅太太，早安！"

被一个称呼弄得面红耳赤，大概林暖也是唯一一人了。

"李阿姨已经准备好了早餐，我先下楼，洗漱好下来吃早餐！"傅怀安走到床头拿起腕表，俯身单手撑在枕头上，在林暖的额头上落下一吻，戴好皮链手表，又问了一句，"是想要多睡一会儿，还是要我抱你起床？"

傅怀安干净的下巴上，是好闻的须后水的味道，

林暖忙摇头道："我这就起来。"

主要是一会儿团团该起来了。

今天林暖要去一趟广电大楼，Miss 夏临时通知说要开会。

针对《周日有约》大概有新的安排，主要是林暖这一次从网上这场风波中干净地摘了出来，总要开会和大家说明一下。

李阿姨见林暖下楼，打招呼道："太太，早上好！"

李阿姨知道林暖和傅怀安已经领证结婚的事情，心里特别为这一家人开心。

林暖耳朵有些红，点了点头回了一句早安，一边用手将头发扎成马尾一边下楼。

李阿姨想起自己准备了林暖的所有日用品，唯独忘了给林暖准备梳子，抬手拍了下脑门，说道："呀！看我这个记性，抱歉啊太太，我忘记给您准备梳子了，今天一定准备妥当。"

"好。"林暖随和地点了点头。

餐厅里，傅怀安惬意地双腿交叠坐在餐椅上看报纸，林暖在他身旁坐下。

李阿姨忙端上林暖的早餐，又给林暖盛了一碗红枣粥。

“几点到广电大楼？”傅怀安把报纸叠好搁在手边，端过粥碗问了林暖一句。

“八点到就行了。”

傅怀安夹了一只小笼包放在林暖面前的碟子里，修长的手指攥着汤勺，慢条斯理地喝着粥：“我送你。”

林暖想了一下路线：“你送我去广电大楼？不顺路，算了，我自己打车。”

不知道是不是因为不合胃口，傅怀安放下汤勺，用餐巾擦了擦唇，笑了笑道：“多送几天就顺路了！”

林暖心中顿时泛起丝丝甜意，如同这碗香糯的红枣粥。

她垂下眸子，掩饰着自己嘴角翘起的弧度，幸福的意味不言而喻。

红枣粥刚喝了一半，楼上的团团就已经醒来。

今天是周末，小不点儿不上幼儿园，李阿姨原本以为团团会多睡会儿，听到团团起来的声音，正好在二楼擦楼梯扶手的李阿姨连忙洗了手进房间。

“团团今天起来这么早啊，不赖会儿床？”李阿姨拉开窗帘笑着问了一句。

阳光从落地窗外照射进来，男孩子蓝色主调的房间被映亮，金色光线有些刺眼。

小团团醒来，没有看到身边有妈妈，眨巴着惺忪的睡眼想了想，大概昨天是他又做梦了吧！

他有些难过，闭着眼睛伸手揉了揉自己还睁不开的双眼，手背湿湿的。

用小胖手撑着床，团团撅着小屁股爬起来又一屁股坐在床上。

李阿姨从衣柜里拿出团团喜欢的衣服放在床边，团团已经乖巧地低头解开连体睡衣的扣子，脱掉连体睡衣只穿着一条白色小底裤爬了几步，到床尾又一屁股坐下，小手指攥着 T 恤的领口往头上套。

“团团怎么没有多睡一会儿？”

熟悉得让团团心头发软的嗓音传来，团团睁大眼睛看向门口，看到林暖颀长的身影似乎有些不能相信，抬手揉了揉自己的眼睛，没吭声。

林暖坐在床边，攥着团团肉嘟嘟的小手臂，帮他把两只胳膊套好，拽着 T 恤下摆拉下来，又扶团团站起身给他穿裤子。

团团扶着林暖的肩，鼻间是林暖身上好闻的气息，他还没穿好裤子就一下抱住了林暖的脖子，肉嘟嘟的包子脸贴着林暖的脖颈，认真叫了一声：“妈妈！”

林暖翘起嘴角应了一声：“嗯！”

团团开心得快飞起来，不是做梦，妈妈真的在！

林暖察觉到团团把她的脖颈楼得更紧，小身板儿一抽一抽的，脖颈间也有了湿意。

团团的声音软软的：“妈妈，想……一直在一起！”

林暖懂得团团的意思，点头道：“嗯！以后会一直在一起！”

傅怀安早上没有让助理来接，亲自开车把林暖送到了广电大楼门口。

解开安全带，林暖背好肩包，一手扣住门把手要推车门，侧头对傅怀安道：“那我先走了，你开车小心。”

“傅太太……”傅怀安有力的大手攥住了林暖纤细的手腕儿，“你是不是忘了什么事儿？”

林暖看着自己略微冰凉的指尖已经被傅怀安撑开，他的手与她十指相扣，她问：“什么？”

傅怀安把玩着林暖纤细的手指，半开玩笑地开腔道：“比如，分别吻！”

林暖咬了咬唇瓣，左右看了眼，这个点儿广电大楼门口行人都是急匆匆的，没人往车内看，她这才松开门把手，压抑着加快的心跳，把包搁在胸前，朝傅怀安的方向凑去……

她还没靠近，傅怀安戴着腕表的那只大手已经扣住她的后脑，薄唇压了上去。

到底是在车里，还是大白天，傅怀安的吻只是浅尝辄止。

松开她的唇瓣，傅怀安见微喘的林暖双眸蒙眬的模样，忍不住用略带薄茧的拇指在被他吻得发红的唇瓣上来回轻抚着。

傅怀安不论眉眼还是周身的气质，都是那么沉稳内敛，所以哪怕如此轻佻的动作，他做起来都不显轻浮，倒似满含深情。

林暖怕被人瞧见，红了脸，伸手攥住傅怀安的手腕，把他的大手从自己的面颊上移开："我得走了！你下午有时间吗？"

没等傅怀安回答，林暖接着道："我打算带团团去一趟超市买些食材，晚上给团团做些好吃的，如果你回来我就多买一些。"

潜意识里，林暖觉得傅怀安的时间很宝贵，就和以前她一直以为的那样，傅怀安会没有时间陪自己吃晚饭。

沉默片刻，傅怀安颔首道："好，我晚上一定会回去。"

林暖眼底涌上喜悦："那我们晚上见！"

从车上下来，见副驾驶车窗放下，林暖弯腰对傅怀安道："中午有空了想想吃什么，记得给我发信息。"

傅怀安点头道："好。"

"你走吧，我看着你走了再进去！"林暖这话说得有些不好意思，抬手把鬓边碎发别在耳后，眉目间带着羞涩之色。

看着傅怀安的车离开后，林暖才进了广电大楼。

会议是由台长楚荨主持开的，并不冗长，关于林暖和《周日有约》节目组的问题，提了几句很快就过去。

《周日有约》节目组获得了更多的经费，林暖从此也就坐稳《周日有约》节目组主持人的位置了。

会议结束后，楚荨的助理找到林暖，让林暖去一趟楚荨的办公室。

林暖不知道楚荨找自己是什么事儿，但作为女人，隐隐有预感大概和节目没有关系！

和节目没有关系，又能和她们两个人扯上关系的，就只有傅怀安了。

林暖攥紧手机，和楚荨的助理说去一趟洗手间就过去。

和楚荨面对面谈傅怀安，林暖心底压根儿就没有做这个准备。

她站在洗手台边，用洗手液揉搓着纤细的手指，不清楚一会儿楚荨会对自己说什么。林暖简单做了心理建设，把手上的泡沫冲干净，抽了两张擦手纸擦了擦手，把纸团丢进垃圾桶，呼出一口气，往楚荨的办公室走去。

楚荨正双手抱臂站在落地窗前，看着广电大楼门口的车水马龙。

今天早上，她在车内看见了傅怀安的车送林暖来广电大楼。隔着挡风玻璃，她清楚地看到傅怀安和林暖在车内接吻，指甲几乎陷入方向盘里。

大概傅怀安身边所有对他抱有幻想的女人从来没有近过他的身，所以楚荨对那些女人不甚在意，甚至就算苏曼曼告诉楚荨，傅怀安喜欢林暖，楚荨也不在意！

因为楚荨知道，傅怀安心底有一个陆相思。

都说男人最难忘的是永远都无法得到的那个人！

楚荨认为，陆相思对傅怀安来说就是这样的存在。

可一大早林暖能让傅怀安送她来广电大楼，昨晚他们必定是在一起的！

林暖敲门，楚荨回神，将抱在胸前的双手放下，干脆利落地说了一声：“进。”

进了办公室，林暖轻轻地把门虚掩着。

楚葶走至办公桌前，对林暖说了一句：“把门关好！”

林暖又退了两步，把门关好。

楚葶今天穿着果绿色V领真丝衬衫和灰色包臀裙，长发高高束起扎了一个马尾，装扮十分精干又时尚，不似最初上班那几天，女强人的凌厉气质逼人。

楚葶朝着林暖的方向看去：“你了解傅怀安吗？”

楚葶选择和林暖开门见山。

大概是因为已经预料到楚葶会和自己谈关于傅怀安的事情，林暖并不意外，望着楚葶没吭声，等着楚葶的下文。

楚葶接着说：“你知不知道傅怀安心里藏着一个已经死了的女人？”

不给林暖说话的机会，楚葶接着道：“林暖……你不适合傅怀安，不论是家世还是你这个人，都不适合。你不了解傅怀安的过去，也不了解傅怀安的现在，我承认你年轻漂亮让人惊艳，但我们都知道年轻漂亮这两样东西，每个人拥有的时间都很短暂，迟早你会抓不住傅怀安的。”

傅怀安心里藏着一个死了的女人？

林暖不那么意外，也有些意外……

她不意外傅怀安曾经爱过一个人，她也爱过！

傅怀安的年纪摆在那里，他不可能没有过去！

林暖不介意过去，只要未来属于他们两个人就好。

她意外的是，傅怀安的曾经居然已经不在这个世界上了！

林暖想到了曾经的自己，当她以为温墨深已经不在这个世界上时，整个人被那种让人窒息的疼痛侵袭，几年都缓不过来……

那傅怀安呢？他曾经是否也和自己一样，这样痛过？

大概是林暖迟迟没有回应，楚荨将语速放慢了下来，眉目间有疲惫和掩饰不住的烦躁："坦白讲，你进我这个办公室之前，我想了无数种和你谈话的方式，但我觉得你是个聪明的姑娘，所以我选择有话直说。"

楚荨见林暖那双眼眸里似乎并没有多大波动，也不知道林暖是对傅怀安不上心，还是真的那么内敛沉着。

算上傅怀安的绯闻，这么多年，让楚荨有威胁感的，大概只有林暖一人。

她放下架子，从办公桌下面她的小型私人冰箱里拿出两瓶果汁，走到林暖面前，把其中一瓶递给了林暖。

林暖垂眸伸手接过果汁，没有拒绝楚荨的好意。

"谢谢。"

林暖将冰凉的玻璃瓶子攥在手心里，并没有打开。

楚荨拧开瓶盖，喝了一口果汁，坐在沙发上，目光带着审视打量了林暖一番，才请林暖坐下。

林暖从善如流地坐在沙发上。

"傅怀安的姥姥你见过吗？"楚荨开口问林暖。

"没有见过。"林暖上次去了傅家老宅的寿宴，但的确没有见到傅怀安的姥姥。

楚荨点了点头，左手手心里和林暖一样一直攥着那瓶果汁。

楚荨也紧张！

这是她第一次找傅怀安身边的女人谈话，尽管她什么立场都没有。

她甚至担心，如果林暖往傅怀安那里告一状，以后傅怀安和自己的联系会不会更少？

虽然心里不确定，可楚荨还是沉不住气地想要找林暖来谈一谈。

“很精明的一个老人家，她铁了心要帮傅怀安争到凯德集团！”楚荨浅笑道，“正巧，我们楚家……是老太太眼中，傅怀安强有力的后盾！”

楚荨这话说得隐晦，林暖却听得懂其中的意思。

林暖曾经身处那个圈子，对商业联姻见得多了。商业联姻造就了多少怨偶，林暖心里也清楚！

楚荨这话不过是在用家世压自己，林暖懂。

“如果你真的爱傅怀安，就不应该成为他的拖累！你在林家身份尴尬，即便你真的是林家的千金，以林家的实力怕是不足以帮到傅怀安！”楚荨说完，又对林暖道歉道，“抱歉，我查了你。”

哪怕楚荨不查，林暖的身世在海城依旧尽人皆知，林暖并不介意。

见林暖只是浅浅勾唇并未出声，清秀的眉眼一片平静的模样，楚荨也逐渐平静下来，喝了一口果汁，才又道：“林暖，我不怕和你说句掏心窝的话，我很爱傅怀安，是你想象不到的爱……”

楚荨说这话时，眼底有着不经意流露的脆弱。

“傅怀安是我的救命恩人。”

林暖有些意外，不认为自己和楚荨的关系可以到谈内心感受的地步。

林暖把手中刚才楚荨给的果汁放在茶几上，开口道：“台长……”

楚荨抬手制止林暖，继续道：“让我说完！”

林暖抿着唇静静地坐在那里，点了点头。

“我之前追一条线索追到了伊拉克，正巧遇到伊拉克在打仗，是傅怀安救了我！”楚荨说到这里眸子泛红，“你没有陷入过和死神面对面的绝望，不会领会我对出现在我面前的那个男人有多么眷恋，所以我爱他！很爱他！”

楚荨的话，让林暖忆起伊拉克傅怀安在自己面前逆光而立的挺拔身姿……

她垂下眸子，看着自己细白的手指，想起自己没出息腿软地被傅怀安拽起来的情景，他骨节分明的大手力量十足。

楚荨嗓音哽咽地道："经历过生死之后，对我来说活着的每一天都是劫后余生！所以我不想错过我爱的男人！"

楚荨心里还有一个小秘密……关于团团的！

2014 年 6 月，追查关于人口拐卖线索的楚荨被困在战火连天的伊拉克。

后来她联系大使馆，负责人说是可以赶往萨迈拉，那里有姜氏开建的重型机械设备建筑公司，会安排直升机带人撤离……

22 号傍晚，楚荨一行人在路上碰到了正在指定地点等待直升机的姜明安，有了回国希望的他们一直在原地等到深夜。

直升机没来，姜明安留下了几个人在那里等着，让其他人先回去休息。临走前……姜明安问他们要不要和他一起回姜氏重型机械设备建筑公司，那里有枪支弹药还有粮食，可以让他们吃上一顿饱饭，而且……那里还有很多避难的侨胞。

楚荨看着跟随自己来伊拉克出生入死的几个人都已经是饥肠辘辘，于是点头，选择跟着姜明安先回工厂，让她的助理们吃上一顿饱饭，好好休息休息。

23 号整整一天，楚荨留在工厂内，拿着照相机四处拍摄，觉得这是极好的新闻材料，等今天直升机一来，她回国后将这些刊登在报纸上，又会是轰动的头条。

但 23 号晚上，他们还是没能等来直升机，又联系不上国内的人，楚荨的心又提了起来！

24 号凌晨，陆相思生下了团团。

一大早，一夜没睡满目红血丝的姜明安决定让大家转移。姜明安带着第一批人先出发，说是要探出一条安全的路！

如果他们安全到达，就让陆相思带着孩子和第二批老弱妇孺出发！

可姜明安的妻子陆相思选择最后一批再走，楚荨原本都踏上了大轿车，想了想却还是下来了，觉得这里还有很多新闻素材，舍不得放弃！

陆相思拍摄了很多在姜氏厂内工作人员撤退的珍贵画面。

就在他们准备最后一批撤离时，恐怖分子突然袭击工厂，打死了持枪的几个青壮年，用枪把所有人从车上逼了下来。

那是楚荨第一次离死亡那么近，看着那些原本鲜活的生命倒在自己面前，楚荨的心脏都要从胸口里跳出来了，双腿颤抖得需要别人搀扶才能从车上下来，面上毫无血色，和她平时高高在上的女强人姿态判若两人。

他们被那些杀人无数的恐怖分子团团包围住，用枪指着，楚荨连尖叫的勇气都没了！

她因为腿软跪在了最前面，身体剧烈颤抖，生怕这里就是自己生命的终结地。

曾经，楚荨想过自己会为新闻事业献出生命！

可真的当死神站在自己面前时，楚荨后悔了。

她后悔来了这里，后悔没有在家里舒舒服服地当自己的楚家二小姐！

她怕被枪葬送在这里！

可那群恐怖分子并没有如楚荨所想那样用枪对着他们疯狂扫射，那个头领身旁会英文的男人用蹩脚的英文询问：“谁是姜明安的妻子和孩子。”

楚荨心里咯噔了一声。

可在场的那么多人，没有一个人站出来指认陆相思。

那个恐怖分子的头领突然用阿拉伯语说了什么之后对着天空放了几枪，楚荨紧绷的神经几乎断裂，她尖叫着双手抱头倒在了地上！

那个头领朝着楚荨走来，一把拎起楚荨的衣领，枪抵住了楚荨的额头。

楚荨吓得哭出了声，跟在头领身边会英文的男人冷着一张脸问："谁是陆相思，说出来饶你不死！"

楚荨几乎是下意识地朝着陆相思的方向看了一眼……

四目相对，陆相思眼眸干净澄澈，她从人群中站起了身。

所有的枪都指向了陆相思，她没有屈辱地举起双手，嘴角带着淡淡的笑容，在那个逼近中午的时间美得就像是古希腊神话里的女战神。

她用流利的阿拉伯语说道："我就是陆相思！"

她说完，抬脚朝着那位恐怖分子头领走去："放了不相干的人。"

那位首领甩开了楚荨，用枪指着陆相思的额头，眸色阴冷得就像地狱里的死神："姜明安的女人跪下！你应该替你的丈夫赎罪，去黄泉向我的弟弟忏悔！"

陆相思却目光灼灼地面对着那位首领，站在离他不远处，视死如归，语气不紧不慢，郑重地用阿拉伯语说道："姜明安的女人，不会对任何人跪下。"

楚荨紧闭着眼，不敢去看那场景，听到枪声，她整个人瞬间被愧疚席卷！

这些年她总是难以入眠，每每梦见那样的场面，都觉得那个时期的经历是她的耻辱！

后来她被特种兵行动小组救了出来，可腿部中枪！

因为她身份特殊，享有国际荣誉，所以她和傅怀安乘坐着同一架直升机被送往同一家医院。

她没敢告诉傅怀安陆相思的死和她有关！

是她那不经意的一瞥，害死了陆相思……

所以，楚荨想要尽力地把一切补偿在团团身上，代替陆相思好好爱团团！

虽然团团不太爱说话，也很少亲近别人，可楚荨相信，只要自己努力，团团总有一天会向自己敞开心扉！

但楚荨在傅天赐的微博上，发现了林暖和团团的照片！

楚荨知道，那是在天府湾的别墅！

因为她为了靠近傅怀安，也在天府湾买了别墅，她的别墅是丝毫不差地照着傅怀安的别墅装修的！

那是在餐厅，暖色灯光下，林暖和团团的背影显得那么温馨！

楚荨害怕，害怕团团就此喜欢上林暖！

她也害怕林暖是为了接近傅怀安才接近团团，等到拿下傅怀安就把团团抛在一旁。

“还有团团，那个孩子失去母亲已经够可怜了，我不希望团团成为被任何人利用的工具！”楚荨接着说道，“可能我接下来的话有些无礼，但希望你能包涵！我想知道，你想从傅怀安那里得到什么？如果是事业上的飞黄腾达，我可以成全你！”

林暖笑了笑，站起身，转身望向倚着办公桌的楚荨道：“事业上我没有那么大的野心。”

楚荨又道：“其他方面我也可以满足你！有什么需要的尽管开口，我不会介意，只要我能满足的，我尽量满足！”

“楚台长，我不知道应该怎么说，但是目前我对我的生活很满意，没有什么需要满足的！”林暖细白的双手指尖交叉地垂在小腹下，她浅笑着道，“谢谢您的好意！”

楚荨眯起了眼眸……

“傅怀安碰巧也救了我的命，所以我可以体会您说的经历和死神面对面的绝望之后，傅怀安的出现就像是救命稻草，让人想要拼命抓住！我懂……”

楚荨眼皮一跳，她用探究的眼神看着林暖。

林暖的眼神干净明亮，并不像撒谎的样子，楚荨紧皱着眉头，还是不太相信林暖的话。

在楚荨心里，她和傅怀安的特殊性就是这救命之恩的联系。

她不知道林暖是否是心机手段极为深沉的姑娘，连她都看不透。

楚荨一肚子劝林暖的话，却怎么都说不出口了。

“如果您没有其他事情，我就先出去了。”

由始至终，林暖的态度都很客气，带着出于对上司的尊重。

楚荨张了张嘴，竟不知道该说些什么。最终她抿住唇，点了点头。

林暖颔首之后，离开了楚荨的办公室。

白晓年端着水杯，穿着拖鞋从《早间新闻》录影棚出来，就见林暖背着单肩包在门口等她。

看着上身西装下身拖鞋的白晓年，来往的工作人员已经见怪不怪，节目只拍摄上半部分，所以作为主持人下半身穿什么的都有。

白晓年把手中的稿件夹在左边腋下，右手挽住林暖的手臂，笑着调侃林暖道：“呀！这不是新婚的美丽新娘子吗？一大早不在家里和你的新婚丈夫你侬我侬，专程跑到这里等我？”

林暖耳根发烫，一边和白晓年往化妆间走，一边从包里掏出一盒喜糖递给白晓年。

白晓年挑眉看着包装精致的红木盒子。

“什么啊？”白晓年想了想不敢接，“你该不会是想要告诉我，让我给你的红包必须把这个盒子填满吧？林主持你的节操呢？”

“想什么呢！喜糖！”

白晓年把水杯递给林暖，接过喜糖盒感叹道：“一个喜糖居然都弄得这么高大上，我看这盒子都该比喜糖值钱了……”

打开红木盒子后，白晓年愣住了。

Gold and Diamond Chocolates 的巧克力！

白晓年一脸意外：“Gold and Diamond Chocolates 的巧克力？”白晓年的声音很轻，充满了不能相信的意味，“我说暖，你别不是自己掏腰包给我买的硬说是喜糖吧！”

“我没那么闲！都是……怀安准备的！”

“傅怀安”三个字在林暖嘴里转悠了一圈，最终被她改成了“怀安”两个字。

毕竟他们已是新婚夫妇，她连名带姓地叫他太过生硬。

但“怀安”两个字难免又让林暖想到昨晚傅怀安最后逼着她叫他怀安的情形，耳根一片通红。

“啧啧啧……都说傅怀安身家深不可测，喜糖都是 Gold and Diamond Chocolates 的，可见不是一般富豪！”白晓年用手肘撞了撞林暖，“你赚大发了！”

余光不经意地扫到林暖领口隐约露出来的吻痕，白晓年攥着林暖的衣领拉开看了眼，松开后笑得不怀好意。

“你是早上参加完旧爱的婚礼，下午就去领证！”白晓年抱着怀里的喜糖盒，幸灾乐祸地道，“同一天结婚，明眼人都能看出来你昨晚过得是甜甜蜜蜜的，可不知道昨晚顾含烟过得到底有多凄惨……”

看着林暖一脸茫然的表情，白晓年问：“你没看微博？”

林暖摇头。

“服了你了！你现在是不是除了你们家傅怀安，谁都不关心？”

白晓年说着，掏出手机点开微博递给林暖看。

广电大楼两侧都是透明落地玻璃的走廊里，林暖攥着手机看着屏幕，光线照射进来，映在手机屏幕上有些刺目，林暖眼底的笑意渐渐消失得干干净净。

她以为顾含烟是深爱着温墨深的，所以自己才没有说出真相！

如果在温墨深失踪后，顾含烟做的就是吃喝玩乐，林暖隐瞒了真相，任由他们结婚，对温墨深……是不是不公平？

现在顾含烟的事情被爆了出来，不知道温墨深心里是什么滋味……

她紧攥着手机，半晌没有吭声，良久又把手机还给白晓年。

“你不用愧疚！”白晓年开口道。

白晓年是了解林暖的，看着林暖的表情就知道林暖心怀愧疚。

“和顾含烟结婚是温墨深自己的选择！其实这件事儿怎么说呢，当初你要是站出来说出真相，然后又和傅怀安结婚，别人肯定要说你故意挑事儿，告诉温墨深真相，又和别的男人结婚，很残忍！”

白晓年挽着林暖，难得正经地对林暖道：“这个世界上本来就没有什么两全其美的事情，做任何事凭自己的本心就好！”

在这件事儿上，不论林暖是否说出真相都是错的！

站在局外人的角度来说，既然林暖不准备和温墨深有未来，不准备使两个人都陷入未完成的旧情里，林暖保持沉默什么都没有说，这是对的。

但站在林暖的朋友的角度来说，白晓年不想让林暖就这么白白付出，所以白晓年说了！

白晓年找过温墨深的事情，她并没有告诉林暖，有些事情不说的好。

问了几句白晓年父亲的情况，得知白晓年的父亲心态很乐观，林暖便放下心来。

因为答应了团团中午要带团团去超市，再者她还想要回出租屋那里收拾些东西，所以林暖没在广电大楼久留。

回去简单收拾了东西，去洗手时，林暖突然注意到自己衣领下面的红色吻痕，眉头一紧甩了甩手上的水珠，拨开衣领，瞬间就弄了一个大红脸。

怪不得刚才白晓年揭开自己的衣领看了一眼，就笑得不怀好意!

客厅里响起电话铃声，林暖忙抽了两张纸巾把脸擦干，出来接电话。

忍着加快的心跳，林暖平静下来接通电话："喂……"

是广电大楼那边的快递，林暖忘记自己买了什么，让把快递放在门卫处。

挂了电话，她收拾好东西，拎上电脑包，打车回天府湾接团团去超市。

从出租车上下来，林暖看到别墅前的车位上停着今天早上傅怀安送她去广电大楼的迈巴赫，有些意外。

难道傅怀安回来了?

林暖推开别墅的栅栏门，心底有几分雀跃。

李阿姨正在院子里浇花，看到林暖回来，侧身轻笑道："太太回来了！"

林暖用力攥了攥手中的纸袋拎绳，点头道："嗯，先生也回来了吗？"

见林暖手上拎着东西，李阿姨忙放下花洒，跑过来接了纸袋，笑道："回来了，刚才又出去了！"

林暖点了点头，心里有些失落，不过能和团团一起去超市她也很满足。

第十七章 楚荨的告白

林暖进门时，团团已经趴在沙发上睡着了。小不点儿趴在沙发靠垫儿上，白嫩嫩、肉鼓鼓的小脸蛋被压得嘟了出来，浓密纤长的睫毛十分卷翘，在眼睑下留下一道阴影，小手手指微屈攥着一支画笔，搁在小嘴旁，手背肉坑明显。

“这孩子……怎么在这儿睡着了！”李阿姨放下手中的东西，忙拿过沙发扶手上的小毯子抖了抖给团团盖上。

林暖换了鞋进来，见茶几上放着团团的一幅画，画风清奇，但林暖还是能看出团团画的是什么。那个歪歪扭扭带着四个轮子的东西，是超市的购物车；一个黑黑的大脑袋小人被放在购物车里，那是团团；推着购物车的应该是林暖没错，毕竟……后面有一条长长的马尾辫儿。

团团应该已经期待一个早上了吧！

林暖把团团的画放回去，忍不住蹲在沙发旁，轻抚着团团的小脑袋，攥着他的小胖手，动作柔和地抽出那支画笔。

小不点儿身体突然一抖，小手指攥住了林暖的食指，小嘴咂了几下又睡了过去。

团团攥得紧，林暖怕惊动孩子，没忍心抽出食指来。

看着团团可爱的模样，她轻轻地亲了亲小不点儿的额头。

李阿姨端着傅怀安叮嘱每天给林暖准备的红枣玫瑰茶过来，看到这样的画面，嘴角止不住地上扬。

这样就对了，孩子还是要和父母在一起才对，哪儿能一股脑地丢给爸爸？

“太太，先生说下午给我放假，您既然回来了，我一会儿浇完花就走了，晚上您准备晚餐行吗？需不需要我帮您把食材都处理好？”李阿姨压低了声音，弯腰在林暖耳边说道，笑容温和。

对于从“林小姐”改称呼到“太太”，李阿姨改得很顺口。

“不用了李阿姨！”林暖的声音极小，她怕李阿姨听不到，还摆了摆手，“我可以！”

李阿姨点头，指了指外面，就先出去浇花了。

李阿姨出去之后，那只肥硕的英国短毛猫不知道从哪里蹿了出来，跳上沙发靠背，张了张嘴，尾巴耷拉在沙发靠背上悠闲地甩着……

傅怀安家的猫，和“蘑菇”不一样！

“蘑菇”性子高傲中透着软萌，可傅怀安家这只，眼神透着机灵。

它看着林暖的眼神，就像是主人看着来客似的，有种“我比你先来这个家，所以我就是在欺生”的感觉，完全不似在傅怀安面前一副很怂随时准备逃跑的模样。

林暖勾了勾唇，坐在团团身边，任由团团抓着自己的手指。

那只大肥猫又从沙发靠背上精准地跳到扶手上，蜷缩着尾巴卷着自己的身子，懒洋洋地躺下。

团团攥着林暖细长的手指，这一觉睡得很踏实，连李阿姨临走时交代午饭已经准备好，团团都只是翻了一个身，小肚皮露在外面，睡得四仰八叉没有醒来。

听到门响，林暖抬头，就看见傅怀安从外面进来。他换了一身衣服，不是早上的西装革履，穿着藏蓝色V领毛衣，衬衫挺括的衣领翻了出来，驼色休闲裤、黑色休闲鞋，毛衣袖口推至手肘处，露出结实的手臂，戴着棕色皮链腕表的右手上拿着一本书，沉稳成熟的气场之外，整个人多了几分干净儒雅的出尘气质。

傅怀安一进门，深沉的眸子就看向林暖，见她坐在沙发上陪着睡着的团团，勾起了嘴角。

那只大肥猫动了动耳朵，一副随时准备开溜的动作，转头朝着门口方向看去，一见是傅怀安回来了，二话没说立刻从沙发上跳到茶几上，乖乖地钻进笼子里。

团团像是有所感应，在傅怀安进门换鞋时，也悠悠转醒，小胖手揉了揉惺忪的睡眼，翻了个身自己乖乖地爬了起来。

“醒来了。”林暖捡起掉在地上的毛毯，扶着迷迷糊糊的团团的小胳膊，怕他不小心倒下来。

看到身边是林暖，原本张口叫爸爸的话硬是被他咽了回去，他一屁股坐在林暖身边，小肉手抱着林暖的胳膊，小脸儿蹭了蹭，仰头看着林暖，奶声奶气字正腔圆地叫了一声：“妈妈！”

团团没想到醒来就可以看到林暖，特别高兴。

“嗯！”林暖点头。

墙上的表已经马上指向一点钟了，林暖对团团道：“洗手准备吃饭了。”

“好！”团团双手撑着沙发撅着小屁股爬下沙发，穿上自己的卡通拖鞋，嗒嗒嗒地往洗手间的方向跑去。

林暖叠着手边的毯子，对换鞋进来的傅怀安道："李阿姨已经走了，说是饭菜热着，上桌就能吃。"

傅怀安走至沙发旁，把手中的书本递给林暖，是《席慕蓉诗集》。

今天傅怀安去公司简单做了安排之后就回来了，打算中午陪着林暖和团团一起去超市。

林暖回来之前没多久，傅怀安接到小区隔壁书店的电话，说傅怀安订的2010版《席慕蓉诗集》到了。

2010年那一版不好找，书店老板和傅怀安相熟，知道傅怀安要，费了些时间和功夫才找到。

林暖伸手接过诗集，满眼疑惑。

"那年你丢了一本2010版的《席慕蓉诗集》，我托书店老板找了找……"

这件事儿，林暖都要忘记了。

她看着自己手中崭新的《席慕蓉诗集》，心中有股暖意冒出："你怎么知道我丢了本《席慕蓉诗集》？"

傅怀安浅笑着双手撑在沙发靠背上，弯腰靠近林暖，俊脸靠近，刚毅的轮廓让林暖心跳怦怦响。

她把诗集抱在怀中，和傅怀安四目相对。

两人的脸离得很近，呼吸若有似无地纠缠在一起，只听傅怀安压低了嗓音开口道："只要有心，什么都能知道……"

他磁性低沉的暧昧声音，蛊惑了林暖，让她攥着诗集的手指不自觉地收紧，嘴角的弧度止不住地上扬。

傅怀安的视线落在她白皙精致的面颊上，见林暖眉目染上羞涩的样子，他轻轻握住林暖瘦削的肩，然后顺着她纤细的手臂滑至手腕上，攥着她的手腕，控制着力道，不轻不重地把人带向自己的方向。

林暖从善如流，单膝跪在沙发上，一手抱着诗集，被傅怀安攥着手腕的小手撑着沙发靠背，仰头望着居高临下弯着腰的傅怀安，见他挺括的白色衬衫衣领中，喉结轻微上下滑动，林暖的心跳频率逐渐加快。

他的大手托住林暖的后脑，修长干净的手指隐隐没入林暖扎着马尾的发丝中，两人的距离更近了……

傅怀安身上的男性气息把林暖整个人包裹其中，他呼吸间喷薄的热气扫过林暖的鼻尖，让她觉得有些发痒。

他凝视着她，身体逐渐逼近。

林暖睫毛轻颤。

有团团在，林暖羞涩之余更加紧张，那双小鹿一般的水眸一眨不眨地望着傅怀安，曲线优美的脖颈跟着耳朵一起红了。

他的头越来越低，两个人的脸也越来越近……

傅怀安挺拔的鼻尖轻轻碰上林暖小巧精致的鼻头，她紧张得小腹发硬，呼吸错乱。

唇瓣相触的瞬间，林暖只觉连着头皮都一阵酥麻。

两人瞬间相触，又快速地分开，傅怀安的薄唇擦着林暖的唇瓣，他故意压低了嗓音道："所以傅太太，只要有心你很快就会学会主动。"

听到团团洗完手嗒嗒嗒地跑出来的脚步声，林暖忙直起身，装作若无其事的样子，转身把诗集放在茶几上："谢谢……"

她压制着脸红，抽了两张纸巾朝着洗干净双手举着向她跑来的团团走去，为了掩饰心中的尴尬回头对傅怀安说了一句："我去把饭菜端上桌，洗手准备吃饭了。"

团团的手没有擦，还湿漉漉的，林暖用纸巾擦了擦团团的小爪子，牵着小不点儿的手先进了餐厅，和傅怀安擦肩而过时都不敢看傅怀安的双眼。

一家人吃饭，团团最开心了！

林暖洗了手，戴着隔热手套，把饭菜从嵌入式蒸箱里端出来，团团费力地踮着脚伸长胳膊要帮林暖端菜。

怕烫着团团，林暖没让他端，团团就像小尾巴一样跟在林暖腿边，蹭着林暖的腿，妈妈妈妈地叫着央求。

林暖把菜盘放好，转身往厨房走时，贴着她的腿撒娇的团团没留神一个踉跄，差点摔倒。

幸亏林暖手疾眼快攥住了小不点儿的胳膊。

团团大概是铁了心要帮忙，林暖想了想终于松口，让团团帮忙把盛好的米饭端到桌子上。

林暖把米饭盛好，团团两只小手抱着饭碗嗒嗒嗒地跑向饭厅，踮着脚把那碗米饭放到了林暖的座位上，又嗒嗒嗒地折回厨房，仰头望着林暖，双手举高要另外一碗。

傅怀安洗了手出来，林暖把最后一道汤端上桌，坐了下来。

吃饭时，团团手里攥着小勺子，一手护着自己的饭碗，眨巴着大眼睛等着林暖喂。

傅怀安看了眼表情愉悦的胖团团，觉得胖团团再这么被林暖喂下去，体重减不下来还得超标。

"团团，你已经不是小孩子了，要自己吃饭！"傅怀安用筷子敲了敲团团的小碗，表情肃穆地道。

团团乌黑的大眼睛瞅了瞅傅怀安，知道傅怀安没开玩笑，团团又低下头，把碗朝着自己跟前抱了抱，用勺子舀了一勺饭，张嘴咬住勺子。

林暖把没有刺的龙利鱼夹起放在团团的碗里，团团一脸开心地用勺子舀起，连着饭一起送进了嘴里。

虽然被爸爸说了团团有些心情不好，可一想到一会儿会和爸爸妈妈一起逛超市，心情再次愉悦起来。

从天府湾开车到海城最大的超市，只需要二十分钟。

团团心情很好，坐在后排安全座椅里和林暖讲着幼儿园里的趣事。

坐在副驾驶位置的林暖扭头看着团团，尽管团团说得磕磕巴巴，但对以前一直不爱说话的孩子来说，这已经是难以想象的进步，所以林暖很愿意做那个聆听的耳朵。

傅怀安透过后视镜看了眼，眉目间也染上了一层暖意。

周日超市的人特别多，尤其是这家超市，生鲜特别好，很多人愿意大老远地驱车过来在这里买生鲜。

下车时，傅怀安取了棒球帽扣在林暖的头上。

林暖意外地看向傅怀安，明白傅怀安的意思！

现在《周日有约》节目大火，林暖肯定会被人认出来，戴个帽子以防万一。

现在不是林暖一个人出门，还带着团团，要是被人发现围上来很容易挤伤团团。

林暖把帽子戴好，将马尾从帽子后面的空隙抽出来，整理妥当后下了车。

在超市门口，傅怀安取了推车回来，林暖托起团团的腋下把他放进了推车。

团团用两只小手扒着推车扶手，仰头看着身高腿长的爸爸，再侧头看站在爸爸身旁的妈妈，心头满满的幸福感！

团团心里想着，他回去后，要在那幅画上加上爸爸！

傅怀安推着推车和林暖并肩而行，讨论着今天下午要吃什么，需要采购些什么东西。

团团就萌萌地坐在推车内，晃悠着自己的小胖腿。大概是因为林暖在身边，团团的胆子格外大，之前爸爸不允许吃的零食，他都会勇敢地伸出小胖手指过去，然后字正腔圆地说：“妈妈，要吃！”

然后妈妈就会认真地挑选一番，把他想吃的东西放进推车里。

就算爸爸说：“团团，这个你不能吃，你太胖了！”

妈妈也会说：“哪里胖了？我们团团正合适！”

团团很开心，妈妈不但给他买好吃的，夸他可爱，还柔声细语地和他商量买回去之后每天不能多吃，不像爸爸只会凶他。

傅怀安这一家三口无疑是抓人眼球的。

孩子是一个白白软软的小萌神，爸爸身姿挺拔，五官深邃，浑身充满男性阳刚成熟的男人味儿，魅力十足。

妈妈虽然戴着帽子，但身形窈窕，隐约可见帽子下精致秀气的五官。

团团之前看电视见到过别人吃泡面，长这么大团团还没有吃过，因为爸爸说泡面里有太多添加剂，而且热量太高。而现在团团小胖手对着货架一指……

“这个啊？”林暖拿过货架上的泡面，侧头看了眼团团。

以前林暖也总是吃泡面，后来梁暮澜去了林暖的出租屋，把林暖所有的泡面存货全都丢掉了，说那些东西没有营养热量还高！

但有时候林暖就是喜欢那个味道。

她躬身和团团平视，商量道：“可以让你尝尝，但我们约定一下，每次只可以吃一小口。”

团团猛点头，直流口水。对从来没有吃过泡面的团团来说，对泡面的好奇大过喜欢！

逛了零食区，路过玩具区时，林暖见团团那双大眼睛一直往那边瞅。

他到底是孩子，对玩具感兴趣在所难免。

“想不想去看看？”林暖问。

坐在推车上的团团开心地点头，兴奋地从超市推车上下来，嗒嗒嗒地跑过去，这里看看那里看看。

林暖说团团可以挑选自己喜欢的两样玩具，团团有些拿不定主意，在玩具区跑来跑去。所幸今天时间多，他们并不着急，可以让团团慢慢选。

林暖和傅怀安并肩站在一起看着团团踮脚单手扶着货架，费力地伸手够到了一个恐龙的毛绒玩具，想了想，手心轻微收紧，对着傅怀安道："你暂时……应该没有那么想要孩子吧？"

傅怀安将视线从团团身上移开，凝视着林暖干净微红的精致小脸，等着林暖的下文。

"团团年纪还小，我的年纪也小……"林暖抿了抿唇接着道，"所以，我觉得应该再等几年，你说对不对？"

傅怀安明白林暖话中的意思，知道她是为团团考虑，看向林暖的眼眸含笑，整张脸变得魅力无限。

只能选两样，这是妈妈说了的，可是团团有点儿贪心，什么都想要。

他暗暗握了握拳，告诫自己不能够太贪心，妈妈说了挑两样，他就只能挑两样，老师说了，好孩子要听妈妈的话！

团团朝着林暖看了一眼，见林暖正对着自己微笑，团团便把小恐龙毛绒玩具抱在怀里，嗒嗒嗒地跑到林暖面前，把毛绒玩具举高，递给林暖道："妈妈！"

"喜欢这个吗？"林暖问。

小不点儿用力地点头。

林暖伸手接过毛绒玩具放进购物车里："还有一样，去挑吧！"

小团团又开心地跑回玩具区，认真挑选起来。

不一会儿，团团把怀里抱着的水泥罐车举高高地道："喜欢！"

“嗯！”傅怀安接过孩子挑选的玩具放进购物车内，弯腰双手托住团团的胳膊把他放入购物车内，又推着团团去了生鲜区。

超市人很多，为了避免和傅怀安挤散，林暖本想挽着傅怀安推着推车的手臂，却被傅怀安的大手攥住了手指！

他一手推着购物车，一手牵着林暖，很自然地侧头询问林暖今天晚上准备下厨做什么。

团团怀里抱着偌大的可乐瓶子，仰头听爸爸妈妈讨论着今天晚上要吃什么，买什么鱼、虾、蔬菜和配料，心情非常愉悦，忍不住晃悠起自己的双腿来。

采购了整整一大购物车的东西，团团也被从购物车里移了出来，由林暖牵着在收银通道排队。

团团怀里还抱着那瓶可乐，结账以前爸爸随时会改变主意给自己放回去，团团觉得抱着更保险。

林暖把购物车里的东西往收银台上堆放，收银员大姐看了眼东西真不少，问了句：“有会员卡吗？”

“没有！”林暖摇头。

一共八百六十块三，林暖刚准备从包里拿钱包，正把东西往购物车里放的傅怀安就把黑色的男式短款钱包递给了林暖。

林暖没接，拿出自己的钱包打开，抽出一张卡递给收银员道：“说好了今天我请团团的！”

“从人到心、从外到里我哪样不是你的？！”傅怀安沉稳的嗓音低沉好听，深邃的眉目看得人脸红心跳，“傅太太怎么一点儿管家的自觉都没有？”

一直低头忙活的收银员大姐听到那好听的嗓音在大庭广众之下对自己太太说着情话，连她的耳根都酥了。

收银员大姐忍不住抬起头，看到浑身充满男性阳刚气息的傅怀安，忍不住蜷缩了下手指。

好男人都是别人家的！

林暖隐约听到队伍后面有小姑娘抱怨自己的男友，说看看人家老公……

傅怀安又把钱包往林暖跟前递了递。

收银员大姐没有收林暖的银行卡，笑容带着几分艳羡，开口道："这么体贴的丈夫，姑娘你就不要分得这么清了，你们都是一家人不是？"

林暖耳根发烫，她发现傅怀安的情话说得越来越多。

女人都是听觉生物，这么好听的声音、这么动人的情话，说不打动人心是假话。

后面排队结账的人不少，林暖没扭捏，接过还带着傅怀安体温的短款钱夹，抽出傅怀安的卡递给了收银员。

刷卡时，傅怀安将最后一袋东西放入购物车中，说道："你的生日……"

林暖知道他说的是密码。

傅怀安是什么时候把银行卡密码设置成她的生日的？

林暖咬了咬下唇，眼底有藏都藏不住的幸福笑意，输入密码签了字，接过结算单，把钱包递还给傅怀安。

"放你那！"

这三个字傅怀安说得轻飘飘的，林暖心头的甜蜜却像是涟漪一样一圈一圈地漫延开，她点了点头，把钱包放进了肩包里。

团团再次被放进了购物车内。

傅怀安一手推着推车，一手攥住林暖纤细的手腕，牵着林暖往外走。

傅怀安将车子停在商场外面的地上停车场里。

推着推车乘坐扶梯从超市出来，傅怀安打开后备厢把买的东西放进去。林暖给团团系好儿童安全座椅的安全带，直起身，看到商场大楼外的偌大屏幕上播放着苏曼曼为高端护肤品做的广告。

听到傅怀安关后备厢的声音，林暖回神，拉开副驾驶座的车门坐了进去，摘下鸭舌帽整理了下乱糟糟的头发。

团团坐在儿童安全座椅里，剥开了一直偷偷攥在手里的巧克力，举向林暖：“妈妈！”

林暖回头，就见小团团笨拙地身体前倾，想要挣脱安全带，举着巧克力喂她。

林暖心头一软，撑着中控台，咬住了巧克力，对团团笑开来：“很甜！”

团团不好地意思红了耳尖儿，两只小胖手的手指纠缠在一起。刚才妈妈吃巧克力的时候，亲到他的小手指了，妈妈的唇瓣好软好软……团团也想让妈妈亲亲自己肉肉的小脸蛋！

想到这里，团团又忍不住抬手揉了揉自己的双颊，眼睛亮晶晶的。

从超市回来，团团就抱着巧克力坐在客厅里补充今天早上的画儿，他要把爸爸画进去。

傅怀安路上接了两个电话，去了书房处理事情，林暖脱了外套，穿上围裙，把袖子挽起推高，准备将今天下午要用的食材洗好切好。

他们在超市买了一条鲈鱼，傅怀安说团团非常喜欢清蒸鲈鱼这道菜。

清蒸鲈鱼林暖没试过，她打开手机，搜索了清蒸鲈鱼的做法，心里做到大概有数后，把手机搁在一旁，准备先把超市给帮忙杀好的鱼清洗清洗。

超市人多，那边的工作人员给杀的鱼都是清理个大概，不会那么仔细，林暖还得好好清洗一番，然后把没有掏干净的东西全都掏出来。

那只懒洋洋地窝在落地窗前的猫窝里，甩着尾巴晒太阳的肥硕英国短毛猫，嗅到腥味突然睁开眼，歪头瞅向厨房的方向，停顿了几秒，就从猫窝里一跃而出，迈着四只小短腿喵喵叫着朝厨房跑去。

林暖已经把没清理干净的内脏装进塑料袋里，那只大肥猫见林暖拎着塑料袋要把这些丢到外面去，傲娇什么的全都不要了，急切地喵喵叫着卖萌，抬起前爪抱住了林暖的右腿。它见林暖要走，柔软的身躯缠住林暖的脚，用猫脸深情蹭林暖的腿，来回在林暖双腿间画八字……

林暖往左它往左，林暖往右它突然失去倚靠身体踉跄了一下，跟着往右继续蹭林暖的腿。

这是一只特别识时务的猫，知道怕傅怀安，知道讨好林暖有好吃的！

傲娇什么的，在恐惧和美食面前，对它来说全都不存在！

林暖也养过猫，以前这些东西，她是不会给蘑菇吃的，一来生的食物怕猫吃坏肚子，二来林暖也觉得不干净，吃得猫身上都是腥味不好闻。

林暖把带着腥味的鱼内脏连着垃圾一起丢在了外面的垃圾桶里，肥硕的灰猫见吃鱼内脏无望，蹲坐在门口，突然翘起尾巴一转身朝着屋内小跑去。

等林暖回到厨房时，见那只灰猫正蜷缩着身子，歪着头试探着伸出前爪，想要去抓林暖还泡在水池里的鱼。

一见林暖回来，它立刻缩回爪子，伸出舌头舔了舔自己的嘴，一个扭头从流理台上跳下来，身影矫健地溜了。

林暖洗了手，腌好鱼，把给团团准备的红萝卜玉米排骨汤用小火炖上，想了想又给那只大肥猫的食盆里添了些猫粮。

弄完这些，她看了眼在客厅里撅着小屁股画得正开心的团团，拿出笔记本电脑和今早柳明晨给的资料坐在餐厅里仔细阅读，遇到不懂的就上网查一查，顺便看着锅里的汤……

阳光逐渐西斜，透过落地窗照射进别墅内，为地板和家具染上一层柔和暖色。

整个别墅一楼十分安静，只有锅里冒出咕嘟嘟炖汤的声音和林暖翻资料或是敲击键盘的声音。

这幅场景，让人有种岁月静好的感觉。

听到细微轻快的脚步声，林暖将视线从电脑上移开，看向客厅方向。

团团穿着自己的卡通拖鞋，双手背后手里还拿着什么，不吭声就萌萌地站在餐厅门口，眼巴巴地望着林暖，那小狗似的眼神，就像催促林暖叫他过去一样。

在团团期待的目光中，林暖放下手中的资料，对团团招了招手。

团团开心地小跑到林暖面前，没有直接把画拿出来让林暖看，怕林暖忙着打扰了林暖。

“是不是有什么让我看？”林暖摸了摸团团手感超级好的小肉脸。

团团点头，这才小心翼翼地把藏在背后那幅画捧出来递给林暖，仰头看着她，期待着夸奖。

虽然团团的这幅画画风很清奇，但比早上多加了个黑乎乎的一团东西，还有意识流的胳膊和腿，林暖猜到了：“嗯……团团把爸爸画得真好！”

得到了期待中的表扬，团团笑得更开心，小嘴巴都快咧到耳朵后面了！

团团觉得自己的妈妈漂亮又温柔。

晚饭还算丰盛，但味道自然不如李阿姨做的那么好！

可团团还是很给面子地吃了一碗饭。

周日晚上八点，海城电视台林暖的节目正在播放。

傅怀安放下了手头的工作，和团团一起陪着林暖看节目。团团一个下午都没有睡午觉，这会儿软软地靠在林暖身边，有了昏昏欲睡的感觉，身子一歪就乖乖地趴在傅怀安的腿上，小脸儿枕着傅怀安的腿，眼睛努力眨巴着想要睁大，却还是闭上了。

团团对傅怀安还是依恋的，毕竟是傅怀安一手把团团带大的。

隔着横睡在两个人之间的团团，傅怀安抚着团团的脊背，开腔道："你的房子就要到期了，收拾一下东西搬家里来吧！"

林暖点头："嗯，等这一阵子忙过去……"

傅怀安这边给林暖准备的东西很齐全，从家居服睡衣到外套、衣服、裤子、鞋子一切应有尽有，甚至连护肤品、内衣裤这样的东西，也都准备了！

即便林暖不折腾搬家，在这边也不会短了什么东西用而不方便，搬不搬也只是一个形式。

"明天晚上几个朋友要小聚，我想带你认识认识。"

林暖点头道："好！明天我不录节目，早上开完会就没事儿了。"

林暖搁在团团腿上的白皙小手被攥住，她回头就见傅怀安目光深邃地注视着她："一会儿看完节目，我抱团团回房间，你要是想洗澡可以先去。"

傅怀安的话很正常，可其中意味林暖听出来了。

正在升温的气氛被突如其来的门铃声打断。

林暖抬头朝门口看了眼，知道有客人来怕吵到团团，从傅怀安掌心中抽回自己的手，忍着面红耳赤道："我先抱团团上楼！"

傅怀安点头，然后走去开门。门打开，站在外面低着头正准备给傅怀安拨电话的楚荨仰起头，手机屏幕的光线映着她漂亮的面庞，使得她的五官越发精致。

楚荨锁了手机屏幕，对傅怀安露出笑脸道："我正准备给你打电话呢！"

"这个点儿过来，有事？"傅怀安单手插兜，看着楚荨，嘴角带笑，绅士礼貌。

她把手机装进肩包里，举起自己手里拎着的几个玩具和衣服的包装袋，五官在这黑夜里显得格外明艳：“我今天回天府湾住，顺道来看团团。”

不等傅怀安开腔，楚荨已经十分自然地往屋里看去，抬脚准备踏上台阶：“团团呢？”

“团团睡了。”傅怀安侧身让开，楚荨进门，随手把肩包搁在鞋柜上，带给团团的衣服、玩具搁在脚边，脱了长款外套风衣挂好，动作娴熟地弯腰从鞋柜里取拖鞋。

楚荨拉开鞋柜，见里面有几双崭新的女鞋，以前她在天府湾傅怀安的别墅里从来没有见到过女鞋。动作稍有停顿，随后她又勾起嘴角，拿出鞋子换好。

傅怀安双手插兜抬脚往里走去，问了一句：“喝什么？”

楚荨拎着给团团的礼物也往里走：“茶吧！李阿姨呢？在楼上哄团团吗？”

“李阿姨放假了。”

楚荨暗暗松了一口气，有些话……旁人不在，她对傅怀安说起来心理负担更小一些。

她虽然在天府湾也有别墅，也总是过来，但真正踏入傅怀安的家门的次数屈指可数。

楚荨看着厨房内傅怀安高大的背影，心跳速度有些快，攥了攥拳头，回过头，看着镜面装饰里映着的自己身穿红色一字领包臀连衣裙的姣好身姿。

她特意回去换了衣服，还化了淡妆，希望一会儿的告白能够加分。

厨房内的煮茶壶里，李阿姨一直煮着傅怀安交代的红枣茶，他给楚荨倒了一杯端出来。

楚荨从镜面装饰里看到傅怀安过来，转过身对傅怀安露出了笑容。

她迎上前两步，接过傅怀安手里的茶杯，弯腰放在茶几上，直起身直视傅怀安道：“怀安，我有话和你说。”

看到楚荨面颊上可疑的红晕，傅怀安隐约猜到了楚荨想要说什么。

“坐下说。”傅怀安说。

傅怀安抬脚，结实的手腕却被楚荨一把抓住：“怀安！”

楚荨很紧张，这是有生以来她第一次对人告白。

追求楚荨的人有很多，能入她的眼的男人却凤毛麟角，傅怀安是给她感觉最强烈的一个。

楚荨原以为她在傅怀安面前是特别的，毕竟她的命是傅怀安救下来的。这些年凯德集团和楚氏多有合作，傅家老太太对楚荨很喜欢，楚荨的父母对傅怀安也很满意，楚荨一直认为他们之间存在着某种不用说破的默契。

哪怕当初外面疯传傅怀安要和顾含烟订婚，楚荨都没有在意！因为她打电话问过傅老太太，傅老太太根本就不知道傅怀安要订婚！以傅怀安对傅老太太尊重的程度，不可能连订婚都不告诉傅老太太！

所以她一直很有自信，相信最后能和傅怀安走入婚姻殿堂的，只有她楚荨。

论能力，配得上傅怀安的人不多！

论容貌，她楚荨出类拔萃！

论家世，楚荨相信，在傅家身份尴尬还带着一个孩子的傅怀安，家世良好还愿意跟着他的人也不多！

这也是一直以来楚荨十分安心的原因。

但林暖让楚荨有了前所未有的危机感。

她和林暖谈过之后，一整天都坐立不安，最后下了决心过来，想要和傅怀安把关系说到明路上来，不能这么隐晦地只靠默契了。

傅怀安扫了一眼楚荨的手，然后不动声色地抽回自己的手，双手插兜看着楚荨。

楚荨收回自己空了的手垂在身侧，攥紧拳头道：“其实我有一肚子话想要对你说，却不知道应该从何说起。怀安，我今年三十了，说实话，看到别人都当妈妈了不是不着急，但我总觉得女孩子应该矜持，所以没有正式和你提过这个话题！”

“楚荨……”傅怀安出声想要打断楚荨的话。

“你让我说完！”楚荨慌慌张张地开口，不知道为什么，总觉得不能让傅怀安打断自己。她有预感，一旦被傅怀安打断，剩下的话她这辈子都不会再有机会说出口了。

“我和你之间……还有我们两家人之间，有那个默契，知道我们最后会结婚！几个月前姥姥和我父母还有我们一起吃饭，我妈提起我们的未来，你也没有反对。如今我的年纪已经不小了，你是男人我理解，事业心很强，但我是女人，最终是要回归家庭的……”

“楚荨！”

傅怀安再次开口，嗓音平静。

这声楚荨，让楚荨眼底聚积起了泪水。

她是个多骄傲的女人？什么时候对一个男人这样低声下气过？

傅怀安是个男人，是男人就不会不需要女人，不论是生理上还是心理上都一样。楚荨咬了咬唇，伸出纤细的胳膊要搂住傅怀安的腰，傅怀安大手扣住楚荨的一双手腕，没有给楚荨机会，把人推离了一步，然后松开了手。

他还未再开口，就见楚荨一副豁出去的样子将红色包臀群领口的拉链一拉到底，双手攥住红裙……将其脱下。

把自己扒光站在心爱的男人面前需要楚荨毕生的勇气，那个男人却表情平静得毫无波澜，甚至连楚荨期待的呼吸紊乱都没有。他是那么平静，这是多么大的羞辱？

“楚荨，穿上衣服，我当这件事儿没有发生过。”

傅怀安神色不变，嗓音平静得可怕。

绝望铺天盖地地朝楚荨袭击而来，她不敢抬头看傅怀安，咬着牙，那只护在胸前的手抓着右边胳膊，死死攥紧，指甲都陷入了嫩肉里。

傅怀安抬起头看向楼梯的方向，出声道："安置好团团了？"

站在楼梯中间不能上不能下的林暖攥紧了楼梯扶手。结婚第二天，早上林暖和上司在办公室里，上司还是那副高高在上的样子，劝自己离开傅怀安；而晚上，她的上司登门要对她丈夫献身，还被她撞破。全天下没有比这更尴尬的事情了。

楚荨回头看到一身家居装的林暖正站在楼梯中间的位置，她一下慌了，连忙蹲下身捡起自己的裙子，全身颤抖着慌慌张张地套上。

紧身的拉链裙子，不拉上拉链根本就包不住她的身体！

楚荨从来没有这么狼狈难堪过，她迅速冲到门口，一把抓过自己的风衣套上，包都没拿，穿着傅怀安家的拖鞋就冲了出去。

砰——一声剧烈的门响过后，别墅内安静得可怕。

林暖抿了抿唇道："我是想下来拿资料……"

"是不是打扰你们了"几个带着酸味儿的字，林暖没说出口。

虽然楚荨脱光站在傅怀安面前，可傅怀安什么都没有做，按照道理说林暖不该生气，但心头就是憋了一股火。

以前林暖看新闻，每一次遇到丈夫出轨原配暴打"小三"这样的事，林暖就觉得可笑。

出轨这种事情，一般是一个愿打一个愿挨！

出了事儿，不是"小三"一个人的责任，如果你的男人对你够情深、够坚贞，"小三"就是万年的狐狸怕是也无法动摇你的家庭分毫！

但出了事儿，原配一股脑地维护自己的丈夫，却只对"小三"拳脚相加！

林暖不知道自己的三观对不对，可她总觉得出了这种事情要打就应该男人和“小三”一起打，这才算公平。

虽然今天在天府湾发生的事情远远没有出轨那么严重，但也是能套上的。

楚荨的话，林暖都听到了！

楚荨的母亲曾经提起过傅怀安和楚荨的未来，如果傅怀安当时反对了，大概今天也不会出现这样难堪的场面。

说来这是几个月前的事情，那个时候林暖和傅怀安尚未在一起，那是他的过去，林暖不应该在这个问题上较劲。

过去不应该影响到现在，过去就应该只是过去。

听出林暖有些不高兴，傅怀安要笑不笑地看着从楼上下来的林暖：“吃味儿了？”

林暖深深地看了傅怀安一眼，一语不发地走到餐桌前，弯腰整理着柳明晨给的资料。

傅怀安走到林暖身后，一手撑着餐桌，一手扶着座椅靠背，姿势像是把林暖圈在怀中，靠近林暖道：“我什么都没做，什么也都没说，你这么和我生气，我冤枉不冤枉？”

林暖攥着手里的资料，在餐桌上顺了顺，用手指理好，不咸不淡地开口道：“要是有男人在我面前脱光，我也什么都不做、什么都不说，我希望你能和我今天一样平静地对待。”

“林暖，我们好好说话。”傅怀安身体贴住林暖的脊背，磁性的声音也沉了几分。

林暖整理资料的动作顿了顿，她抿着唇没有吭声，垂眸把资料抱进怀里。

今天早上在办公室里和楚荨谈话时，林暖没有生气。

可这会儿她就是压不住心口那噌噌往上蹿的火气。

傅怀安说一句“我结婚了”很难吗？

如果他告诉楚荨他结婚了，楚荨还会当着他的面脱衣服吗？

林暖的个性很倔，爱钻牛角尖那种。

她相信傅怀安，却忍不住觉得委屈。

她抱紧了怀里的资料转过身，单手推拒着傅怀安的胸膛，两人拉开一段距离后林暖才道："语气不好，我道歉……"

话音刚落，傅怀安便吻住了林暖的唇，察觉到林暖的不抗拒、不配合，傅怀安松开她，开腔道："该道歉的是我，抱歉，我没有处理好，以后这种事情一定不会再次发生！别生气……好吗，傅太太？"

林暖没看傅怀安，点了点头。

"抬头，看着我！"

傅怀安的声音带着与生俱来的威势感，像是命令般不容抗拒。

林暖抬头。

两人四目相对，傅怀安看到林暖红了的眼眶，浅浅一笑道："我还没委屈呢，在家坐得好好的，别人突然跑来脱衣服，爱人却把这怪在我头上，我委屈不委屈、冤枉不冤枉？嗯？！"

傅怀安说得不紧不慢，带着几分叹息和宠溺在里面，他这是在向林暖示弱，林暖不会不知好歹。

"如果你告诉楚荨你结婚了，她还会那样吗？"林暖堵在心口的气不能上不能下，语气难免冲了些。

"我倒是想说，哪来的时机？要不是你突然下来，话我都要说出口了。"

傅怀安说话时气息和薄唇擦着林暖的唇瓣，逼得林暖身体后仰。

林暖垂眸避开了傅怀安的唇。

"不过，我现在打个电话和楚荨说一声也来得及！"

说着，傅怀安从口袋里掏出手机，滑开锁屏，找到楚荨的电话号码……

"你别！"林暖伸手去够傅怀安的电话，想要阻止他。

站在女人的角度，楚荨脱了衣服站在傅怀安面前，被林暖撞破已经够尴尬了！傅怀安现在打电话过去再说他们已结婚的事情算什么？

林暖总有种落井下石的感觉！

她忙抢过电话，将其挂断！

傅怀安垂眸看着把他的手机丢在一旁的女人，问：“我们结婚的事，你和林家的人说了吗？”

“还没，林家最近事太多。”

不想被傅怀安牵制话题，她推了推傅怀安的胸膛：“你让一下，我还有资料要看！”

“资料有我好看？”傅怀安抽出林暖怀里的资料搁在一旁，含笑问着林暖。

林暖绷不住嘴角的笑意，硬是忍着偏过头去不看傅怀安。

哪有这么厚脸皮的人？！

见林暖眼底染上笑意，傅怀安伸手把人抱进了怀里。

她把头埋在傅怀安胸前，手臂也圈住了傅怀安紧致的腰身，心里那点儿气消了不少，委屈跟着减弱了很多。

嗅着傅怀安身上好闻的气息，林暖闭上眼，心绪逐渐平静下来。

楚荨的话一遍又一遍地在林暖的脑子里闪过，她低哑着嗓音问傅怀安：“我不像楚荨，没法成为你事业上的助力，我也不是最漂亮的！跟我结婚，你图我什么呢？”

她这么一个人，别人唯恐避之不及。

她有那样一个亲生母亲，背后无依无靠。

她还记得傅怀安说过，他这个年纪的男人野心是最大的时候。都说商人唯利是图，视儿女情长为浮云，傅怀安选择楚荨的好处远远大过选她。

林暖柔和的嗓音让傅怀安漆黑的眼眸变得幽深，他抱着林暖的手臂收紧，把人紧紧地箍在自己怀里。

林暖看不到的是，傅怀安的表情前所未有地认真，他在林暖耳边说道："图你……会像爱温墨深一样爱我！"

他紧紧拥着林暖，在她耳边低声询问道："你会像爱温墨深那样爱我吗？"

林暖没法回答。

有人说，一个人一辈子炙热到可以燃烧生命的爱，只能给一个人。

林暖到现在都不知道自己对温墨深是否已经爱到了那个地步，如果是，林暖不知道自己是否还有力气这样去爱一个人。

如果不是，她想到了自己的初衷。她已经害怕轰轰烈烈，想要的是平凡到平静普通的生活。

林暖抱着傅怀安的腰身的手微微收紧，心中没有答案。

此时的林暖，无疑是喜欢甚至爱傅怀安的。

可他们相处的时间太短，在一起的过程很顺利，感情的事情没有经过大事的考验，林暖不好做评判。

她把头埋在傅怀安的胸前，半晌才抬起头，柔和的嗓音响起："你是在和我的过去较劲？"

傅怀安吻住林暖的额头，略带薄茧的大手轻轻地揉捏着林暖的肩，他开口道："这是我羡慕的，也是我的愿望！因为，林暖……我爱你！"

林暖拥在傅怀安的窄腰后的手，因为"我爱你"三个字而收紧。

原本林暖打算问傅怀安：那么你呢……你会不会像爱过去那个心上人那样爱我？

可傅怀安的话堵死了林暖的所有后话。

她下意识地紧攥住了傅怀安的衣服，心中百味杂陈。

凯德集团顶层，傅怀安脱了西装外套，倚在大班桌的边缘，双手插兜，嘴里衔着一根香烟，看着窗外的瓢泼大雨。

天才放晴两天，大雨再次侵袭海城，整座海城被笼罩在黑压压的阴云中。

办公室内灯光明亮，偌大的电视屏幕上播放着财经新闻。

被雨水敲击的落地窗上，傅怀安看着玻璃上映出的他的身形轮廓，嘴角猩红的光点忽明忽灭。

他把香烟移开，侧身拿过烟灰缸，弹了弹烟灰，神色隐晦。

昨晚他问林暖会不会像爱温墨深那样爱自己，林暖没有回答，即便两人彻夜相拥而眠，两人之间也仿佛有了距离。

是他着急了。傅怀安烦躁地深吸了一口香烟，眉心紧皱。

林暖喜欢了温墨深八年之久，他和林暖在一起才几天？

他和林暖的这段感情，从一开始就是他在把控节奏，先把林暖留在身边，慢慢培养感情才是傅怀安的本意，昨晚的话是他冒失，太着急了。

敲门声打断了傅怀安的思绪，他直起身，把抽了半截的香烟在烟灰缸里按灭："进。"

进门的是陆津楠，还有傅清泉身边的宋秘书。

陆津楠对傅怀安使了个眼色："刚才上楼凑巧遇到了宋秘书，就一起来了……"

铂金生活城明天开盘，这个时候老头子身边的宋秘书亲自过来，不是什么好兆头。

"宋秘书有事？"傅怀安朝沙发边走去，对宋秘书做了一个请坐的姿势，"坐。"

"不了傅总！"宋秘书依旧是一副笑呵呵的模样，"董事长让我过来问问，铂金生活城的项目上，照合同楚氏的第二笔款项应该入账了，可一直没有动静，看您知不知道情况？"

陆津楠一听笑开来："哟，这事儿啊，宋秘书问我就行了，何必来麻烦傅总？傅总一天多忙啊！饭都吃不到嘴里，哪像董事长现在逗鸟遛弯儿给儿子找儿媳妇这么清闲！"

傅怀安没搭腔，在沙发上坐下，看了宋秘书一眼，从烟盒里抽出一根香烟咬在嘴边，目光深邃地瞅着宋秘书，按下打火机。摇曳的火光中，傅怀安高深莫测的神色，让宋秘书隐约感觉到了一股压迫感。

虽说傅天赐是傅老爷子的亲生儿子，可在宋秘书看来，傅怀安骨子里才更像傅家人。傅怀安的手段和城府，是年轻时的傅老爷子都不能及的。

陆津楠的话夹枪带棒的，宋秘书不是听不出，他不愿得罪陆津楠和傅怀安，浅浅笑着道："拿人工资，替人办事，董事长让我过来问问，明知道傅总忙，我还是得硬着头皮来……"

"回去让董事长放心。"傅怀安嗓音低沉地道。

宋秘书点了点头，这才从西装内口袋里掏出一张请柬恭敬地递给傅怀安："傅总，这是小少爷和彭城穆家千金订婚的邀请函，希……"

没等宋秘书说完话，傅怀安点燃了香烟，随手把打火机丢在茶几上，开口道："宋秘书，你该知道在老太太心里，傅天赐是个过不去的坎儿，你觉得……这请柬给我合适吗？"

言下之意，傅天赐的订婚，这么大张旗鼓合适吗？把傅老太太往哪里摆？

谁都知道傅清泉给傅天赐定下彭城穆家的女儿是什么意思，还不是为了给他儿子以后能拿到家产铺路！

傅老太太在海城的根基并不比傅清泉差，傅老太太精明能干，早年和傅清泉一起打拼，谁不对她敬畏三分？否则在海城尽人皆知傅老太太和她丈夫傅清泉不对盘的情况下，傅老太太一个生日宴，还能来那么多商界名流？

宋秘书把请柬放在茶几上，道："傅总，我只是个秘书，董事长让我做什么，我就做什么！要是有什么做得不得体的地方，还请您多担待！”

“宋秘书！”陆津楠勾唇，倚着沙发扶手坐着，看向宋秘书，“宋秘书要只是拿人工资替人办事的话，不如来给傅总当秘书怎么样？工资可以是现在的三倍！还有想要什么福利您可以尽管提，傅总能满足的都满足，您看怎么样？”

“我年纪大了，跟着董事长清闲一些，傅总年轻精力旺盛，我看傅总的秘书总是忙得脚不沾地，我这把老骨头折腾不动了！”宋秘书摆了摆手，故作老态。

“宋秘书才四十多就说折腾不动了……”

陆津楠还想说什么，却被傅怀安抬手制止：“请柬放这吧，宋秘书去忙吧！”

陆津楠不清楚宋秘书和傅清泉的关系，宋秘书的父亲曾经就是傅清泉十分得力的秘书，三十多年前，宋秘书的父亲出车祸离世，是傅清泉给了宋秘书母亲工作，并且资助宋秘书完成学业！

宋秘书一毕业就到傅清泉身边当秘书，是傅清泉手把手教着一步一步成长到今天的。他跟了老爷子二十多年，这些年一直忠心耿耿，说把傅清泉当作父亲都不为过。

傅怀安明白陆津楠的意思，但心里知道这不可行。

宋秘书点了点头：“好，傅总、陆总，您二位先忙！”

眼看着宋秘书离开了办公室，陆津楠嘴角的笑容沉了下去，他扯了扯自己的领带在沙发上坐下，拿过烟盒抖出一根香烟咬住：“老头子还真是有办法，还是把彭城穆家拿下了，也不知道许了什么好处！”

没听到傅怀安吭声，陆津楠点燃香烟，随手搁下打火机道：“老傅，考虑一下和楚荨结婚吧！傅天赐有了彭家做后盾，你背后没有楚家不行！”

隔着细白的烟雾，傅怀安看向陆津楠，目光别有深意。

陆津楠也没瞒着傅怀安："昨晚楚荨来找我了！喝了不少酒，后来她妈打电话，她在电话里对她妈哭诉了一番。你要是楚荨她爸……你会不给欺负了你女儿的人使绊子？"

咚咚咚——

傅怀安的助理推开门，站在门口说了一句："先生，楚氏集团楚董的秘书打电话过来，说楚董这会儿在公司对面的茶楼，想耽误您几分钟约您喝杯茶。"

陆津楠对傅怀安一摊手："你看人家的爸爸找上门来了。"

傅怀安咬住香烟，拿了烟盒和打火机，然后拿过大班桌后椅子上挂着的西装外套穿好，整理衣领，淡淡地对陆津楠道："让人明天盯着点儿销售部，别出什么岔子！今天晚上让唐峥、白瑾瑜和老顾都早点儿到，给他们介绍个人！"

昨晚傅怀安已经和林暖说好，晚上介绍朋友给林暖认识。

他还要开口说什么，手机响起，他看了眼皱眉接通电话往外走去。陆津楠抿着唇，双手插在裤兜里看着傅怀安离开的背影，心底越发替傅怀安担忧。想了想，陆津楠把没抽完的半截香烟掐灭，出门去追傅怀安了。

第十八章 命都是林暖的

林暖早上进广电大楼时，心里多少有些尴尬。

昨晚撞破楚荨找傅怀安献身，楚荨又是台长，这样的关系，林暖没法不尴尬。

星期一，照惯例早上有楚荨在台里直播的晨会，今天却取消了。

听楚荨的助理说她病了，所以今天没来，可台里都在传，楚荨是失恋情绪不佳没法来台里。

大家都在猜测，能让新闻界铁娘子受情伤的男人是谁。

林暖神思飘远，猜测楚荨是不是觉得在台里看到自己尴尬，所以干脆今天没有来？

白晓年的《早间新闻》节目组也在隔壁开会，因为都是 Miss 夏手上的节目，会议同时进行，《早间新闻》这边只能由 Miss 夏的助理杨雨泽主持。

两边同时开完会出来，白晓年看向林暖："你们开个会这么激烈，我们都以为你们要打起来了！"

林暖拧开自己的水杯喝了口水，点头道："哪有那么夸张。"

正说着话，林暖口袋中的手机振动起来，她盖上杯盖，掏出手机看了眼来电显示——陆津楠。

她接起，电话那头传来陆津楠低沉的嗓音："我在你们广电大楼对面，你下来一下！"

林暖不喜欢陆津楠这个人归不喜欢，但陆津楠来找她，事情大概和傅怀安有关。

会议室散会后有同事接连不断地出来，林暖和白晓年站在这里很是碍事。

见白晓年对她使眼色，问她怎么了，林暖摇了摇头，把水杯递给白晓年，走到一旁接电话："陆先生有什么话不能在电话里说吗？"

"能在电话里说我也就不用大老远地开车过来了，你说是吧？"陆津楠的用词和语气都毫不掩饰对林暖的不喜。

林暖沉默片刻，开口道："广电大楼和万寿路交会西口有一家咖啡厅，陆先生稍等我几分钟，我一会儿过去。"

明明是互相看不顺眼的两个人，此时却要单独在咖啡厅里见面。

林暖收了伞，把伞搁在伞架上，手里攥着手机推开咖啡厅的门进去的时候，陆津楠抬手对林暖示意位置，似笑非笑地看着林暖。

陆津楠对面的位置，放着一杯还冒着热气的黑咖啡，察觉陆津楠有意示好，林暖坐下，把包搁在身边。

咖啡厅里吸烟区靠窗的位置，林暖可以清楚地看到外面风雨大作。

她将攥着手机的手轻轻搁在膝盖上，单手捧住咖啡杯，问陆津楠："不知道陆先生找我什么事儿？"

陆津楠没有开口，弹了弹烟灰，打量着坐在自己对面的年轻姑娘，年轻稚嫩，气质轻熟，长相虽然不是第一眼让人惊为天人，却是那种特别耐看的类型，五官精致漂亮得过分，皮肤生得特别白，那双眼睛也是难得地干净漂亮。

陆津楠从西装口袋里掏出支票本和笔，然后开口道："林暖，我和你说话就不藏着掖着了。我们都知道老傅喜欢你，你开个价，只要不过分我都可以给你！"

林暖的视线扫过陆津楠手中的支票本，脑子转动的速度慢了一拍，她望着陆津楠问道："这是……想让我离开傅怀安？"

她这是撞上了什么桥段？

她记得电视剧里经常看到的，是两个恋人中男主角的母亲会找到女主角，说"开个价离开我的儿子"！

曾经白晓年开玩笑说过，如果她有幸有这么一天，一定会狮子大开口拿上支票过逍遥自在的日子，绝对不会像女主角那样傻，什么都不要，非要和一个男人较劲。

陆津楠把攥在手中的笔搁下，抽了一口烟："恰恰相反，朋友背后捅刀子的事情我陆津楠不做！林暖，我想让你留在老傅身边，做老傅的女人，但仅限于他的女人，你懂我的意思吗？"

手中的手机振动起来，林暖低头看了眼，是白晓年打来的。她挂断电话低头发了一条信息，让白晓年先走，不用等她，然后才抬头，漆黑的眸子望向陆津楠。

陆津楠想起刚才在茶楼时，他站在包厢外听到的里面楚荨父亲暴怒的声音，接着开口道："老傅这辈子受了不少罪才熬到今天，我不能眼看着他把计划好的未来葬送。楚荨，你应该知道，你们海城电视台的台长，老傅很需要他们家的助力……"

看着陆津楠张合的唇，林暖想到昨晚楚荨和傅怀安的对话。

陆津楠说的计划好的未来，大概就是傅怀安得到凯德集团吧！

对傅怀安的身世，林暖已经有所了解，也知道傅怀安在傅家的尴尬地位。

林暖听完陆津楠的这番话，脸色不太好看，特别想直接告诉陆津楠她和傅怀安已经结婚了，狠狠打陆津楠的脸。

陆津楠表情严肃，不像在和林暖开玩笑，今天陆津楠能来找林暖说这么一番话，说明傅怀安还没有告诉陆津楠他们领证结婚的事情。

"陆先生今天来找我说这些话，是想我泼你咖啡再给你一耳光？"

林暖将声音控制得很好，胸口略微急促的起伏却暴露了她的情绪。

陆津楠弹了弹烟灰："我说这话你别不服气！你仔细想想，除了你年轻的身体和美貌，你还能给老傅什么？啊……对了，除了年轻美貌，你还可以把老傅变成上流社会的谈资，一个离开豪门已久的假千金，有着一个患有精神疾病的母亲！另一个是豪门的外孙，却要面临和私生子争家产的窘境！这两个人的结合……对上流社会来说可以算得上是妙不可言的消遣了。"

林暖承认陆津楠的话很难听，可他说得没错！

这是难堪的事实。

对傅怀安的事业，林暖帮不上忙。

心中那股怒意，竟就这样没骨气地逐渐消散。

"林暖，人人都知道童话故事是美好的，也都知道童话故事是用来哄孩子的！现实中，灰姑娘和王子大多没有什么好结果，连当初最具代表性的戴安娜王妃的婚姻都一团糟，更别说其他人！门当户对这四个字有一定的道理，当然老傅不是王子，可他如今的身份地位在这儿摆着，你成不了他的助力这个事实也在这儿摆着。"

陆津楠笃定林暖会和傅怀安在一起，他说这番话是为了掐灭林暖任何想要和傅怀安发展出结果的想法。

"你见过傅天赐，老傅的外公的私生子，他的订婚对象是彭城穆家的独生女！"陆津楠深吸了一口香烟，轻笑道，"老傅要是和你结婚，你说凯德集团董事会那群老家伙，会怎么站队？"

"分析完利弊，我们来说说老傅的感情！"陆津楠浅笑着，掏出手机，点开一张照片，把手机递给林暖。

意料之外的是，照片里的人林暖认识，是陆相思！

林暖没吭声，抬头看向陆津楠，等待着陆津楠的下文。

作为女人，林暖隐约能察觉到什么。

她想起上次在楚荨的办公室，楚荨说……傅怀安心里藏着一个已经死去的女人！

联系到现在陆津楠给自己看的照片，林暖的心脏扑通扑通地跳着，难道傅怀安爱过的人是陆相思？

"陆相思和老傅青梅竹马一起长大，是老傅这辈子最爱的女人！只可惜这个女人死了！成为老傅这辈子最无法忘怀的人，也是老傅这辈子最大的遗憾！"

林暖有些惊讶，却也没那么意外。相思姐是个很优秀善良的女人，那样的女人值得傅怀安喜欢。

那么，曾经傅怀安是为了相思姐去的伊拉克吗？

在伊拉克，傅怀安遇到去找温墨深的自己，产生了惺惺相惜的感情，所以他才会把第一次见到林暖的情景记得那么清楚？

陆相思是傅怀安的求而不得，温墨深曾经也是林暖的求而不得。

这是两个同样有着情伤的人的感情转移？

林暖攥紧了手心，心里明白陆津楠就是想让自己这么以为！

但这种话，不是傅怀安亲口说，林暖不信！

至少林暖不认为自己可以做到把曾经对温墨深的感情转移到傅怀安身上，她相信傅怀安也是一样的。

“你仔细看陆相思，不觉得你们很像吗？”陆津楠想要在林暖心里埋下怀疑的种子。

林暖把陆津楠的手机放回桌上，一副淡然的模样，说道：“陆先生说话大可不必绕弯子。”

“看来你是不相信我说的话。”陆津楠也是聪明人，“我且当你很爱老傅，这很好！可林暖，想想我前面的话，自己掂量掂量自己的分量，盘算一下如果你是老傅的另一半，除了一堆麻烦老傅还能得到什么？如果你真的爱老傅，那就留在他身边安安分分地做他的女人，不要想着老傅身边光明正大的那个位置！”

见林暖的脸色越来越难看，陆津楠咬着香烟，重新拿起笔，含混不清地开口道：“要多少，开价吧！”

林暖没吭声，拎起自己的包转身离开。

陆津楠看着林暖推门出去撑开伞的纤细背影，吐出一口烟，把香烟按灭。

他不担心林暖会给傅怀安告状，这些话本就是陆津楠想要和傅怀安说的！

只是傅怀安怕是一个字都不会听。

林暖撑着伞站在斑马线这头等红绿灯。

大雨敲击伞面的声音有些剧烈，她垂眸看着路沿下蜿蜒成河极速往下水道里流淌的积水，失了神。

陆津楠说傅怀安和自己在一起是因为她和陆相思相像，这样的话林暖不信。

但她总会想起昨晚，林暖问过傅怀安，他图自己什么？

他说，图林暖会像爱温墨深一样爱他！

林暖自己心里也知道，她对傅怀安的事业而言其实并没有任何助益。

林暖已经不是十七八岁的孩子，早就过了认为有情饮水饱的年纪。

现实中，仅有爱情的婚姻是不够的。

现实中的婚姻，夫妻更像是可以结伴而行的最忠诚的伙伴，彼此可以成为对方的朋友和并肩而战的战友。

她用力攥着伞柄。

陆津楠的话说得算是客气了，林暖除了年轻，大概没有什么配得上傅怀安。

绿灯亮，林暖随着人流走过了人行道。

她回了自己的出租屋，冲过澡后把已经湿了的裤子和衣服换掉。

坐在落地窗前，她用毛巾擦着头发，看着被一片水汽笼罩的海城，心中有些茫然。

林暖攥着毛巾，看着玻璃上自己隐约可见的五官，眉目干净，品相不算差。

她细长的手指贴着冰冷的玻璃，紧皱着眉头。

她已经和傅怀安结婚了，就不能再因为别人说了什么而心生退意。

本来硬件条件上她就配不上傅怀安，如果对他们的婚姻连最起码的坚持都没有，她能对傅怀安拿得出手的……大概真的只剩下再过不久就会被消磨光的年轻了。

头发未干，林暖疲惫地靠在落地窗前睡了过去。

林暖这一觉睡得沉，等她被电话铃声吵醒时已经三点半了。

见是傅怀安的来电，她揉了揉疼痛的太阳穴，觉得身体发冷，接通电话道："喂。"

不知道是不是刚睡醒的缘故，林暖鼻音浓重。

"还在睡？"傅怀安问。

"嗯！"林暖摸了摸头发已经干了，"雨太大，把衣服弄湿了，回出租屋这里洗了个澡，可能太累就睡着了。"

"要是累就再睡会儿，我七点整过去接你，时间有点儿晚，你吃点儿东西垫一垫。"

傅怀安的叮嘱声和电话那头傅怀安的助理叫傅怀安的声音一起传来。

不想影响傅怀安工作，林暖道："我知道了，你先忙吧！"

挂了电话，林暖侧头看向窗外还未停歇的大雨，头疼得厉害，连着喉咙都是疼的。

她回到床上躺着，脑子里却一直是陆津楠的那些话，翻来覆去睡不着，只觉得鼻间呼出的热气都是烫的。

起身烧了壶水，林暖喝过温水，喉咙的难受没有得到舒解，反倒越来越难受不见好转，整个人都昏昏沉沉的。

在家里没找到感冒药，林暖考虑到下午还要和傅怀安的朋友一起吃饭，不能这么难受着去，穿了件外套，戴着鸭舌帽和口罩，拿着伞出了门。

电梯到一楼，门打开，林暖抬头还没出去就愣在原地。

电梯外站着一身西装革履的傅怀安，他单手攥着电话，像是刚刚挂断还没来得及把手机搁进口袋里。

“你……怎么来了？”

林暖眼底有意外也有惊喜，她摘下口罩，一开口浓重的鼻音带着几分嘶哑。

傅怀安把手机装进西装口袋里，见林暖鼻头和双颊泛红的样子，眉心微蹙，大手覆上林暖的额头，感觉出有些发烫。

刚才在电话里，傅怀安听出林暖的声音不对，不放心她一个人在出租屋里，便放下手头的工作驱车赶过来看看。

“我没事儿，就是有点儿感冒！”林暖移开傅怀安覆在自己额头上的大手，攥着他从电梯里出来。

“去趟医院。”傅怀安语气不容商量地道。

“不用这么麻烦，我不想去医院，就是有点儿感冒，吃点儿药就好了。”林暖勾唇笑了笑，面色因为发烧而显得红润。

傅怀安的掌心里是林暖因为发烧变得滚烫的小手，见林暖穿得并不厚，傅怀安脱下了西装。

肩膀一沉，林暖整个人被傅怀安的西装包裹住，他攥着林暖的肩膀道：“别任性！去医院！”

林暖高烧三十八度九，挂了液体在输液室里坐着。

傅怀安陪在林暖身边，低头看着手机屏幕，处理助理小陆发到邮箱里的文件。

像傅怀安这种举手投足间都带有威慑力的男人，在人群中格外引人注目，哪怕像现在这样坐着沉默不语，周身的气场都让人难以忽视。

成熟多金、长相和身材上乘、穿着品位又不凡的男人，对女人来说是最有诱惑力的！

尤其此时傅怀安陪在林暖身边打点滴，让人觉得体贴又温柔，有男友或丈夫的人难免艳羡，没有的人又难免对傅怀安多加留意。

“如果你忙就先去忙工作吧，不用在这里陪我。”戴着口罩的林暖低声道。

肚子不争气地发出咕噜声，林暖尴尬地抬手覆上腹部。

她中午没吃饭就睡着了，到现在哪怕没有胃口，胃里是空的也难受得厉害。

“想吃什么？”傅怀安锁了手机屏幕问道。

“想喝点儿牛奶。”

傅怀安颔首，把手机装进口袋里，起身离开。

他没敢走远，怕林暖一个人输液要帮忙身边没人，就在医院旁边的便利店给林暖买了三明治和牛奶，请店员帮忙加热。

其间他站在便利店门口抽了支烟。

不过十分钟，傅怀安就拎着热牛奶和三明治回来，身上有淡淡的烟味。

平时傅怀安是一个烟不离手的人，今天在医院陪了林暖这么久一直没有抽烟，对他来说应该很难熬吧？

林暖吃东西时，傅怀安给天府湾的家里打了个电话，让李阿姨准备些清淡可口的小菜和粥。

“晚上不是去见你的朋友吗？”林暖手里捧着牛奶杯问道。

“你生病了，好好休息，等你好了有的是机会。”

傅怀安正说着，白瑾瑜的电话就打过来了。

包间是白瑾瑜订的，听说傅怀安要带人过来，白瑾瑜一百万个好奇不知道傅怀安要带谁。

“今天晚上就不过去了。”

“别呀！包间都订好了，您老人家一句话，我们把该带的人都带了！您突然说不来了，我们一群人不是白高兴一场？”

白瑾瑜的声音大，林暖隐约听到是个男人的声音，伸手拽住了傅怀安的手腕，阻止了傅怀安拒绝的话。

林暖这是第一次和傅怀安的朋友正式见面，第一次就放别人鸽子总归不太好，她还想在傅怀安的朋友面前留下一个好印象。

一说生病了就不去，让那么多人等她一个人，未免娇气。

以前林暖不是没有带病工作过，她知道自己能撑住。

她用力握了握傅怀安的手腕，点了点头。

电话那头的白瑾瑜叽叽喳喳的声音还在，傅怀安沉默了片刻，开口道：“我们晚点儿到！”

六点十分，输完液后，傅怀安开车从医院地下车库出来，外面雨更大了。

傅怀安在车上等着，林暖回出租屋换了套衣服，把披散的长发扎起，扑了点粉，涂了口红，整理好刘海才出来。

输了液林暖舒服了不少。

她有些忐忑，忍不住侧头问正在开车的傅怀安：“今天饭局上的朋友，和你的关系都很好吗？”

傅怀安浅笑着侧头看了林暖一眼，点头道：“唐峥、白瑾瑜、陆津楠你都见过，还有一个也是从小一起玩到大的朋友，一会儿介绍你认识。”

林暖一怔，还有陆津楠？

昨天晚上，傅怀安说有几个朋友小聚，要介绍给林暖认识认识，林暖下意识地就以为傅怀安给自己介绍的朋友她不认识！

想到今天和陆津楠刚见过，谈话结果也不怎么愉快，林暖心里隐隐有些后悔！

如果她早点儿问了傅怀安，借着生病大可以不去。

她侧头看着窗外被雨水笼罩的灯红酒绿。她不是会向人告状的人，也不想让傅怀安察觉为难，只得打起精神来，装作什么都没有发生过。

她深吸一口气，坐直身子，勾了勾唇。

碧水天下包间内，因为人还没到齐，几个人已经支起了一桌麻将。

白瑾瑜和带来的女伴都坐在麻将桌上。

陆津楠嘴里叼着香烟，打出一张麻将牌，问了一句：“唐峥人呢？怎么还没到？”

陆津楠话音刚落，唐峥就在服务员的带领下进了包间。

“这谁呀？这么惦记我？”

唐峥开着玩笑进来，却在看到坐在沙发上摆弄手机的楚荨时怔住了。

“但凡打牌谁都惦记你，没你在谁给我们善财啊？”白瑾瑜勾唇轻笑道。

楚荨抬头见到唐峥，锁了手机屏幕露出笑容道：“唐峥。”

唐峥勾了勾唇点头道：“楚小姐也在！”

“都是朋友，既然聚一聚我就把楚荨给请来了！”陆津楠把唇边的香烟移开，满不在乎地说了一句。

楚荨依旧保持着笑容，手却紧紧攥住了手机。

今天是陆津楠打电话把她叫过来的。

原本经历了昨天晚上的事楚荨不想来，想到昨晚楚荨都替自己无地自容。

楚荨难过羞耻得想死，但没有那个勇气！

她是真的爱傅怀安，特别特别爱……

楚荨在生与死之间纠缠，想着是不是自己自杀了，傅怀安就会回头怜悯自己？

就在楚荨胡思乱想时，陆津楠打电话来说，今天有饭局让她过来。

楚荨流着眼泪，说自己不想去，问陆津楠如果自己死了是不是可以在傅怀安心里留下一点儿痕迹。

陆津楠劝楚荨，好男怕缠女，要是楚荨真的喜欢傅怀安，就不要在乎面子！她和傅怀安就是因为在乎面子、保持骄傲才到了今天还走不到一起！

陆津楠说，只要今天晚上楚荨过去，他有办法让楚荨和傅怀安在一起。

其实，陆津楠心里也没有底！

他知道今天傅怀安大概是要带林暖过来，但今天中午陆津楠已经和她说得很明白，林暖如果有自知之明，今天就不会来！

更何况，陆津楠今天对林暖提到了陆相思，他就不相信林暖会做到心里毫无芥蒂，坦然地来见傅怀安的朋友！

如果林暖来了，陆津楠最先要怀疑的就是林暖对傅怀安的用心！

一个女人但凡爱一个人，应该都接受不了被自己爱的男人当成另外一个女人的替身。

林暖要是对傅怀安抱着别的用心，那陆津楠就要让她看到楚荨，知道她和楚荨之间的差距。

唐峥对楚荨勾了勾唇，脱下西装外套挂好，在心里骂了陆津楠十几遍。

虽然傅怀安没有明说今天要带谁过来，但从傅怀安含笑叮嘱他们如果有女伴把女伴也带上的情况来看，他带的必定是林暖！

陆津楠把楚荨带过来不是给傅怀安和林暖添堵吗?

拿了香烟和打火机，唐峥对陆津楠开口道：“老陆，走，出去抽根烟！工作上有点儿事和你说！”

陆津楠心里和明镜似的，他打出一张牌，扭头看着楚荨：“楚荨，你来替我！”

楚荨点头起身，坐在了牌桌上。

陆津楠这边跟着唐峥刚出门，白瑾瑜也拿起烟盒和打火机站起身道：“老顾，让你带来的姑娘替我一下，我去放个水。”

厕所门口，唐峥双手插兜看着吊儿郎当地抽烟的陆津楠，眉头紧皱地说道：“你是不是有病？大家心知肚明今天老傅要带林暖过来，你把楚荨叫过来干什么？添乱呢？”

看着唐峥生气的模样，白瑾瑜也不大高兴地道：“我们都知道老傅喜欢林暖，帮不上忙就算了，这添乱算怎么回事儿？还是好兄弟吗？”

陆津楠吐出一口薄雾，弹了弹烟灰，说道：“上午楚荨的父亲找老傅了！”

唐峥抿唇不语。

陆津楠眉头紧皱地接着道：“铂金生活城的款项迟迟不到位，你们以为是因为什么？姓楚的老狐狸看不到老傅变成他们楚家的人，怎么会轻易帮老傅？”

他吸了一口烟，继续说道：“再说那个私生子傅天赐，老头子倒是厉害，傅天赐过不了多久就要和彭城穆家那个坐轮椅的独生女结婚了，老傅要是和林暖在一起，怎么和彭城穆家抗衡？”

白瑾瑜听说傅天赐要和彭城穆家的独生女订婚，很是意外，突然能够理解为什么陆津楠会把楚荨带过来了。

陆津楠把烟蒂按灭，徐徐开口道："老傅这些年怎么过来的，我们做兄弟的不是没看到，那个林暖和老傅在一起能给老傅带来什么？把老傅变成上流社会的谈资？除此之外呢？"

唐峥正要开口，陆津楠望向他，抢先一步道："我今天在包厢外听得一清二楚，老傅和楚荨她爸翻脸了，楚荨她爸说他们家那些资源可以为老傅所用，老傅却说他能用的资源要比楚家多得多！"

"老陆，我们都知道你对老傅的心！可老傅做事情有自己的章法和道理，我们做朋友的除了支持之外，不该横加干预！你过了。"白瑾瑜难得一本正经地对陆津楠说道。

陆津楠没吭声，鼻间喷出白雾，没解释。

他不是想要林暖和傅怀安分开，只是让林暖不要想傅怀安身边的妻子那个位置，乖乖拿钱做傅怀安身后那个女人。

"楚荨既然已经来了，总不好现在请人家走。"白瑾瑜望着唐峥道，"一会儿老傅要真带着林暖过来，得想个说辞。"

傅怀安将车停在碧水天下门口时，林暖还有些紧张，哪怕傅怀安说除了一个朋友，其他的她都见过，她也放松不下来。

和陆津楠相处得不算愉快，林暖面对唐峥时也很是尴尬，总会想起被他撞破她和傅怀安差点儿擦枪走火的画面。

林暖对白瑾瑜的印象不错。

不想被傅怀安看出自己紧张，林暖推开车门下车时，长长呼出了一口气，戴好口罩调整着情绪。

傅怀安撑着伞，把林暖护在怀里，踏上碧水天下金碧辉煌的门厅台阶。有服务员已经认出傅怀安，忙伸手接过傅怀安手中的伞："傅先生。"

服务员本要给傅怀安带路，傅怀安牵着林暖的手拒绝了。

服务员很是意外，抬头仔细打量了一下林暖，见林暖戴着口罩便没敢细看。

进电梯前，傅怀安给唐峥打了电话，让把包间的窗户打开透透气，别抽烟了。

林暖知道傅怀安应该是顾及她生病才这么说的。

跟着傅怀安进包间前，林暖出于礼貌把口罩摘了，进去后和楚荨四目相对时林暖依旧眉眼含笑，不动声色。

楚荨听了陆津楠他们的谈话，大约已经猜到傅怀安会带林暖过来，所以也不意外。她忍着自己心里的尴尬，笑着站起身看向傅怀安和林暖，就像昨晚什么都没有发生过一样表情自然。

包间里除了傅怀安刚在车上告诉林暖的陆津楠、唐峥和白瑾瑜之外，还有一位气度不凡的男士，林暖没有见过。

除此之外，还有白瑾瑜的女伴和楚荨。

陆津楠会带楚荨过来，在傅怀安的意料之中！

有些话昨晚他没来得及说清楚，今天她在也好，一次性说清楚，省得给她留下幻想。

楚荨穿着一身休闲装，倒是白瑾瑜的女伴把这次见面看得很隆重，穿着偏正式一些的连衣裙，对林暖露出灿烂的笑容。

“老唐一猜老傅今天带来的就是林暖！还真让那小子给说着了！”白瑾瑜忍不住笑着打趣道。

傅怀安单手扶着林暖的纤腰，给林暖介绍道：“陆津楠、唐峥、白瑾瑜你都见过，这位是顾青城。”

林暖一一点头，笑容看不出破绽。

“这是楚荨，林暖你们海城电视台的台长！不知道你们认识不认识，凑巧今天楚荨也来了！”唐峥笑着介绍，话里话外的意思并没有把楚荨往他们这群人里算，明白的人都能听懂。

“台长！”林暖对楚荨点头道。

林暖虽然不会提起昨晚的事情，但也做不到毫无芥蒂地和楚荨寒暄，这个称呼足够礼貌。

“这是我的女朋友！”白瑾瑜扣着自己女朋友的双肩，将人推到林暖面前，“也是我的学生。”

白瑾瑜的女朋友一下就红了脸，甜甜地唤了一声：“你好，我是徐绾绾。我特别喜欢你的节目，我们全家人都是你的粉丝！”

“先坐吧，都别站着了！菜都上半天了，就等你们了。”陆津楠突然开腔道。

傅怀安扶着林暖的腰走到圆桌前，替林暖拉开椅子，其他人也陆陆续续落座。

傅怀安解开西装纽扣，脱下西装随手搭在林暖的座椅靠背后也落座。

陆津楠瞅准机会，把楚荨的位置安排在了傅怀安右边。

唐峥几个人怕林暖尴尬，和林暖说笑着转移林暖的注意力。

白瑾瑜拎着茶壶站起身充当服务员的角色，挨个给人倒茶水：“你现在可是老傅的宝贝儿，平时烟不离手的人，居然打电话让我们别抽烟了，这话我都不敢相信是从老傅嘴里说出来的！”

“抱歉，你们想抽烟的话尽管随意，没关系。”

林暖不是没有注意到陆津楠把楚荨安排在傅怀安身边的动作，陆津楠和傅怀安关系匪浅，林暖并不是一个容易生气的人，也不想把关系弄僵，依旧保持着笑容和白瑾瑜说着话。

服务员取了分酒器把酒分好，傅怀安却给林暖要了一杯橙汁。

“这不合适吧，我们都喝酒林暖喝橙汁？”唐峥开着玩笑，已经拎着分酒器过来要给林暖倒酒。

“林暖发烧了，刚输完液，不适合喝酒。”

唐峥已经把林暖的酒杯斟满，攥在手里，一脸意外，不知道酒杯该放哪儿。

傅怀安伸手接过酒杯放在了自己面前。

唐峥又拎着分酒器回去，说了一句：“换季的时候最容易感冒发烧的，女孩子一个人在外面还是要照顾好自己！”

林暖点头，唐峥的善意她领受。

楚荨坐在傅怀安身边，一直没有吭声，心里正想着应该怎么和傅怀安说话，就见傅怀安扶着林暖站起身，手里端着酒杯。

“今天正式给你们介绍一下……”傅怀安目光深邃地望了林暖一眼，说道，“我妻子，傅太太……林暖！”

林暖手里攥着玻璃杯，听到傅怀安用那好听的嗓音介绍自己是他的妻子，耳朵酥酥痒痒的。

楚荨整个人如遭雷击，坐在那里身体僵硬得一动不能动。

陆津楠弹烟灰的手也顿住，他侧头看向傅怀安，似想要探究真假。

傅怀安朝着陆津楠看了过去，眼神郑重暗含警告，话却是说给楚荨听的：“林暖在海城电视台就有劳楚台长多多照顾了！”

楚荨惨白着一张脸，没吭声，任谁都能看出她的不同寻常。

林暖对大家笑了笑，没有上赶着和楚荨搭话，故意打楚荨的脸，那样格调太低。

唐峥做出一副被吓了一跳的模样，爆了粗口，然后道：“老傅你这动作也太快了！我还以为你今天带林暖过来是告诉我们你们确立了恋人关系，没想到你居然直接把林暖变成了傅太太！什么时候的事儿？这速度……闪电也没你快啊！”

“这得恭喜老傅啊！来来来，举杯举杯。”白瑾瑜起哄地端着杯子站起身，“祝嫂子和老傅百年好合，早生贵子啊！”

被白瑾瑜这么一说，其他人也都端着杯子站起身，闹哄哄地恭喜着林暖和傅怀安。

“这顿必须是老傅请客啊！”唐峥嚷嚷道。

整桌人，只有楚荨和陆津楠没动。

“老陆！”站在陆津楠身边的白瑾瑜踢了陆津楠一下。

林暖也朝着陆津楠的方向看去。

陆津楠这才懒洋洋地灭了香烟，端着酒杯站起身。

楚荨扯了扯苍白的唇，也端着酒杯站起来，故作大方地开口道：“恭喜……”

林暖浅浅地抿了一口橙汁，笑着说了谢谢。

碧水天下的菜色一直很出名，但林暖今天病着，什么东西放在嘴里都味同嚼蜡。

傅怀安给林暖叫了一碗咸粥，还算清淡。

“吃饭时摆弄什么手机？”白瑾瑜用筷子敲了敲女朋友徐绾绾的盘子。

徐绾绾没搭理他，就在白瑾瑜又要开腔时，一脸惊讶地转头看向坐她旁边的林暖：“嫂子！你以前居然还去过伊拉克？”

林暖攥着汤勺，抬头看向双眼放光的徐绾绾。

徐绾绾站起身举着手机，单手撑着桌面给林暖看，眼睛里闪着八卦的光芒：“网上都炸开了！上面都是嫂子你去伊拉克时的照片，说你是去伊拉克找温墨深，是吗？”

陆津楠听到这话顿时皱眉，拿起桌上的手机点开网页，其他人也都陆陆续续拿出手机看起来。

林暖很意外，这都已经是几年前的事情了，怎么会又被翻出来？她也点开了手机。

网上正如徐绾绾说的，已经炸开锅了。

上面有几年前美国《环球时报》的报道，美国记者去战地搜集新闻素材，在拍摄政府军转移平民百姓时，恰巧遇到林暖正在向伊拉克政府军询问关于 T-324 幸存者的事情。

纸质报纸里主要报道战争的事，林暖只是一个小插曲，占到的篇幅很小，照片也只有一张。她穿着已经看不出颜色的衣服，背着双肩包，头发和脸都脏得不像样子。

高清摄像头下，可以看到照片里的林暖受了伤，拉链敞开的外套里面，T 恤上血渍已经干涸，她额头上缠着白色的纱布，沁出红色的血迹。

她张着已经干到皲裂起皮的唇瓣，眼眸里全是红血丝，仰头看着政府军的军人，瞳仁特别亮。

就是这样一张照片，让陆津楠的心脏受到了剧烈的震荡。

发帖人叫没事儿摸摸胸，说是他发现了温墨深、顾含烟、林暖之间关系的真相，忍不住替林暖心疼，所以把他无意中发现然后搜集到的资料发出来给大家一个真相。

《环球时报》的网页版，却对林暖的事情做了详细描述。

网页里面有更多照片，每一张都让人震撼。

有林暖受伤后，不顾自己的伤口鲜血直流，举着温墨深的照片询问医护人员的情景。

有她坐在那里一语不发任由医护人员给她包扎的画面，她就静静地坐着，双目无神像是失去灵魂一样。

网页里还有大量文字来描述关于林暖的这段故事。

动笔的记者叫威尔·斯坦森，在美国是很有名气的记者。

发帖人只截取了威尔·斯坦森在网页中描述的一段内容：

“在 T-324 航班热度过去三个多月后，居然会有人不顾生命安危踏上这片战火焦灼的土地来寻找一个人。我没有和这位勇敢的小姐细谈，隐约听说她是来找一位和她并无血缘关系的哥哥，我认为这是爱情的力量。

“T-324 航班上那么多乘客，但我遇到的这么执着地寻找一个人的，只有这位勇敢的小姐。

“她明明已经受到过生命的威胁，遍体鳞伤，却还是不愿放弃寻找。对一个人爱到何种程度，才会不顾生命安危，只为求得他平安的丝毫希望?

“我不禁感慨，那趟航班上的乘客的父母、妻子、丈夫、儿女……是否也和这位勇敢的小姐一样，不是整日坐在家里以泪洗面，而是收拾行囊踏上了危险且漫长的寻人旅途?

“T-324 航班上的那个小伙子虽然不幸，却又是多么幸运，多么幸运才会拥有这么勇敢的姑娘的爱!

“如果他还活着，如果他还能看到这篇报道，希望他珍视这位为他勇敢的姑娘，再见面时给她一个热吻，送她一束鲜花，给她一场婚礼，一生一世照顾这位曾经为他出生入死的好姑娘!

“愿我们每个人在有生之年，都能收获这样的爱情。

“在安全地点，我们和这位勇敢的小姐分开了，愿上帝保佑这位小姐找到自己的挚爱，愿上帝保佑 T-324 航班上的乘客平安。”

帖子后面，还有林暖被反政府武装势力的人拽着头发拖出来的照片，她怀里抱着一个小小的婴儿就是不撒手，隔着照片看到的人都能感受到林暖的头皮被拽得有多疼。

那张照片楚荨认识！

那是她已经死去的助理用微型照相机拍摄的！照片还经过她的手……

可她打死都没有想到，这居然是林暖！

后面发帖人情绪激动地用大红字标出：顾含烟贱人不要脸！骗林暖小姐姐她是温墨深最爱的人！还附上了一段音频。

很凑巧，音频内容就是顾含烟在咖啡厅里和林暖说的那些话。

帖子最后，那位发帖人这样写道：

“其实个人觉得林暖小姐姐真的是满心委屈，明明是她去的伊拉克，顾含烟却不要脸地把经历占为己有！

“顾含烟明明知道温墨深心里爱的是林暖小姐姐，却还不要脸地对林暖小姐姐说温墨深最爱的人是她！

“林暖小姐姐对温墨深的心，从她为了找温墨深踏足伊拉克就可以看出！

“顾含烟这个不要脸的女人，在节目里说温墨深登上飞机前他们是分手状态，林暖小姐姐不能义愤填膺地戳穿顾含烟，又得顾念着怕温墨深伤心。你们说小姐姐有多憋屈？！

“我承认，前段时间我骂了林暖小姐姐，我现在给林暖小姐姐道歉！对不起林暖小姐姐！

“当初喷林暖小姐姐的键盘侠，你们都欠小姐姐一个道歉！”

微博被转发了之后，很多人在下面留言：“对不起林暖小姐姐，我们欠你一个道歉！”

林暖看着这些内容，看着自己在伊拉克的照片，眼圈泛红。

“对不起，我去趟洗手间！”

林暖放下餐巾，起身出了包间。

傅怀安没有追去。

整个包间陷入了一片沉默。

谁都没有料到，看起来柔柔弱弱的林暖，曾经竟然做过这么让人意外的事情。

徐绾绾看得眼睛微红，转过头问白瑾瑜："要是我失踪了，你会不会像嫂子一样去找我？"

林暖找的不是傅怀安，而是温墨深，白瑾瑜怕傅怀安心里不痛快，皱眉示意徐绾绾闭嘴。

林暖低着头从包间里出来，感冒发烧难受，心里也难受，不想让傅怀安的朋友看到自己眼眶泛红的样子。

这些东西埋在林暖心里这么久，突然被人爆了出来，就像是一直埋在林暖心底发酵的委屈找到了突破口，酸涩袭击了她整个人。

洗手间内，林暖倚着洗手台，抽了两张纸攥在手心里，擤了下鼻涕。

几次深长的呼吸之后，林暖终于平复了自己的心情。

这都已经是过去的事情，曾经的爱恋连着曾经无所畏惧的行动力，都惨烈地死在了过去。

所以当傅怀安问她是否会像爱温墨深那样爱他的时候，林暖无法回答。

甚至现在回想起来，林暖都觉得自己是真傻。时隔快五年，林暖长大了，心在这浊世间行走得久了，也沾染了世故，变得小心翼翼，变得自私，变得更爱自己多过爱他人。

所以她才会期待平平凡凡的甜蜜日子，而不是大起大落的荡气回肠。

她怕她已经不是当初那个林暖，经受不起任何考验。

傅怀安不动声色，良久看向陆津楠的方向："陆津楠，你欠林暖一个道歉！"

陆津楠用力攥着手机，心中涌起说不上来的滋味。

他曾经特别看不起林暖，讽刺林暖在顾含烟去伊拉克找人的时候，她舒舒服服地在和海城人民侃大山，难怪温墨深要顾含烟不要她！

可今天，事实给了陆津楠一记响亮的耳光，这感觉简直不要太糟！

林暖的行为，恰恰是让陆津楠最敬佩的！

就像曾经听说顾含烟去了伊拉克找温墨深，他心生敬佩一样，这样爱一个人的女人很少见，令陆津楠感动。

可后来听说顾含烟是骗人的，陆津楠对女人更加反感！

如同他的认知一样，女人没有一个是好玩意儿！

谁知道今天坐在这里，林暖突然就成了去伊拉克找温墨深的那个女人，而且还有图有真相，陆津楠就是想不承认都不行！

这种逆天的大反转，令陆津楠有些接受不了，他下意识地去摸口袋里的香烟，刚抽出一根，白瑾瑜就开口道："哎，老傅一来就说林暖病着，别在包间里抽烟。"

陆津楠心头烦躁不安，把香烟放了回去，搁在圆桌上。

白瑾瑜突然问了一句："老傅，你和林暖……应该不是因为团团认识的吧？"

当年傅怀安不顾劝阻地去了伊拉克，这事儿他们几个人都知道！

现在突然爆出林暖当年也去过伊拉克，白瑾瑜脑子转得快，想到了傅怀安和林暖相识的可能。

他一直以为傅怀安认识林暖是因为团团去了广电大楼找林暖，以为林暖是自己的妈妈！

现在算一算林暖和傅怀安去伊拉克的时间，貌似在同一个时间段，所以白瑾瑜才问了这么一句。

“算起来，也算是因为团团……”傅怀安嗓音低沉地徐徐道来，“林暖受伤后被军方的人送到了姜氏集团在伊拉克的工厂，相思也在那里，相思临死前把团团托付给了林暖！那张林暖被别人拽着头发的照片，她怀里抱的就是团团，是林暖……救了团团。”

哐当一声，楚荨惊恐万分地站起身，撞得身后的椅子瞬间倒地。

楚荨人生中最以自己为耻、最想要忘掉的记忆，就是在伊拉克姜氏集团的工厂发生的事！

她不受控制的眼神害死了陆相思，这是她这辈子最愧疚、最让她无地自容的事情。

这些年她一直小心翼翼不愿意提起在伊拉克所发生的事情，生怕当初和她一起经历过这些事情的人认出她，把她当时怕死的可耻姿态告诉别人。

她万万没想到，当时林暖居然也在。

她怎么都想不起来，当时还有林暖这么一个人！哪怕一点点印象……都没有！

她只记得恐怖分子带着他们去了基地，让他们交出陆相思和姜明安的孩子时，一个有孩子的女人被拽了出去。她甚至不敢抬头看，完全不记得那个女人的长相，连声音也忘记得差不多了。

楚荨慌张地看着全桌的人都望向她，不敢去看傅怀安的眼睛！

她害怕傅怀安知道是自己当初那怕死的一瞥害死了陆相思！

如果傅怀安知道真相，后果是什么楚荨连想都不敢想。她全身都在颤抖，原本计划中要向林暖展示她足以配得上傅怀安的想法被这个消息震得稀碎。

“抱歉！我……我还有事，就先走了！”

楚荨转身从衣架上拿起自己的外套和包。

“你的手机……”陆津楠开口道。

楚荨像是被吓了一跳，猛地转过身，身体撞倒了衣架，别人的衣服掉了一地。

“对不起！”楚荨又忙扶起衣架，一副失魂落魄的样子，捡着地上的衣服。

陆津楠紧皱着眉头，起身拿着楚荨的手机，过去帮忙扶起衣架，挂上衣服。

就算知道自己和傅怀安没有可能了，楚荨也不至于魂不守舍成这个样子吧？

他把手机递给楚荨，楚荨道歉后迅速离开，什么多余的话都没有说。

徐绾绾一脸疑惑地问道：“这是怎么了？”

白瑾瑜摊开手，表示不知道。

楚荨走后，傅怀安点了一根香烟，手里拿着烟灰缸，起身走到窗户旁，不紧不慢地开口道：“今天叫你们来把林暖介绍给你们，是希望你们能和林暖做朋友，不为别的，只是希望我和林暖也能有共同的朋友圈，彼此能有更多共同话题，哪怕有一天两个人闹别扭，也能有人出来帮忙说说好话！”

“这才刚结婚，连以后闹别扭的退路都想好了？你是打定主意想欺负我们林美人儿还是怎么着？”唐峥想要调节气氛，笑着说了一句。

陆津楠走到座位前，没有落座，拿起烟盒抽出一根香烟，把烟盒丢回餐桌上：“老傅，既然林暖这么爱温墨深，为了温墨深连伊拉克都去了，林暖的整颗心……你收得住？”

说完，陆津楠伸手向白瑾瑜要打火机。

傅怀安弹了弹烟灰，凝视着窗外的瓢泼大雨，喉结轻微滚动后，开口道："林暖只要给我她爱温墨深的十分之一的感情，我的命都是她的。"

听着傅怀安的话，徐绾绾突然红了眼眶，小手拧了一下白瑾瑜的胳膊。

傅怀安的语气认真得不像在开玩笑。

都说商人重利，这话从一个手段、城府都让人畏惧的男人嘴里说出来，有多么惊悚就有多么感人。

傅怀安一向话少，这话带给陆津楠不少震撼！

在这里坐着的其他从小和傅怀安长大的朋友，都以为此生傅怀安最爱的人是陆相思，可就算是对陆相思，傅怀安也从来没有说过这样的话！

当初陆相思心里是有傅怀安的，他也没有动过把陆相思抢回来的念头。

可为了得到林暖，他费了多大的心思布了多少局？一环套一环地把林暖逼到了他身边。

傅怀安把手中的烟蒂在烟灰缸里按灭，转过身看着站在圆桌旁指间夹着一根香烟，手里攥着打火机却迟迟没有点燃的陆津楠，双手插兜，眸色深沉。

他站在窗口，五官刚毅深刻，嗓音低沉有力："和林暖我是抱着共度余生的打算，所以陆津楠，以后别针对林暖，我见不得她受委屈。"

陆津楠随手把打火机丢到圆桌上，烟也不抽了，还没发作就又听傅怀安说道："我更不希望我最好的兄弟和最爱的女人……两个人不和。"

陆津楠咬了咬腮帮子，因为傅怀安那一句最好的兄弟，怒火偃旗息鼓："林暖比凯德集团重要？比你这些年的努力重要？现在傅天赐那小子背后多了一个彭城穆家，老傅，你身后有谁？因为一个林暖，你就要让这些年你以及我和唐峥的努力全都打水漂？”

这些话原本不该在白瑾瑜的女朋友在时说，传出去不好，但徐绾绾是白瑾瑜板上钉钉的媳妇儿，陆津楠也就没顾忌地说了出来。

“我并没打算放弃凯德集团，得到凯德集团的方法有千万种，捷径是好走，可就为了快那么几年拿到凯德集团，错失往后和自己共度余生几十年的人，这个买卖划算不划算？”傅怀安问。

陆津楠一向牙尖嘴利，此时竟哑口无言。

餐桌上，林暖的手机铃声响起，徐绾绾个性跳脱好事儿，站起身往那边看了一眼，缩着脖子说了一句：“应该是温墨深。”

手机屏幕上显示着“墨深哥”三个字。

“就是咱们看到那些照片内心都震撼不已，更别说是温墨深本人！啧啧……”唐峥撇了撇嘴，“这叫什么？曾经有一份真挚的感情摆在我面前，我眼瞎不知道，等回过神……那姑娘竟然成了别人的媳妇儿！”

傅怀安走到餐桌前，看着林暖因为振动在餐桌上轻微打转的手机，拿起看了眼，调了静音，锁了手机屏幕。

手机屏幕再次亮起，来电显示已经不是温墨深，而是“妈”。

前段时间网上流传的关于温墨深、林暖、顾含烟的感情纠葛，梁暮澜不知道，是因为丈夫出事儿，整个林家焦头烂额，梁暮澜没有心情关注网上的那些八卦消息。

现在林景全已经平安回到林家，梁暮澜有了时间，看到网上关于自己女儿的消息，作为母亲自然是震惊的！

如果梁暮澜没有在这个时候急于联系林暖，傅怀安倒要怀疑梁暮澜对林暖有几分真心。

第十九章 再见温墨深

包间门口，林暖手捂着胸口，努力睁大眼不让自己眼底的泪夺眶而出。

“林暖只要给我她爱温墨深的十分之一的感情，我的命都是她的。”傅怀安的这句话，扎进了林暖的脑子里，让她脑子嗡嗡直响。

她的心脏跳得很快。

从楚葶出现在天府湾，到陆津楠去找她说的那番话，林暖心里积累的委屈和憋闷全都消散得无影无踪！

眼眶似被一股暖流冲击，令她忍不住想要掉眼泪，刚刚在洗手间整理好的情绪又乱得一塌糊涂。

她什么都没有，什么都帮不了傅怀安，他为什么要选择她?

她明明并不出色!

听到包间里白瑾瑜对徐绾绾说林暖去了太久洗手间还不见回来，让徐绾绾去看看，林暖这才收拾好情绪敲门进去。

“嫂子怎么去了这么久？”

刚走到包间门口的徐绾绾见林暖推门进去，笑着问了一句。

傅怀安已经落座，林暖勾了勾唇，眼周泛红掩饰不住，落座后她只好道：“感冒好像有些严重了，多耽误了一会儿。”

鼻音的确比刚才更加严重。

餐桌上的手机又振动起来，还是温墨深打来的，林暖挂断，随手回了个系统自带的短信过去，说稍后回电话。

“实在不舒服我们回去休息。”傅怀安单手搭在林暖的座椅靠背上，说道。

饭吃到一半就走不太礼貌，林暖摇了摇头道：“我还能坚持。”

“嫂子，别撑着了！”白瑾瑜先开口，“不舒服就回去休息，这儿都是自己人，咱们不讲这些虚礼，更何况你要是感冒加重了老傅得怪在我们身上！”

“是啊，以后吃饭的机会多的是，不着急！”唐峥也劝林暖。

林暖忍不住鼻头更红，抽过一张纸巾擦了擦眼睛，笑道：“真的很抱歉，第一次和大家一起吃饭结果要先走……”

饭桌上一直没有开口说话的顾青城这时说了两个字：“理解！”

被林暖攥在手心中的手机不断振动，临出包间前林暖一看是梁暮澜打来的，猜到梁暮澜看了网上的帖子，她吸了吸鼻子，心里突然更酸。

林暖可以不接温墨深的电话，却不能不接梁暮澜的电话。

傅怀安清楚，伸手拿过林暖的外套和包：“你先去接电话，我等你！”

林暖点头，攥着手机朝着楼梯间的方向走去。

傅怀安看着林暖的背影，点了一根香烟，白烟后的傅怀安眸色晦暗不明。

“妈……”林暖唤了一声，眼泪就吧嗒掉了下来，嗓子哽咽得难受。

电话那头，梁暮澜听到林暖的声音的那一刻，也哭出了声，什么都没有说，隐忍的哭声很轻，但林暖听得一清二楚。

作为一个母亲，她竟然不知道自己女儿曾经经历了那么多事！

梁暮澜看到照片上林暖满头鲜血，想到林暖经历过生死一线的情形，做母亲的怎么能不揪心？

那是自己含在嘴里怕化了、捧在手里怕摔了的女儿，那是她从小生活安稳优渥、没吃过什么苦的女儿，却因为一个男人异国他乡历经生死！

尤其是看到林暖被恐怖分子拽着头发的照片，梁暮澜的心就像被人用刀子剜一样，疼得险些窒息！

可她的女儿，什么都没有告诉她。

林暖垂下头，眼泪掉落在衣服上，她用手背拭去，想要劝梁暮澜不要伤心，可喉咙胀痛得无法发出声音。

“就那么喜欢温墨深，喜欢到连爸妈都不要了，跑到那种别人避之不及的地方？啊？林暖，谁给你的胆子？”梁暮澜带着哭腔的声音传来，训斥着林暖，“你去的时候想没想过我和你爸？”

林暖没吭声，垂着头听着梁暮澜的训斥，感觉心里很暖。

“爸不重要，妈不重要！就他一个温墨深重要？林暖，你知道我和你爸看到……看到……看到那些照片，心都快被扯碎了吗？你要是真有个三长两短，你让我和你爸怎么活？

“林暖……你是妈的命啊！你怎么能这么糟蹋你自己？”

林暖不敢说，曾经她想过，如果她当初死在了那，就不知道自己的身世，后来就不会经历那么多痛苦。

可如今听了梁暮澜的话，林暖又庆幸自己还活着……

哪怕梁暮澜不是自己的亲生母亲，和自己没有血缘关系，这样的感情，又岂是血缘关系能够限制住的?

“妈，我错了！”林暖哭着在电话里对梁暮澜道歉。

电话那头的梁暮澜坐在电脑前，不忍心去看电脑屏幕上的照片，每一张都撕碎了梁暮澜的心。

林景全红着眼站在梁暮澜身后，单手握着梁暮澜的肩，一手攥着鼠标，关了电脑屏幕，不让梁暮澜再看。

电话里，梁暮澜哭得歇斯底里！

即便事情已经过去几年，可梁暮澜仍然怕得全身都在颤抖。

回去的路上，林暖坐在副驾驶座上，看着傅怀安目视前方认真开车的样子，咬了咬唇也目视前方。

手机振了又振，短信一条一条地进来，手机屏幕上显示着温墨深的名字。

林暖点开了。

“林暖，我在你们家楼下！你下楼我们谈谈！”

“暖暖，我想见你，下楼见见我好吗？”

“不想见我接个电话也好，暖暖……求你！”

“我在你们家门口，开门！”

“别躲着我，林暖！”

“你不想见我我理解，可是暖暖，你让我见你一面，就一面……”

“暖暖，我爱你！”

林暖看到这条短信时，往下翻信息的手顿住，眼眶又红了起来，无关情爱，只是满腹委屈。

曾经，林暖无比期盼这三个字，期盼得心都碎了，却只盼来了温墨深和顾含烟在一起的消息！

哪怕她疼得鲜血淋漓，还是笑着说了恭喜；哪怕深夜无人时她蜷缩在床头，抱着双膝无声哭泣，她也不曾在任何人面前表现脆弱，诉说疼痛。

她爱了那么多年，一直以为温墨深是自己的求而不得，到头来他却在节目里说深爱过，林暖怎么能不委屈？

深爱过他为什么不早点儿开口？他明明知道她那时那么爱他，却还往她心口捅刀子，还是选择和顾含烟在一起！

我爱你——多么温馨的表白字眼，没能让林暖心潮起伏，却引爆了林暖积压在心底的憋屈，令她百感交集。

身体和心理的不适让林暖不想继续看短信，她的手机还在振动，林暖关了机，偏头看向窗外的大雨。

她曾经还爱着温墨深的时候，幻想过温墨深对自己说出这三个字时的情景，她以为自己必定会喜极而泣然后拥住他，从此永远和他在一起。

可现在，她对他的那份炙热感情已经死在了过去！他娶了别人，林暖嫁了傅怀安，在他们两个人的身份境况更尴尬、更不可能在一起的时候，他却说了这三个字！

他说当时林暖有未婚夫，说和林暖年纪相差太大！

难道现在他们的年纪就相差不大了？

和林暖以前只是有一个未婚夫的情况相比，现在的情况他们更加不可能在一起！

林暖把手机丢进包里，抬手揉了揉眼睛，抽出一张纸巾擦了擦鼻子。

感冒成了林暖掩饰难过最好的借口，她把窗户开了一点儿缝隙，雨水和风一起灌了进来，打在脸上，却让林暖堵着的鼻子瞬间通气。

“对不起啊，今天第一次和你朋友吃饭……”

林暖觉得车内太安静，便找话题和傅怀安聊，声音瓮声瓮气的。

“没关系，都是自己人不会介意的！等你好了，多和他们接触接触！”

傅怀安像是并没有因为林暖旧爱接连不断的电话和短信生气的样子，嘴角还带着浅浅的弧度。

两人到家时，团团已经睡着了，李阿姨在楼下做好了夜宵等林暖和傅怀安回来。

大雨仍未停歇，林暖和傅怀安刚进家门，就听到外面的雨下得更大了。

林暖没有胃口吃夜宵，和李阿姨说感冒难受就上楼去休息了。李阿姨担心林暖是受了风感冒，熬了葱根姜汤。

傅怀安端着葱根姜汤上楼，看着林暖皱眉喝下，又监督林暖吃了药，这才吻了吻她红红的眼睛，开口道：“你先睡，我还有些事情没有处理完，一会儿回来。”

林暖点头道：“嗯！”

傅怀安去了书房，林暖却翻来覆去睡不着。

她起身拿了干净的换洗衣物，去浴室冲了个热水澡，出来时感觉舒服了许多。

林暖站在盥洗台前，用吹风机吹着头发，脑子里突然想起傅怀安那句“林暖只要给我她爱温墨深的十分之一的感情，我的命都是她的”。

她关了吹风机,看着镜子中的自己,心跳的速度很快,眼眶也红了。

她在心里问自己：林暖你何德何能？你能给傅怀安的有什么？

第二天一大早，傅怀安送林暖去广电台的路上，她收到了几条未读短信。

知道是温墨深发来的，她没有看……删除之后锁了手机屏幕。

她和温墨深已经再无可能，何苦再去看那些短信让自己难过？

林暖猜测温墨深大概也是看了昨天晚上那些照片才冲动地来找她

的，等到他冷静下来想想，应该也知道他的冒失！

毕竟温墨深总是很理智，理智地计算着他们之间的差距，然后和林暖保持着不远不近的距离，从不越线。

这么多年，大概这已经成为温墨深的习惯，哪怕昨晚被照片冲昏了头脑，一晚上过去，他也该清醒了。

“你知道昨晚的帖子是谁发的吗？”林暖侧头问傅怀安。

潜意识里，林暖觉得这件事儿傅怀安知情。

傅怀安点头道：“知道。”

果然。

“全世界都欠你一声对不起！不论在什么事上，我不想让你受委屈！”傅怀安说得平淡。

林暖心头一软，看着傅怀安的眸子渐渐泛红。

这种被人疼着的感觉，谁不喜欢？

她总会想起隔着包间的一道门，傅怀安说命都是她的的那句话。

她每次想起，眼眶都是一阵温热，想要钻进傅怀安的怀抱，赖着那片温暖。

傅怀安的车停在广电大楼对面不远处，前方温墨深的车停在广电大楼正对面，傅怀安和林暖都看到了。

林暖紧攥着安全带，侧头看向傅怀安。

这下意识的动作，充满了依赖和信任。

傅怀安对林暖点头道：“去吧！没事儿，我在这儿。”

傅怀安的一句话，让林暖安心不少，她点头戴上鸭舌帽，解开安全带，伸手推开车门下了车。

就像是有所感应，正倚在车头抽烟的温墨深抬起视线，看到林暖从一辆迈巴赫上下来关上车门，和他四目相对。

温墨深直起身。

林暖背着包，攥紧手里的手机，向温墨深的方向走去。

温墨深的视线却越过林暖，盯着那辆迈巴赫。他知道那辆车的驾驶座上，坐的是傅怀安！

他想透过挡风玻璃，看清傅怀安的表情！

作为林暖现在的丈夫，傅怀安会是什么表情？愤怒或者是不在意？温墨深猜不透。

看着林暖离开的纤细背影，傅怀安放下车窗，雨后的空气格外清新也格外潮湿，从窗外灌了进来，有点儿凉意。

傅怀安点了一根烟，手肘搭在车窗上，目光悠远。

林暖正走向的是她的过去，今天是林暖向过去彻底告别的一个仪式，傅怀安有这个耐心等着。

站在温墨深面前，林暖才发现温墨深下巴上已经冒出青茬，和平时儒雅干净温润如玉的模样不同，颓然和狼狈在他身上体现了出来，眸中全是隐忍的情绪。

温墨深一夜未睡，昨天一个晚上都在林暖家门口，直到今天早上听林暖隔壁的邻居说林暖没有回来，温墨深才想起林暖结婚了，大概已经和傅怀安住在一起了，所以他一大早来广电大楼门口堵人。

林暖戴着鸭舌帽，阴影之下是她清秀漂亮的轮廓，清亮的黑眸望着温墨深，她先开口道："墨深哥，我知道你是看到昨天的照片冲动了所以才发了那些信息。"

温墨深的黑眸扫过那辆迈巴赫，他忍不住红了眼眶。

没有看到那些照片之前，温墨深知道是林暖曾经去伊拉克找他时，内心是感动是心疼是愧疚！

可昨晚的照片，让温墨深震撼！

伊拉克那样生死一线的危险地方，林暖一个小姑娘，受了伤，还在寻找他的踪迹！

尤其是那位记者的文字，每一个字都像是一把利刃，插在温墨深的心口上，让他鲜血直流。

温墨深很后悔，后悔当初为什么要把两个人之间的差距算得那么细致，想那么多！

“暖暖，我能后悔吗？”温墨深嗓音微哑，“我用什么代价，可以换回曾经那个林暖？”

一晚上的冷风没有让温墨深冷静，反倒让温墨深内心火烧火燎一般，后悔得痛不欲生。

他反复地看着手机里林暖在伊拉克的照片，看着她满头鲜血举着他的照片问医护人员他的下落，温墨深一颗心揪得喘不上气来！

看着那张照片，温墨深抽了一盒香烟，呛得剧烈咳嗽却没有办法停下来，泪水就像是断了线的珠子，视线一遍又一遍地被模糊，他坐在车里忍着，连放声痛哭的资格都没有！

比起林暖，他的爱算什么？充满了犹豫和翻来覆去的衡量！

从今天开始，温墨深再也不敢说他爱林暖爱得义无反顾！

从照片再到顾含烟和林暖对话的录音……温墨深和顾含烟结婚那天，白晓年说得轻描淡写，可直到听到这段对话，温墨深才有了灵魂被撕裂的感觉！

加上这些照片，温墨深反复地询问自己，他对林暖的爱到底算什么？

他有什么颜面在节目里对林暖暗示，他曾经深爱过林暖？

第一次，温墨深当着林暖的面，没忍住眼泪。

温墨深上前，双手扣住林暖瘦削的肩，低着头，身体颤抖着：“暖暖，我把你给我的爱弄丢了，还能找回来吗？什么代价……我都可以付出！命也行！”

林暖想要勾唇故作轻松地笑，却笑不出来。

她没吭声，眼底泛起雾气。

温墨深没有忘记，眼前的姑娘结婚了！

他的后悔没有办法让时光倒流，温墨深的心就像被粉碎机绞碎了，除却疼痛还剩一片绝望。

“我想听你说一句……我爱你！”

林暖紧抿着唇瓣。

温墨深抬头，眼眸通红地望着她：“只要说一次！”

“墨深哥，我结婚了。”

林暖开口，不是温墨深期待的“我爱你”，而是用一个温墨深知道的事实，拒绝了他。

温墨深握着林暖的肩的手用力收紧。

是啊，林暖已经结婚了，她现在应该爱着另外一个男人，而不是他！

他一直以为，是因为上了一架飞机，丢了自己四年的时光，丢了自己的爱人，自己的生活才变得一塌糊涂。

现在他才发现，是他上那架飞机之前，对林暖的爱有所保留，才让他永远失去了这个最爱自己的人。

“我错了……”温墨深垂下头，向过去忏悔，向林暖忏悔。尽管他知道忏悔也换不回林暖和过去的旧时光。

“墨深哥，过去喜欢你的岁月，我不后悔。”林暖坦然道，语气流畅自然。

林暖所经历的，她都从未后悔过！

在林暖最纯净美好的年华，温墨深温柔儒雅的模样填满了她的整个青春，让她初尝爱情滋味，也让她的生活里有涟漪有波澜，也有惊心动魄。

少女时代结束后，林暖以成熟的姿态迎来傅怀安，脑子里已经没有了那些不切实际、轰轰烈烈的爱情幻想，只想和傅怀安安稳度日，平静家常，岁月静好。

如果没有经历温墨深，林暖不会是今天的林暖，更不会遇到傅怀安，不会遇到陆相思，不会和团团结缘。

有时候，很多事情像是上天注定的。

就像那年陆相思把团团托付给林暖，如今林暖真正成了团团的妈妈。

林暖的一句话击溃了温墨深的泪腺，他垂着头不想让林暖看到自己泪流满面的模样，却克制不住。

他想要用力拥紧林暖，可她的丈夫就在不远处看着，温墨深不愿意给林暖带来任何麻烦。

更多的话，温墨深已经说不出口。

林暖的那几张照片，把温墨深这辈子都牢牢按在了爱着林暖的这条路上，只能一去不复返。

广电大楼门口来往行人忍不住朝着林暖和温墨深的方向注目。

林暖低头从包里掏出一包餐巾纸递给温墨深。

温墨深伸手接过，什么都没说，上车离开。

林暖目送温墨深离开，在心底对他说了再见。

她没有直接进广电大楼，而是小跑到那辆迈巴赫旁，站在人行道上弯下腰，透过副驾驶座未关的车窗朝着里面五官阳刚的男人看去。

“我先进去了。”林暖开口道。

“先上来！”傅怀安灭了香烟说道。

林暖没有犹豫，拉开车门坐了进去。

车窗被关上，傅怀安朝着林暖的方向探身，大手扣住林暖的后脑，给了她一个长吻。

林暖的鸭舌帽帽檐下，是傅怀安凑近的英俊容颜，她忍不住回应着傅怀安的吻，双手紧紧抠着身下的真皮座椅。

被吻到发麻的唇舌得到自由，林暖面颊滚烫双眸含水地望向傅怀安：“那我走了！”

傅怀安搁在中控台上的手机振动起来，他拿过来看了一眼，接通了电话。

傅怀安面色冷漠，沉着开口道："知道了！"

挂了电话，傅怀安望向林暖道："你这边能确定几点忙完给我发信息！"

"公司那边的事情要紧吗？很麻烦吗？"林暖忍不住替傅怀安担忧。

傅怀安勾唇，眸底有了笑意，抬手捧着林暖的小脸儿，拇指在她的唇瓣上摩梭："担心我？"

目送林暖过了马路，进入广电大楼，傅怀安的眸色沉了下来，他点了一根香烟，给陆津楠拨了一个电话："把人带到医院！"

林暖忍着心跳过快的速度，从包里掏出工作证刷了卡，把工作证挂在脖子上，在电梯间等着电梯。

"林暖，你是林暖吧？"

有同在广电大楼工作却从没说过话，也没见过的同事上前和林暖搭话。

林暖有些意外，笑着点头。

"我昨天晚上看了个帖子，原来你才是为了找温墨深去伊拉克的人，那些照片太震撼了！我之前还误会你！"

"就是就是！还在节目里惺惺作态，亏我还觉得她可以被原谅！"

林暖看着周围越来越多的人聚过来，似要和林暖同仇敌忾，笑容有些尴尬。

叮——

电梯一到，出于礼貌，林暖还是说了一句："电梯来了！"

一群人叽叽喳喳地骂着顾含烟进了电梯，又对林暖表示敬佩和同情，也有说林暖傻的，她应该在录节目的时候就说出真相，哪怕温墨深不信也要给自己正名！白白背了那么多骂名！

林暖一直保持微笑，一看到了七楼，忙道："我到了！"

从电梯出来，林暖松了一口气。

白晓年卸了妆，听说林暖正在录节目，就去了拍摄现场，原本打个招呼就要走，听林暖说要去看她父亲，她就陪着林暖回了化妆间卸妆换衣服。

两人商量着先吃个中午饭，再去看白晓年的父亲。

“咱们台里内部的微信群都传疯了，说你挺神通广大的，居然被武装分子抓住还能全须全尾地回来……”

白晓年双手抱着手臂，倚在化妆镜前，笑看着林暖卸假睫毛。

“可能真是。”林暖笑着应了一声。

“说你胖你还喘上了！”白晓年说完玩笑话，神秘兮兮地凑近林暖问道，“忘了问，新婚生活怎么样？”

林暖知道白晓年想问什么，但她哪好意思分享，就一本正经地说：“挺好的。”

两人闲聊了一会儿。

林暖看表，已经十一点，离午饭还有点儿时间。

吃饭的地点林暖选在环球世贸百货，主要想给傅怀安买衣服。

白晓年跟着一起参谋，导购小姐极力推荐，林暖给傅怀安买了一件藏蓝色的衬衫和一条暗红色领带。

从专柜出来，路过手表柜台，林暖又停下了脚步。

她感觉傅怀安戴手表特别好看，特别有男人味儿，即便傅怀安的手表很多，林暖看到漂亮的男士手表还是忍不住幻想傅怀安戴上是什么样子。

白晓年顺着林暖的目光看过去，问：“想给傅怀安买块儿表？”

“嗯！”林暖应声间已经走到了柜台前，让柜台小姐把那块儿宝蓝表盘的钢链表拿出来看一看。

白晓年撞了林暖一下，说道：“疯了，这么贵的表！”

“领证礼物！不贵……”

林暖抿唇浅笑。

白晓年还没见过林暖的“鸽子蛋”，要是见了大概就不会说这话了。

“这领证礼物得要你一大半的积蓄吧？”

林暖只笑不语，仔细看了半天，又把表放在自己的手腕上比了比，然后对柜台小姐道：“帮我包起来，谢谢！”

林暖在包里找钱包时，看到傅怀安黑色的钱夹还在自己包里，怔了怔拿出来看了一眼。

好像从超市回去后，钱夹就一直在林暖这里，她没有还给傅怀安。

“这是傅怀安的钱包吧？”白晓年看了一眼问。

林暖点头，要把钱包放回去，白晓年顺手从林暖手中将其抽出：“你现在可是他老婆了！钱包给你你就花啊！”

林暖夺过钱包放回包里，拿出自己的长款钱包，取出卡递给柜台小姐。

白晓年：“……”

买了礼物，吃完饭林暖要埋单，白晓年却阻止了：“别！你刚才又是买衣服又是买手表的，有点儿钱还是攒着吧！你这是第一次送傅怀安礼物就送这个档次的，以后各大节日，你都得比照这个档次，只能升不能降，你花钱的地方还在后头呢！”

白晓年心里是真心为林暖心疼，林暖压下白晓年递卡的手，给了服务员现金，道：“你说得我好像不赚钱了似的！”

“你这赚钱的速度赶不上你花钱的速度啊！”

林暖见白晓年替自己肉疼的样子，忍不住笑。

看望过白晓年的父亲，林暖回了出租屋收拾东西，准备给房东腾房，她搬走了房东才好带着买主来看房。

这房子当初梁暮澜给林暖装修得特别好，想必也能卖出一个好价钱。

下午四点半，林暖收拾了一小半，把衣服和家里的摆件儿都装到了搬家的纸箱里。惦记着团团要从幼儿园回来，林暖没敢耽误，匆匆洗了把脸便赶回天府湾。

到家后，林暖才接到傅怀安的电话，说傅怀安的外婆想团团了，让李阿姨接上团团送孩子去傅家老宅了。

一个人在家，林暖简单吃了点儿东西，打开笔记本电脑开始思考自己的未来。

不知道什么时候，傅怀安进来了。两人聊了一会儿。

傅怀安口袋中的手机没眼力地响起，林暖拍了拍傅怀安：“接电话！”

傅怀安没动。

“万一是什么重要的事情呢？”林暖好不容易找到理由推开傅怀安，不遗余力地劝道。

心情不悦的傅怀安起身，拿出手机看了眼，眉头紧皱地接通电话：“唐峥你最好有什么重要的事情！”

上一次也是在天府湾，被唐峥坏了好事儿，傅怀安心里还窝着火，这次又是这货的电话。

不知道电话那头的唐峥说了什么，林暖明显见到傅怀安脸色有变。

她起身整理好自己的衣服，忍着腿麻捡起地上的电脑，往茶几方向走去，尽量小声，不打扰傅怀安。

傅怀安视线追随着林暖的背影，大约也是不想打扰林暖，他朝着阳台外走去。

海城这个天气入夜难免会冷，傅怀安就穿着一件衬衫，单手插兜站在外面。林暖担心他会冷，还没有决定要不要送件衣服出去，林暖就听到楼下传来团团喊妈妈的声音。

楼下，团团拽着一个老人家的手，身上还穿着那身幼儿园的校服，对着楼上喊妈妈。

老人家不是别人，正是傅怀安的外婆。

今天李阿姨带着团团去了傅家老宅，路上一再叮嘱团团要逗傅老太太开心。

团团话少，小脑袋瓜想了又想，为了逗傅老太太开心就给傅老太太看了自己的画儿，绷着一张小脸儿，很认真地给傅老太太介绍哪个是他的妈妈，哪个是他的爸爸，哪个又是他。

傅老太太第一次见团团画和妈妈有关的画，不解地抬头看向李阿姨，李阿姨便把林暖的事情和老人家说了。

听说傅怀安已经领证，傅老太太很是意外，更意外的是，傅怀安竟然对领证的事情只字未提。

傅老太太本以为傅怀安和楚荨是一对儿，没想到傅怀安竟然悄无声息地就领了证。

吃过晚饭，团团坐在沙发上，用衣袖偷偷擦眼泪，见傅怀安的外婆端着水果过来，又若无其事地跑过去帮忙端水果，乖巧地吃傅老太太递给他的水果，听话地不惹老人家生气。

知道团团大概是想妈妈了，傅怀安的外婆又对林暖好奇，借由送团团回来，打算过来探一探林暖。

林暖从楼上下来，就看到团团牵着傅老太太的手站在楼梯口。

傅怀安的外婆穿着一件立领中国风的白色棉质绣花外套，黑色阔腿裤，头发梳得一丝不苟地盘在脑后，身量瘦削，却显得十分有精神，尤其是那双眼睛，深邃锐利得和傅怀安一样。

很快，林暖就猜到这位老人家是傅怀安的外婆。

在这种情况下见到傅怀安的外婆，林暖心中有些惶恐。

按照道理来说，应该是傅怀安和林暖先去拜访长辈！

现在在长辈还不知道傅怀安和她已经结婚的情况下，在傅怀安家里撞见她还穿着家居服，林暖觉得自己在傅怀安的外婆那里的印象应该会大打折扣。

林暖迅速下楼，恭敬地和傅怀安的外婆打招呼："您好！"

傅怀安的外婆不似林暖想象中那般严肃，她牵着团团的小手，没有过分打量林暖，含笑点头。

"妈妈……"团团挣开傅老太太的手，扑过去抱住了林暖的腿。

林暖弯腰揉了揉团团的小脑袋："团团先去洗手换衣服！"

"好！"团团回答得很响亮。

见团团嗒嗒嗒地跑开，林暖对傅老太太道："怀安在楼上接电话，应该一会儿就下来，您先坐。"

她没有趁机逃跑，而是落落大方地和傅老太太说话，傅老太太不动声色地点了点头。

林暖询问傅老太太想要喝什么，傅老太太说了随便两个字，林暖却不敢随便对待，叮嘱李阿姨给老太太倒杯温白水。老年人本来就少眠，喝茶水容易睡不着，红枣茶对老人来说又太容易上火。

林暖的细心，傅老太太看在了眼里。

"我听李阿姨说你叫林暖？"傅老太太嗓音和煦。

林暖点头，规矩地坐在单人沙发位上。

李阿姨给傅老太太上了杯白水，给林暖端来了红枣茶。

喝水时，傅老太太用余光打量着林暖的坐姿，只坐了一点点，双腿并拢，和身体一起倾斜向长辈的方向，双手搁在腿上，很得体，很标准，不像是刻意装出来的让人看着别扭，这样的姿势仿佛与生俱来，让人看着舒适又美观。

傅老太太仅凭这一印象，就断定林暖受过良好的贵族式教育，不是她所担心的家世贫寒的灰姑娘。

倒不是傅老太太门第观念严重，或者真的指望傅怀安能找到家世背景雄厚的妻子来装点门面！

只是对方身为傅怀安的妻子，以后傅老太太难免会带出去介绍给其他人，如果是寒门出身，难免显得小家子气。

第一眼的面试，仅凭一个坐姿，傅老太太对林暖还算满意。

“我听李阿姨说，你和怀安领证结婚了？”傅老太太明知故问。

林暖颔首后，道歉道：“真的很抱歉，我们作为晚辈应该先去拜访您，反倒让您老人家先来了天府湾。”

很明事理，听得懂傅老太太的言外之意。

傅老太太嘴角的笑容深了些，她摆了摆手道：“自己家人不讲究那些虚礼，既然你们已经结婚，那就随怀安叫我一声外婆吧。”

“外婆。”林暖从善如流地叫道。

傅老太太点了点头，语气比刚才更加和蔼：“团团说是想妈妈，我就把孩子送回来了，时间不早我就不坐了，等有时间你和怀安一起来傅家老宅！老宅的厨子还不错……”

林暖松了一口气，笑着点头。

林暖送走了傅老太太，团团洗完手换了衣服下楼，嗒嗒嗒地跑过来双手放在林暖的腿上，软软的身子倚着林暖。

已经到点儿，林暖让李阿姨回去休息，她陪着团团洗漱后，哄团团睡觉。

小不点儿踮着脚，从书架上拿了一本绘本嗒嗒嗒地跑过来递给林暖，双手撑着床，小腿一搭爬了上来，柔软的小身子歪在林暖怀里，等待林暖给他读绘本。

团团已经很困了，但是不想错过和妈妈的这个节目，一直在硬撑。

傅怀安早已经打完电话，斜靠在团团的房间的门框上，看着儿童房内温馨的画面，嘴角勾起一抹笑。

快要睡着前，团团突然抬头对林暖道：“妈妈，团团小，要妈妈！爸爸大……不要妈妈！”

林暖又很顺利地听懂了团团的话，团团小要妈妈陪睡，爸爸大不需要妈妈陪睡！

林暖看了倚在门口的傅怀安一眼，耳尖儿一红，把团团放进被窝里，盖好被子，轻轻拍着他的身体，不一会儿团团就呼吸均匀地睡着了。

等林暖轻手轻脚地从团团的房间出来，傅怀安关上门，问她："刚才和外婆打过照面了？"

林暖点头道："嗯……"

"抽时间去正式拜访一下她老人家！"

"我也是这个意思！"

第二十章 一生挚爱傅先生

今天林暖没有什么行程安排，下午听说傅怀安今天要加班回来得比较晚，就打算带团团去公司找傅怀安。

林暖不是那种擅长搞突袭制造惊喜的人，老实巴交地给傅怀安发了信息，问他方不方便让她带着孩子过去看他。

很快，傅怀安回了信息，很方便。

林暖惦记着这个点儿傅怀安没有吃饭，让司机把车开到望江楼打包了饭菜，打算去公司陪傅怀安一起吃一点儿。

傅怀安让助理小陆提前在公司门口等着林暖和团团，出租车一过来，小陆就猜到是林暖到了，十分绅士地拉开后排车门，先把林暖搁在一旁的打包饭菜拎了出来：“太太，傅先生让我来接您和团团。”

林暖乍一听到别人叫她这个称呼，还有些不习惯，笑着点了点头道："麻烦了！"

林暖抱着团团和助理小陆往凯德集团大楼里走去，有人好奇地打量林暖和团团，见小陆态度恭敬，猜测着林暖的身份。

电梯镜壁上映出站在林暖靠后半步的小陆的样子，见他只穿着衬衫……袖口挽到手肘，脖子上挂着工作牌，不似平时那么一丝不苟，林暖猜测是不是他们今天特别忙。

林暖忍不住问小陆："今天你们是不是特别忙？"

小陆抬头笑道："嗯……今天是特别忙，董事会突然要查账，要得还急，明儿一大早就要交上去，公司的财务都在加班，财务那边做好了我们总裁办还得再过目。"

现在这个点儿，凯德集团的财务部也没有一个人下班，总裁办这边没说账目 OK 哪怕是闲在那里，他们也不能走。

"那账目怀安也要过目吗？"林暖问。

"账目是陆总过目！"

林暖点头，没有再问。

跟着小陆进了办公室，林暖见陆津楠坐在沙发上，茶几前放着堆积如山的文件，连手提电脑都没地儿放，被搁在那堆文件最上面。

陆津楠回头看到林暖毫不意外，他听傅怀安说了，林暖要带着团团过来。

林暖没想到陆津楠在傅怀安的办公室里，四下看去，办公室里不见傅怀安的人影。

小陆把林暖带来的晚餐放在傅怀安的大班桌上，便关上门出去忙了。

"先坐吧，老傅出去打个电话就回来！"陆津楠最后深吸了一口香烟，就把刚点燃的香烟在烟灰缸里按灭了。

他鼻梁上架着一副眼镜，大概是眼睛有些花，他抬手把眼镜摘下来捏了捏眉心，又戴上接着看电脑。

林暖点了点头，没搭腔。

傅怀安的办公室温度高，林暖蹲下身取下团团肩膀上的小书包，帮他把外套脱了下来。

傅怀安的办公室团团来过多次，以前团团刚回国不熟悉李阿姨，不肯去幼儿园也不肯留在家里，傅怀安只能抱着团团来公司。

团团小小一个很乖巧，傅怀安在办公的时候，团团就乖乖地坐在沙发上喝牛奶吃零食，翻翻爸爸给他买的画本，玩玩自己的 iPad，不吵不闹的。

林暖把团团的外套搭在单人沙发上，走到窗口把窗户打开来，凉风吹进来，卷走了办公室的香烟味。

对团团来说相熟的人不多，陆津楠算一个，他习惯自然地爬上单人沙发，从书包里掏出 iPad，屁股一歪坐好，然后低头摆弄着自己的 iPad。

傅怀安拿着手机和烟盒、打火机进来时，见林暖和团团已经到了，眸底有了笑意。

“爸爸！”团团奶声奶气地唤了一声。

林暖回头，见傅怀安朝自己看来，说道：“我去望江楼打包了饭菜，你们休息一下，吃点儿东西再忙。”

陆津楠意外地抬头望向林暖，见林暖只对着傅怀安在笑。

他大概没有想到林暖会把他也算在其中。

团团在这儿，有些话陆津楠没法说，他摘了眼镜随手将其搁在电脑上，拿起自己的香烟盒抽出一根烟咬在嘴角，拿着手机和打火机起身道：“你们先吃，我出去透透气。”

“一起吃点儿东西！”傅怀安对陆津楠开口。

陆津楠走到门口，把嘴上的香烟移开，拉开办公室门道：“我让助理去买晚饭了，和你们吃了，他买回来的晚饭谁吃？”

陆津楠离开后，林暖见茶几上堆满了资料账目，对傅怀安道："不然……到休息室吃吧？"

"听你的！"傅怀安眼底带着宠溺地道。

傅怀安和林暖、团团一家三口在休息室里用餐，隔壁的总裁办里一下就热闹起来，大家伙凑在一起压低了声音在追问傅怀安的助理小陆林暖的身份。

"我的天哪！傅总居然在我们平时吃饭的休息室里吃饭？"

"傅先生怎么就不能在休息室里吃饭了？"小陆哭笑不得地问道。

"那可是傅总啊！傅总！傅总给人的感觉总是那么矜贵，那么高高在上不食人间烟火！要吃饭他也应该是去那种星级餐厅啊！怎么会纡尊在休息室里吃饭？"

"对啊，简直不可思议！小陆，那个漂亮小姐是谁啊？感觉有点儿眼熟，可是傅总在旁边我都不敢抬头认真看！"

"好好奇呀！是不是傅总的女朋友啊？"

"说不定是傅总的儿子的妈妈呢！以前不是说傅总单独带着儿子回国的吗？会不会是回国找妈妈的？哎哟……我已经脑补了一出大戏！"

"说说嘛！说说嘛！"有人催促小陆。

小陆道："文件太少不够看吗？这么闲，我去找陆总说一说，咱们来分担分担好不好？"

"哎哟！就是好奇嘛！"

"这么好奇来问我啊！"

冷飕飕的声音从总裁办门口传来，陆津楠双手插兜站在那里，眉头紧皱，明明是一张倾国倾城的妖孽祸水脸，却无端让人脊背发寒。

凑在一起聊八卦的人立刻散开，回到各自的位置上继续忙碌。

休息室的玻璃门关着，陆津楠朝里面扫了一眼，回到傅怀安的办公室，继续查看那些账目！

他想起刚才从休息室路过，看到林暖喂团团吃饭时眉眼间的明媚笑意，如果在以前，他一定以为林暖是装的。

因为他曾爱过的那个女人也会那样对他笑，只要她露出那样的笑容要求陆津楠任何事情，陆津楠都会满足她，并且甘之如饴。他把那个女人看得比命还重要！

可最后的结局，实在太可笑！

或许，天下的女人并不都像那个女人一样。

陆津楠回过神来后心情烦躁得无以复加，他伸手在裤兜里摸烟盒才发现刚才在烟台，他把剩下的香烟都抽完了。

陆津楠看完账目将其交到总裁办就先走了。

晚上八点半，团团抱着平板电脑坐在沙发上隐约有了困意，傅怀安也整理好了资料，穿上西装准备和林暖、团团一起回去。

坐在沙发上的团团突然睁大眼睛，看着一张照片，小模样很认真的样子。

林暖去洗手间还没回来，团团有些无措，回头见傅怀安正在穿西装，从沙发上滑下来，抱着 iPad 嗒嗒嗒地跑到傅怀安面前，双手把平板电脑举高给傅怀安看。

正在系西装纽扣的傅怀安垂眸看向平板电脑的屏幕，上面是林暖被人拽着头发还死死抱着团团不撒手的照片。

傅怀安看向探出脑袋的团团，听小不点儿问："妈妈？"

没想到团团会点开这张图看，傅怀安看了眼团团，蹲下身对团团点了点头，从团团手里拿过平板电脑，认真看着照片里抱着孩子紧闭双眼的林暖。

团团挤进傅怀安的怀里，软软的身子倚着傅怀安，又指着林暖怀里的小婴儿问道："团团？"

傅怀安又点了点头。

团团抱着平板电脑，眼眶泛红。

傅怀安抬手揉了揉团团的小脑袋，开口道：“妈妈这是为了保护团团！”

团团点了点头，眸子更湿了。

“团团现在已经是大男孩儿了，也要保护妈妈，知道吗？”

办公室暖色的灯光下，傅怀安低沉醇厚的成熟嗓音被染上了一层让人心头发软的温柔。

门被推开，林暖从外面走了进来。

团团抬头见到林暖，从傅怀安的怀里挣脱出来，朝着林暖的方向跑去，突然一把抱住了林暖的腿。

林暖一脸意外，弯腰抚着团团的小脑袋，抬起视线向傅怀安看去。

傅怀安攥着平板电脑站起身，眉目间没有怒意，不像是训斥过团团的样子。

“怎么了？！嗯？！”林暖柔声询问团团。

团团在林暖的腿上蹭去自己眼角的泪水，伸手拽着林暖的胳膊，把她拉得蹲下。双眸湿漉漉的团团双手捧着林暖的脸，费力地踮起脚在林暖的头顶吹了吹：“呼呼……呼呼就不疼了！”

团团用小手轻轻地揉着林暖的发顶，动作笨拙但小心翼翼的。

起先林暖没有明白团团的意思，直到傅怀安开腔道：“团团看了那张照片。”

林暖回味过来，见团团漆黑的大眼睛里聚集着泪水，突然就被团团刚才呼呼又揉揉的动作击中了内心的柔软。

“怕妈妈疼？”林暖的声音略带鼻音。

团团点头，眼泪吧嗒吧嗒地往下掉。

林暖勾唇，满是温柔幸福的眼底闪着泪光，她轻轻地把团团拥进怀里，嗅着团团身上淡淡的奶香，开口道：“妈妈不疼，一点儿都不疼！”

只要团团平安就好！

林暖这是第一次当妈妈，没有经历十月怀胎，没有经历团团不记事时养孩子的琐碎事，她凭什么一来就占有了团团这么毫无保留的爱？

有时候，林暖觉得上天真的待她不薄。

不论过去如何，林暖现在有团团和傅怀安，真的是前所未有地幸福。

天府湾，团团把自己洗得白白香香的，又乖巧地穿上了睡衣。

林暖说今天晚上要陪团团睡，团团很开心，拿着画本爬上床一屁股坐在床尾，一边翻看一边等着林暖洗漱完过来。

团团看到了一幅一家三口手牵手的画，想到了爸爸。爸爸这几天一直要妈妈陪着睡，是不是晚上怕黑啊？

团团觉得自己已经不是一两岁的小朋友了，是个大孩子，也要替爸爸着想。

小不点儿皱起了眉头，满腹心事的样子，没过一会儿小眉头就舒展开来，他想到了一个好办法！

团团从床上滑下来，费力地抱着自己的画本和枕头，走到门口，踮着脚转动门把手打开门，然后嗒嗒嗒地朝着爸爸的房间跑去。

傅怀安听林暖说今天晚上要去陪团团睡，坐在床边擦着湿漉漉的头发拒绝了。

“你是准备陪团团一晚上，还是一直陪？”傅怀安抬头，手里攥着毛巾，盯着林暖道，“你今天晚上去了，团团明天晚上一定会撒娇让你接着陪，你陪是不陪？男孩子这个年纪正是要学会独立的时候，不让他单独睡反倒要人陪了？再者，你要是陪团团我怎么办？嗯？”

林暖看着傅怀安成熟刚毅的五官，很难想象这样一个成熟的男人，居然会和一个孩子争宠！

嘴角的笑意已经压不住，她问傅怀安：“傅先生，你今年贵庚啊？”

傅怀安嘴角勾起一抹浅笑，他伸手把林暖纤细的小手攥在手心里揉捏着，平静地望着林暖张口道："正是如狼似虎的年纪。"

林暖的耳根一下子就红了，她想要抽回手，人却被傅怀安直接拽到面前。

傅怀安一手探入林暖的睡衣，轻抚着她细腻柔滑的肌肤，一手扣住林暖的纤腰，把她按向自己，把头埋在林暖胸前的柔软处，迷人的声音磁性撩人："最渴望傅太太的年纪。"

荤话从傅怀安嘴里说出来，却显得那么蛊惑人。

"我都答应团团了！"林暖扣住傅怀安的手腕，企图把他的大手从自己身上抽离。

门把手转动的声音传来！

傅怀安卧室的房门把手不像团团的儿童房的门把手因为照顾孩子设计得低，门把手转动了门却没开，傅怀安就知道团团来了。

林暖跟着傅怀安的视线看过去，立刻从傅怀安怀里起来。

只听外面哗啦啦书本掉落的声音传来，然后团团踮着脚扶着门把手艰难地跟着门一起进来……

枕头和书本掉在了门口。

门打开，团团松开门把手，转身撅着小屁股捡起地上的枕头和书本，嗒嗒嗒地跑了进来。

傅怀安抬眉问道："你抱着枕头过来，是想要来打地铺？"

团团认真地问："打地铺？"

"睡在地板上。"傅怀安用攥着毛巾的手指了指地板。

团团睁大了眼睛："爸爸……地上睡？"

团团好意外啊，为什么爸爸放着床不睡要睡在地板上？是妈妈不让爸爸睡床上吗？

团团突然觉得爸爸好可怜，于是开口道："爸爸……团团的床，给爸爸睡！"

傅怀安觉得自从他和林暖结婚后，团团的胆子是日渐大了，居然还敢来他的房间赶他去儿童房睡。

“团团的胆子肥了？”

听懂了肥这个字，团团认真地道：“妈妈说，团团不胖！”

傅怀安：“……”

“团团是想和爸爸妈妈一起睡？”林暖弯腰问团团。

团团点头。

林暖回头看向傅怀安。她对带孩子没有什么经验，刚才傅怀安说的，林暖不知道对不对，但听起来有一些道理。

“团团，你多大了？”傅怀安绷着脸一本正经地望着胖团团。

团团低头掰着自己的小爪子，伸出手对着傅怀安比画出了一个四：“四岁！”

傅怀安点头道：“四岁已经是男子汉了，男子汉顶天立地，不能和爸爸妈妈一起睡，也不能让妈妈陪睡。”

团团想了想，小手勇敢地指着傅怀安道：“爸爸比团团大！”

“爸爸是比团团大，所以爸爸娶了妈妈，爸爸和妈妈结婚后是睡在一个卧室的！”

小不点儿皱着眉头，不知道在想些什么。

林暖怕团团伤心，蹲在团团面前，伸手攥着团团的小手轻轻捏了一下，和团团商量道：“团团，今天晚上妈妈去你的房间陪你睡，但团团要知道，我们团团是个男生，要学会勇敢地自己睡！妈妈没在身边那么多年，团团做得很棒，妈妈很欣慰，团团可以保持下去吗？”

团团说话不太利索，但是听话没问题。

明白林暖的意思，团团想了想点了点头。

林暖抱起团团，看了眼表情颇为郁闷的傅怀安，浅笑道：“我先带团团回房间了。”

傅怀安："……"

傅怀安打算忙过这几天就带着团团和林暖度个假。和林暖商量度假地点时，林暖想起之前给团团读画本的时候团团说好想去失落水族馆看看，于是他们把度假地点定在了迪拜和水城威尼斯。

"等我们回来，我要送你一个礼物，求婚礼物！"傅怀安说得慢条斯理，磁性而魅力十足的声音里带着溺死人的温柔，"然后我们举行婚礼，嗯？"

林暖咬了咬唇瓣，听傅怀安提到求婚礼物，她的心跳又快了几拍，有些期待，心底泛着甜丝丝的感觉。

之前领证时傅怀安就说过，在准备求婚礼物。

"好！"林暖点头道。

她转过身环住傅怀安的脖颈，想要吻住傅怀安的唇，柔软的唇瓣却落在了傅怀安的下巴上。

傅怀安双手扶着林暖紧致的细腰，似笑非笑地看着林暖道："你刚起来就又故意撩人，是不想准时出发了？团团可是在楼下等着呢！"

林暖恼火地松开傅怀安，收回踮起的脚，故意板着脸瞪着傅怀安道："就只是吻一下而已，哪有故意撩人？你想得太多了！"

话音刚落，傅怀安把林暖揽进怀里，用力深吻，吻得林暖受不住地双手扣着他的肩，身体直往后仰。

察觉到两人身体紧密相贴处傅怀安的细微变化，林暖面颊的温度简直高到不能再高。

她已经从迎合变得抗拒，生怕这一吻会演变成翻天覆地的缠绵。

两人喘息着分开唇舌时，林暖的后腰已经抵在沙发靠背上。她喘着粗气，低头平复着自己的心跳。

"昨晚胡闹了那么久，就是因为你的笑容和眼神！你再想想你的吻，大清早的可怕不可怕？”

林暖没绷住笑出声，仰头看着单手撑在沙发靠背上把她圈在怀中的傅怀安：“你也有怕的时候？”

“怕……”傅怀安一本正经地点头道，“怕傅太太只管点火，不管灭火！”

咚咚咚的敲门声传来，吓得林暖忙推傅怀安。

“先生、太太，需要我帮忙拎行李吗？”司机胡叔的声音从门外传来。

林暖的心跳得特别快。

“不用，再等几分钟，我和太太马上下去！”傅怀安道。

“好的！”

听到胡叔离开的脚步声，林暖用力地推着傅怀安的胸膛：“别闹了！团团和胡叔还在楼下等着呢！”

“我这个样子怎么下楼？”傅怀安把林暖按向自己。

林暖红着脸，傅怀安这样子的确不适合现在下楼……

咚咚咚——敲门声再次响起，傅怀安不满地道：“马上下去。”

“先生，楚小姐来了，说是有重要的事情找您。”李阿姨在门口低声道。

林暖倒是意外楚荨的勇气，之前在天府湾别墅发生了她在傅怀安面前脱光衣服被自己撞破的事情，她居然还会来天府湾。

要么就是她真的有十分重要的事情，要么就是楚荨心理承受能力变得更强大了。

“知道了……”傅怀安应了一声。

林暖不吭声地把东西装好，重新扣好行李箱。

“楚荨还真是让我意外。”林暖笑得别有深意，“居然还会来，我猜应该是真的有什么重要的事情找你，你先下去吧。”

“一起下去吧！”

林暖和傅怀安拎着两个箱子从楼上下来时，那只大肥猫正蹲在沙发靠背上，眼睛贼溜溜地望着那两个箱子。

林暖戴上棒球帽，伸手摸了摸大肥猫的脑袋，和李阿姨告别。

李阿姨陪着林暖出来，叮嘱林暖小心照顾自己的身体，出去要好好吃饭。

傅怀安伸手拉过林暖的手，对李阿姨道："放心吧！"

"有先生照顾太太，没什么不放心的！"李阿姨乐呵呵地笑开来。

楚荨就站在栅栏门外，并没有进来。

楚荨的车停在别墅门口，车尾正好挡住了傅怀安的车子的车头，驾驶座的车窗被放了下来，里面坐着楚荨的助理。之前在楚荨空降到海城电视台时，这位助理曾经代表楚荨去了各个节目组，所以林暖认得她。

楚荨穿着白色的V领衬衫和浅粉色包臀裙，外面套着一件浅蓝色的风衣外套，拎着白色的爱马仕新款手拎包，踩着七厘米的白色高跟鞋，一头长发披散着。在这秋季楚荨显然成了这里最靓丽的那一抹颜色，周身都是女强人精明能干的气场。

看到傅怀安从门厅走出来，楚荨紧抓着拎包的手环，原本有些话打算过两天再对傅怀安说，可听说傅怀安今天就要开始休长假带着林暖出去玩儿，楚荨怕到时候找不到傅怀安的踪迹，所以一大早就过来天府湾堵人。

哪怕这里曾经是让她最羞耻的地方，她还是得来。

"楚台长……"林暖十分有风度地先和楚荨打了招呼。

楚荨的脸色并不好看，她心中有愧无法直视林暖的双眼，只对傅怀安开口道："怀安，我有特别重要的事情想要和你说！"

傅怀安攥着林暖的手没有松开，点头问道："什么事？"

楚荨意有所指地看了林暖一眼，道："有些内容是关于我们楚家的，我们能不能单独谈？"

林暖松开傅怀安的手要走，傅怀安却紧紧攥着林暖的小手没有松开的意思。

“没有什么是不能当着小暖的面说的。”傅怀安浅笑道，“与其一会儿我还要给小暖转达一遍，不如你还是当着小暖的面有话直说。”

一口气堵在胸口，楚荨紧皱着眉头道：“我说了关乎我们楚家！”

楚荨望着林暖说道：“我发誓找怀安是生意上的事情，不是私事！”

李阿姨皱眉，以前看着楚荨还好，现在见楚荨对着林暖一副咄咄逼人的样子，李阿姨不喜起来。

“不管是生意上的事情还是私事，怀安从来没有瞒我的，楚台长大可直说，我不是那么大嘴巴的人。况且既然是生意上的事情，必定关乎怀安，为了怀安我也不会乱说话。”

林暖说起道理来不急不缓一套一套的，楚荨被弄得没有脾气了。

她紧攥着手环，对傅怀安道：“怀安，昨天下午我和我爸谈过了，之前我们家还有我们家亲戚手上关于凯德集团的股票，如果你需要的话，我们可以都转给你！”

楚荨说的转，自然不是白转，那么多股票，楚家要出手给傅怀安，自然会高于市价，他们知道傅怀安一定想要这些股票，所以只要代价不是很过分，傅怀安都会出。

“但现在不是你撂挑子离开凯德集团的好时候！”楚荨心里替傅怀安担忧，“你现在撒手去休长假，正好傅爷爷可以安插自己的人手进去！等你再回来，你就和被架空没什么区别，你要想清楚啊！别因为一时冲动误事！”

楚荨把这一次傅怀安要休长假的事情都怪在了林暖头上，以为是林暖现在工作不忙了，缠着傅怀安陪她去休长假。

现在是什么时候？傅清泉跃跃欲试想要把自己的亲生儿子往上推，楚家人都看得明白，如果不是傅天赐年纪还太小的话，现在傅清泉早就把自己的儿子安排进凯德集团，甚至会给傅天赐一个和傅怀安不相上下的位置。

这个时候傅怀安不抓紧时间在公司里安排自己的人，不抓紧做出更大的成绩让那些跟随着傅清泉的董事心有疑虑考虑支持傅怀安，居然要去度假！

楚荨之所以理直气壮地还敢找到这里来，是觉得林暖拖了傅怀安的后腿，想要来劝傅怀安不要因为女人误事。

“楚台长认识怀安这么多年，什么时候见怀安冲动过？”林暖反问楚荨，嘴角的笑有些讽刺。

如果算起来，楚荨和傅怀安真正相识的时间应该和林暖差不多，可说到了解傅怀安，楚荨不如林暖。或者说，傅怀安从来没有真正给过楚荨机会去了解他。

傅怀安余光看到林暖嘴角露出讥讽的笑，忍不住觉得好笑。

楚荨视线扫过林暖，又看向傅怀安：“怀安！现在真的不是度假的好时候！我今天是作为朋友来劝你的！别因为私情耽误了正经事儿！”

“凯德集团的事情我心里有数，目前陪我太太去玩儿才是最正经的事情。”傅怀安侧头望了林暖一眼，似有满目深情。

楚荨气得不知道该怎么劝傅怀安，只能道：“我爸今天下午的行程可以空出来，至少你先把股份拿下来！”

“楚荨，上赶着不是买卖！”傅怀安郑重叫了楚荨的名字，林暖听出了些警告和不耐的味道。

楚荨那么聪明的姑娘怎么会听不懂？

上赶着不是买卖，这到底是说凯德集团的股份，还是在说她楚荨？

这一刻，楚荨面颊上血色尽褪，一张小脸儿在阳光下变得惨白。

楚荨的助理听到了全部对话，也能听懂其中意思，他都替楚荨难堪。

助理推开驾驶座车门从车上下来，推了推鼻梁上的眼镜，笑着对楚荨开口道："楚台长，再不出发会议就要迟到了。"

这是助理给楚荨找的一个台阶。

楚荨眼眶通红，越发觉得林暖是个耽误傅怀安的红颜祸水。身为楚家的女儿，楚荨有自己的骄傲，紧攥着单肩包望向傅怀安道："怀安，你知道要我爸开口卖股份多难，这其中我费了很大功夫，错过这次机会，不知道还有没有下一次！我希望你考虑清楚！"

说完，楚荨带着自己的骄傲转身朝自己的车走去。

助理见状为楚荨拉开后排车门。楚荨坐进车子，车门关上的那一刻，眼泪就像断了线的珠子落了下来。

透过后视镜，楚荨见傅怀安扶着林暖的后腰，替林暖拉开后排车门，含笑护着林暖的额头让她先坐进车去。

楚荨觉得自己就像一个笑话，为了傅怀安的事情下了那么大功夫，殚精竭虑，却比不上林暖要出去度假来得重要！

等到傅怀安因为林暖失去整个凯德集团的时候，不知道傅怀安后悔还来不来得及？

上了车，林暖还是忍不住问傅怀安："楚家的股份真的不要紧吗？"

林暖虽然不懂商场的事情，也知道凯德集团的股份对傅怀安来说很重要。

傅怀安笑着道："没有陪你重要！"

等到傅怀安和陆津楠相继休长假，再遇上凯德集团项目失利，还不知道楚家手上的股份会跌成什么样子，所以傅怀安一点儿都不着急，就怕到时候楚家着急！

见男女主人都已经上车，大肥猫跳上栅栏门，和李阿姨站在一起，目送着那辆载着林暖、傅怀安和团团的车越走越远。

李阿姨是打从心底觉得高兴，自从团团身边有了妈妈，那孩子开朗了很多不说，就连说话也慢慢变得顺溜了。

李阿姨记得刚开始带团团的时候，还以为团团不会说话，看着那粉雕玉琢的小人儿心里别提多心疼了。

再后来，团团一个字一个字地往外蹦，李阿姨特别开心！

李阿姨用围裙擦了擦手，笑着叹了一口气。孩子还是要和自己的妈妈在一起，和自己的妈妈在一起，团团整个人都开朗了！

其实不只团团，李阿姨觉得就连傅怀安都和以前不一样了。

以前傅怀安整个人给人的感觉是那种高高在上有距离感的冰冷，现在傅怀安在家的时候眼角眉梢都带着笑意。

这样真好！李阿姨勾起嘴角想着。

林暖以为胡叔把他们送到机场门口就走，可她眼看着胡叔直接把车开进了机场。

林暖转头看向傅怀安，只见男人从容地一手扶着跪趴在他腿上往窗外看的团团，一手举着电话正在通话。

“对，你没听错，这段时间整个总裁办全都带薪休假……”傅怀安嗓音含笑，“这些年我没休过假你们也都没有休过，这次不论是出国旅游还是什么，所有花费回来后可以找陆特助报销。”

车刚停稳，林暖就见老远跑过来一个人，正是傅怀安的助理小陆。

小陆拉开林暖这一侧的车门，笑着对林暖点头道：“太太！”

林暖从车上下来，见小陆没有穿西装，白色衬衫外面罩着一件深蓝色的羊绒衫，一条浅咖色的休闲裤，林暖问了一句：“小陆你也去吗？”

飞机场的风很大，林暖的声音几乎被盖住。

林暖裹紧了披肩，头上的鸭舌帽差点儿被风吹走，一头墨色发丝四散飞舞。

小陆点头，笑着道："是的，傅太太，傅先生让我随行，说主要照顾团团！"

林暖把自己的头发压在耳后，喊了一句："辛苦你了！"

"哪里！"

在林暖眼前的是一架巨大的印着私人标志的飞机，团团对其好像很熟的样子，从车上下来，就嗒嗒嗒地朝着私人飞机的方向跑去，跑了几步，团团又想起林暖来，嗒嗒嗒地跑回来拽着林暖，给她指飞机："妈妈！走……"

机舱里的驾驶员也从舷梯上下来，和傅怀安打过招呼之后开始拎行李。

傅怀安扶着林暖的纤腰，道："走吧。"

上了飞机林暖才知道这是傅怀安的私人飞机，小陆说平时傅怀安不太用，只有行程时间较长的时候才会用。

看着偌大的私人飞机，林暖想起了快五年前的一个新闻……

F.S.L 航空公司改造了一架宽体客机，内饰极其奢华，客机内设有几间宽敞高端如同酒店的卧房，衣帽间、淋浴甚至连浴池都有！这架飞机最值得称赞的是航行距离超长，从美国东海岸飞往国内中途甚至不需要加油。

有媒体报道，那架飞机被美国一位神秘富商以三亿多美金买下，曾经出现在美国机场，至于是哪位富商买下的，众说纷纭。

那个时间段傅怀安应该是在美国的。

到现在媒体都说傅怀安的身家是个谜团，这么说来，似乎真的有那么几分谜团的意思。

林暖和团团待在机舱休闲室内，傅怀安去了机舱内的办公室，说有些事情要稍微处理一下。

林暖点头，让傅怀安不用担心她和团团。

她把披肩搁在机舱内舒适的沙发扶手上，脱了外套，又蹲下身帮团团脱了小外套。

“傅太太，飞往迪拜四个小时的航程里，预祝您一家三口旅途愉快！”驾驶员恭敬地对林暖说完这话就回了前面的驾驶舱。

飞机飞平稳后，团团趴在茶几上画画，林暖调试了下真皮座椅，躺在靠窗的位置闭目休息。昨天晚上林暖没有睡好，这会儿在飞机上倦意就来了。

等傅怀安出来时，团团已经躺在沙发上睡着，小陆给团团系好安全带盖上了毯子，正弯腰收拾桌子上团团摊开的画具。

见傅怀安回来，小陆抱着小团团去了机舱房间休息。

傅怀安见林暖耳朵里塞着耳机闭目熟睡的模样，走过去轻抚着林暖的脑袋。

林暖睫毛一颤转过头，睁开惺忪的睡眼，见傅怀安深邃俊朗的五官出现在眼前，问道：“忙完了？”

“嗯！”傅怀安在林暖身边坐下，让她靠着自己。窝在傅怀安温暖的怀抱里，林暖格外安心。她闭上眼，单手抱住傅怀安的窄腰，没过一会儿就又睡了过去。

国内和迪拜有时差，傅怀安、林暖一行人到的时候，基本上和早上在国内出发的时间一样。

团团睡得迷迷糊糊地趴在傅怀安的肩膀上，白嫩嫩的小脸儿被压得嘟了出来，口水都沾到了傅怀安的肩膀上。

迪拜是典型的沙漠性气候，这会儿室外温度有三十摄氏度。

林暖在飞机上换了牛仔裤长裤和长款的白色 T 恤，脚上踩着一双白色平底滑板鞋，又细又直的大长腿很是吸睛。

傅怀安一手抱着睡着的肉团子，一手牵着林暖，小陆走在前面推着行李车。

机场外早有轿车等候着。

司机十分绅士礼貌地帮他们打开车门，用蹩脚的中文和他们问好。

轿车一路开到了第一区地中海别墅，看着林暖惊讶的表情，傅怀安笑着解释："这是我一个朋友的别墅，常年空着，一直没有人住，他知道我们来迪拜玩儿，就让我们住这里，对方热情也不好拒绝。"

林暖一向对傅怀安的身家不太清楚，也没有想要过问的意思。

今天先是私人飞机，又是第一区地中海别墅，的确吓到林暖了。

团团睡了一路都没有醒，把孩子安顿在房间后，傅怀安带着林暖在别墅参观。

"想看电影吗？"傅怀安低声问林暖。

林暖仰头看向傅怀安："出去看吗？我的阿拉伯语不太灵光。"

她没忘记迪拜说的是阿拉伯语，一听说要和傅怀安出去看电影，不禁紧张起来。

"你不想出去看的话，别墅里有家庭影院，你想看什么，我陪你看。"

林暖想了想道："《复仇者联盟》这种片子，你陪我看吗？"

傅怀安乍一听这部电影的名字，以为是什么复仇类型的剧情片，尽管他本人不喜欢这种片子，还是陪着林暖一起窝在私人放映厅的沙发里看英文版的《复仇者联盟》。

"我们在迪拜待多久？"林暖问傅怀安。

专注投影屏幕的傅怀安转过头，俊美的五官近在咫尺，林暖突然有些心悸。

两人的距离近到林暖连傅怀安细密纤长的睫毛有多少根都看得清楚的地步。

屏幕上斑斓的色彩映在傅怀安的脸上，忽明忽暗，他修长的指尖把林暖鬓边的碎发别在耳后，他刻意压低了性感的嗓音道："你想待多久都可以，这一次假期长，长到归期未定。"

性感的薄唇一张一合，让林暖萌生了吻他的冲动，他的嗓音带着深深的蛊惑。

林暖定定地望着傅怀安，抚上傅怀安的侧颜，声音低低地道："傅怀安，我的心跳得很快！"

傅怀安又朝着林暖靠近了些，轻微的动作让真皮沙发发出窸窸窣窣的声音，他说道："我摸摸……"

林暖的脸更红，呼吸也跟着急促起来。

她主动吻上了傅怀安近在咫尺的薄唇，试探着撬开了傅怀安的唇舌，双臂缠绕着傅怀安的脖颈，情到深处用力收紧了手臂。

傅怀安把人压在沙发上，单手扣着她的后脑加深了这个吻。

一吻结束，傅怀安和林暖都气喘吁吁的，林暖的双唇越发娇艳通红，额头和背部起了一层细汗。

投影屏幕上的光不断变换，林暖和傅怀安额头相抵，鼻头相触，气息全都缠绵在一起。

荷尔蒙气息悄无声息地发酵着，周围充满暧昧的温度，让人直觉得身体发热。

以前林暖听说过一对恋人，处在热恋期，情到浓时就是那种怎么都不想分开的连体婴状态。

不知道自己和傅怀安是否处于这种状态？

曾经傅怀安问林暖要不要谈个恋爱，他们这个恋爱还是在领了结婚证之后谈得越来越顺畅。

林暖闭上眼，感受着傅怀安的心跳和他粗重的呼吸。

两人从家庭影院出来时，一身的汗。

林暖冲完澡换了衣服出来，团团已经醒来乖乖地坐在楼下的地毯上堆积木。

这里很大，团团玩得也开心，已经用积木搭了一座高楼。

收尾时，小陆抱着团团，让他把最后一块积木放在了顶端。

放好积木的团团看到林暖扶着楼梯扶手下楼，兴奋地喊道："妈妈！"

团团从小陆身上挣扎了下来，嗒嗒嗒地跑到林暖面前，用小手拽着林暖的手往他搭的积木方向走："大楼！大楼！"

"太太！"小陆笑着对林暖点头。

林暖被团团拽到积木前，摸了摸团团的小脑袋，蹲下身认真地夸奖道："我们团团搭得真好！以后长大了可以当一个建筑设计师！"

团团虽然不知道建筑设计师是什么，但听到林暖这么说还是很开心，用力点头道："嗯！"

"怀安呢？"

没在家里看到傅怀安，林暖问了一句。

"先生说有一家甜品不错，想让您尝尝，所以亲自出去买了。"小陆笑着说完，又道，"厨房里厨师已经准备好午餐，如果您想要用点儿点心，我去厨房拿……"

"不用了！"林暖对小陆笑了笑，"你一直陪着团团，辛苦了，你休息一会儿吧！我来陪团团！"

小陆点头道："那好，如果有什么需要，太太您叫我！"

林暖点了点头。

迪拜的气温比较高，林暖带着团团来到楼台望着远处的沙滩，问团团："想不想吃冰激凌？"

一大桶冰激凌，撒上谷物麦片圈，林暖和团团两个人坐在地毯上，一边看电视一边吃。

小团团就靠坐在林暖的怀里，看着《萌鸡小队》的动画片，自己吃一勺冰激凌，会扭着小身子喂林暖一勺。

午饭时间已经过了，可傅怀安迟迟没有回来。

林暖让小陆给傅怀安打了电话，电话那头却没有人接。

林暖莫名地觉得有些心慌，压着担忧，皱眉问道："怎么会没有人接呢？”

小陆也觉得纳闷：“按路程算，先生早应该到了。”

见林暖一脸担忧，小陆道：“我再联系一下先生，如果还联系不到我去找一找。”

林暖点头道：“辛苦你了！”

不想吓到团团，林暖垂头对团团露出一抹笑意，转移孩子的注意力：“团团饿不饿？要不然我们先吃饭，给爸爸留着菜？”

团团摇了摇头，坚定地道：“等爸爸！”

林暖笑着点了点头：“那……趁着爸爸没有回来之前，妈妈允许团团吃几颗巧克力好吗？”

小不点儿一听到巧克力，双眸发亮，用舌尖儿舔了舔唇瓣，连连点头，对着林暖竖起一个大拇指：“妈妈！最棒！”

小奶音字正腔圆的，萌得不得了。

林暖和团团坐在别墅靠窗的位置，很容易就能看到别墅外面的情景。

她手里拿着个橘子，心不在焉地剥着，眼睛总是不自觉地盯着落地窗外的情景。

电视打开着，林暖的阿拉伯语不是特别好，隐约听到电视节目里主持人播报了今天上午突发的连环车祸新闻。

从天而降的数十根钢管插进了那条路上正在行驶的车辆，有的穿过挡风玻璃，有的穿过车顶！

因为这场事故突如其来，导致后面发生了连环车祸，状况十分惨烈。

林暖回过头看着电视屏幕，画面一闪而过，甚至可以看到那被两根钢管穿透的挡风玻璃上溅的血迹。

心跳的速度越发快了，她莫名觉得有些揪心。

团团张着小嘴，等待林暖给他喂橘子，没想到林暖递过来的是一片橘子皮。团团闭上小嘴，仰头看向林暖，见她眉头紧锁，他便乖乖地接过林暖递来的橘子皮，嗒嗒嗒地跑过去将其丢在垃圾桶里，又双手撑着沙发爬上去，乖巧地跪坐在林暖身边，继续等待林暖投喂。

林暖余光看到自己身边的团团，艰难地勾了勾唇，把手中的橘子递到团团嘴边，才发现是橘子皮。她吓了一跳，再看自己的掌心里，剩下的半个橘子好端端地躺在那里，橘子皮已经没了！

“团团，橘子皮呢？”林暖慌张地放下橘子，一脸紧张地蹲在团团面前，“快吐出来！”

团团张大嘴巴给林暖看了眼，又指了指垃圾桶：“丢了！”

林暖松了一口气，艰难地勾唇笑了笑道：“对不起啊团团，妈妈走神了！”

团团摇头，小身板儿挤进林暖的怀里，给了林暖一个大大的拥抱：“爱妈妈！”

林暖因为担忧微微发凉的胸口有了温度，想着这新闻对孩子来说过于血腥了，林暖关了电视，抱起团团道：“我们先去吃饭，不等爸爸了！一会儿爸爸回来我们要好好地批评爸爸，怎么到吃饭时间还不回来，是不是团团？”

林暖说这话不知道是安自己的心，还是安团团的心。

团团用力点头道：“嗯！”

考虑到林暖和傅怀安还有团团的胃口，桌上准备的是国内的菜系。

厨师很细心，为了讨好孩子，水果拼盘拼成了小黄人的造型，十分讨喜。

傅怀安没回来，林暖没什么胃口，只喝了几口汤，一直在给团团夹菜。

餐厅的门突然被推开。

林暖抬头，攥着筷子的手突然一紧。

餐厅门外站着手握电话的小陆，他人没进来，脸色不是很好看，望着林暖没说话。

林暖心里咯噔一声，耳边全都是自己剧烈的心跳声。

她有些手抖地搁下筷子，强迫自己镇定。小陆还什么都没有说，自己慌个什么？

怕吓着团团，林暖刻意压着嗓音，对团团勾起一抹笑意道："团团，你先吃饭，妈妈去和小陆叔叔说句话好吗？"

团团点了点头。

林暖出来，带上餐厅门，问小陆："联系上怀安了？"

小陆紧攥着手机，开口道："先生回来的那条路上遇到了事故，然后发生了连环车祸。刚才我联系了先生朋友的助理，他们派人去找了，先生开出去的那辆车……就在其中，车上是空的，说是受伤的人都被送去医院了！"

林暖只觉得脑子里嗡一声，瞬间空白一片。她甚至觉得眼前出现了钢管穿过傅怀安的身体的画面，顿时双腿发软。

"太太！"小陆一把扶住林暖。

"人呢？在医院见到怀安了吗？"林暖着急地问。

小陆摇头道："没有，去找先生的人不认识先生。"

没看到还好！林暖就怕得到的是不好的消息。

林暖逼迫自己镇定下来，攥着小陆的胳膊，问道："人被送往哪家医院了？"

察觉到林暖的手都在颤抖，小陆忙道："司机已经在外面等着了，太太，要带小少爷一起去吗？"

想到餐厅里正在吃饭的团团，林暖摇头道："不要吓着团团，你陪着团团吃饭，就说……妈妈去找爸爸给他准备一个惊喜礼物！不要在孩子面前表现出什么来！"

小陆点头道："您放心，太太！"

林暖咬着后槽牙，拿了手机，不断地提醒着自己冷静，冷静！

司机还是今天去机场接他们的那位，林暖点头打过招呼之后上了车，一路上脑子都是乱的。

这种慌张无措的感觉，和几年前第一次得知温墨深乘坐的飞机失事时一样，甚至比那个时候多了惊恐和坐立不安。

前所未有的恐惧像一只黑色的大手，悄无声息地把林暖的心紧紧攥住了。

此时的林暖，恨不能插翅飞往医院，又害怕到了医院看到的是钢管插进傅怀安的身体的景象。

明明什么都还没有看到，林暖已经快要把自己折磨疯了，搁在腿上的手不住地颤抖。

林暖侧头看向窗外不断倒退的街景才后知后觉自己身处国外，傅怀安状况不明，内心的惶惶不安又加重了一层。

“不会有事的！”林暖捂着心口，郑重地对自己道。

林暖不断给自己打气，让自己不要慌。

在车上逐渐镇定下来的林暖，一到医院急诊室脑子里就像有什么炸开！

到处都是哀号声，医生护士需要喊着说话，阿拉伯语速度快得让人只能听明白一两句。

林暖刚走了两步，就听到两个医生急匆匆地从急诊室外进来，用极快的阿拉伯语交流着，林暖隐约听到几句，串联在一起的意思让林暖心跳如擂鼓。

“那几个被钢管穿透的司机，其中一个刚送进手术室就没了气息！”

急诊室内几乎人满为患，两个医生的话，让林暖的一颗心像被攥紧，她连呼吸都不敢用力。

林暖脑子嗡嗡作响，已经听不到任何声音。

又有家属从急诊室大门冲了进来，撞着林暖的后肩向前跑去，林暖被撞得趔趄了一下，手中的手机摔了出去。

“抱歉！”那位家属回头对林暖说了一句，就急匆匆地离开抓住护士询问他的家属在哪儿。

林暖一副如梦初醒的模样，对！应该问护士！

额头和脊背上都是冷汗，她捡起手机，拽住一个端着清理盘要走的护士，用蹩脚的阿拉伯语颤抖着问：“有一个叫傅怀安的病人，您知道在哪儿吗？”

护士不耐烦地甩开林暖冰凉的手，说道：“到处都是伤员，你得自己找！”

自己找！

林暖双腿仿佛失去了直觉，只随着本能，像无头苍蝇似的掀开一道又一道窗帘狼狈地在急诊室里寻找着傅怀安的身影。

林暖几乎要把急诊室的隔帘全部掀开看完，都没见傅怀安的身影，一颗心不断向下沉，身体冷得直发抖。

她站在急诊室的最后一道隔帘前，竟然失去了将其掀开的勇气。

她怕里面的人不是傅怀安！怕傅怀安是躺在手术室里的那一个，更怕傅怀安是医生说的那个刚推进手术室，就……

林暖明明已经满头大汗，身体却像是毫无温度！

她颤抖着右手拽住隔帘用力将其拉开！

里面一位正在整理袖口的黑发男士抬起头，五官俊朗，透着几分干练的气质，却不是傅怀安！

“你是？”那位男士看着林暖发出疑问。

林暖喉头耸动，脑子里只剩下“手术室”三个字！

她着急地转身，看到一位医生拽住就问，嗓音沙哑得不像话：“刚才……送来的伤员，在哪儿？”

林暖心慌得连一句话都说不完整。

医生见林暖全身都在颤抖，神情惊恐万分，伸手指着一道门，忙道："从这里出去坐电梯上六楼就是！"

"谢谢"两个字哽在林暖的喉咙里却说不出来，她转头刚迈出步子准备往手术室跑，人就愣在原地。

那个熟悉的高大身影从急诊室那道门进来，低头看着手里的缴费单，抬头的那一瞬间他也看到了林暖。

医院的白炽灯下，林暖那张精致干净的小脸儿被照得惨白若纸，毫无血色。

傅怀安白色衬衫的挺括领口上沾染着红色的血迹，胸前也是一片脏污，衣袖挽至肘弯，结实的蜜色手臂露在外面，手腕上那块林暖送他的腕表屏幕已经裂开。

尽管如此，他依旧英俊迷人，充满着男性魅力，让林暖心动到想要哭出来。

看到傅怀安平安无事，没有缺胳膊少腿，没有被钢管穿透胸膛，林暖松了一口气的同时，只觉眼前发黑双腿发软。

周围嘈杂鼎沸的人声仿佛全消失了，她腿软得撑不住自己的身体，向后退了一步，下意识地伸手去拽急诊室的隔帘。

稳住身形后，林暖见傅怀安眉头紧皱，侧着身子穿过摩肩接踵的人流，快步朝她的方向走来，从刚才起就一直强忍着的情绪，在胸口爆发。

眼泪一下冲出眼眶，林暖紧咬着牙，也挤在人群中往傅怀安的方向走去。

两人四目相对，傅怀安还没来得及说什么，林暖一下就扑进了傅怀安怀里，力道大得让傅怀安向后退了一步才抱着她的腰稳住身形。

傅怀安拿着缴费单的手紧紧扶住林暖，察觉到林暖的颤抖，他低头询问道："你怎么来这儿了？"

林暖听到傅怀安的声音，耳朵紧贴着他的胸膛，听到他有力的心跳声，一直紧紧绷着的神经突然松弛下来，情绪也变得无法控制，放声大哭，如同劫后余生。

傅怀安起先对抱着自己哭的林暖有些不知所措，想到林暖突然出现在这里，大概是看了新闻担心自己所以过来了！

傅怀安听着林暖的哭声，没吭声，只是把林暖抱得更紧。

在医院这种地方，人们哭哭笑笑是常态，没有人像看怪物一样看林暖，都着急忙慌地找着自己的家人，或是为自己亲人的痛苦甚至离去而伤心。

“没事儿了！”傅怀安在林暖耳边低声安抚道，“我这不是好好地站在你面前吗？我没事儿……”

“你为什么不接电话？”林暖缓过劲儿来，用力地在傅怀安的脊背上捶着，用了自己的全力，“为什么不打个电话说一声？你的电话明明可以打通！小陆打了无数遍！我忍着不敢在团团面前打电话，怕团团害怕，可我都要……”

林暖哽咽着，接下来的话一个字都说不出口了。

来的路上，林暖都不敢想……不敢想如果没有了傅怀安她该怎么办！

如果没有傅怀安，大概她也活不下去了！

从出生到现在，哪怕遇到天大的事情，林暖都没有萌生过活不下去的念头。

但当她脑子里胡思乱想，猜测着傅怀安不接电话的各种状况时，她都要疯了！

她想，如果今天她在这里见到的是傅怀安已经……一定活不下去！

此时傅怀安完好无损地站在林暖面前环抱着她，可林暖依旧觉得一颗心被那只大手攥得喘不过气来！依旧觉得后怕得让人绝望。

“抱歉，是我不好！手机落在车上了……”

从医院回去的路上林暖一直沉默着，直到傅怀安回卧室准备换掉身上带血的衬衫，林暖冲进了傅怀安的怀里，力道大得撞得傅怀安退了两步，脊背抵在了门板上。

林暖踮着脚双手紧紧环绕着傅怀安的脖颈。

“怎……”

傅怀安刚说了一个字，唇瓣就被林暖娇嫩的红唇封住。

傅怀安弯着腰，林暖热烈强势的吻让傅怀安感到诧异。

她奋力掠夺着傅怀安口腔里的空气，第一次强势地让傅怀安被动承受。

林暖圈着傅怀安的脖颈的手臂收紧，吻着傅怀安往床边退去。傅怀安被迫弯着腰，一手扶着林暖的纤腰，一手扶着墙面以保持两个人重心稳定，脚下步子乱得一塌糊涂。

今天的林暖，不一样得让人诧异。

柔软的大床边，林暖压着傅怀安倒下，红着眼眶，一双柔嫩白皙的小手去解傅怀安的纽扣，偏偏手颤抖得无法将扣子解开。她松开傅怀安的唇瓣，在傅怀安身上坐起身，撕扯着傅怀安的衬衫，眼泪大滴大滴地往下掉。

傅怀安看着刚才还热情无比的林暖突然掉眼泪，单手撑着自己的身体半坐起，一手捧着林暖的小脸用拇指擦拭她的泪水，却怎么擦都擦不完。

林暖力气小撕不开衬衫，气恼地在傅怀安胸前拍打了几下，似乎觉得这样还不解气，攥着拳头一边哭着一边往傅怀安胸前捶。

傅怀安生生挨了几下，却没有丝毫不悦之色，他搂住林暖把人往自己怀里拉。林暖挣扎了几下，没有挣脱开，被傅怀安死死地按在怀里，她用力地咬住了傅怀安的肩膀。

傅怀安身体变得有些僵硬，一声不吭地任由林暖咬。

可她咬着咬着力道越来越小，哭声越来越大。

“抱歉！以后我一定会带上电话，让你知道我安然无恙！”傅怀安用力抱紧林暖，磁性深沉的嗓音低低地在林暖的耳边响起。

他知道林暖怪他！

被林暖这样担心着，傅怀安心里很暖，也很心疼……

林暖从来没有这么害怕过，亦紧紧抱住傅怀安道：“我以为……你要丢下我一个人了！”

去医院的路上，林暖脑子里每次闪过那种傅怀安被钢管穿透的画面，就像是经受一次凌迟。

林暖把头埋在傅怀安的脖颈处，哽咽开口道：“我爱你傅怀安！我爱你……特别特别爱！已经爱到不能没有你了！我没有办法想象我以后的人生没有你会是什么样子！不要丢下我一个人！永远不要丢下我一个人！”

傅怀安听着林暖的告白，心都融化了，侧头吻了吻林暖的长发。

“我爱你，比曾经爱温墨深更爱，更爱百倍千倍万倍！”林暖收紧手臂，泪水像断了线的珠子往下落，“我真的……真的不能没有你！”

傅怀安呼吸一窒，眼底竟有酸涩的湿意。

这句话，他等了多久？没想到会在这种状况下听到。

长久以来傅怀安都知道，温墨深之后，林暖对自己的心一直是严防死守的。

他知道自己已经悄无声息地走进了林暖的心，却不知道居然走得如此深入！

“我永远不会丢下你一个人！永远不会！”傅怀安郑重地向林暖保证。

傅怀安翻身把林暖压在身下，拨开她被泪水黏在白皙的面颊上的头发，吻上她的唇、她的眼，吻去了她的泪水。

那天下午，虽然林暖格外主动，傅怀安依旧要得温柔，他满心都是对林暖的心疼。

尽管如此，事后林暖还是被累得睡在傅怀安怀里。

傅怀安看着睡着了依旧环着自己脖颈的林暖，轻抚着她的长发。她是多害怕失去自己才会这样紧张？

傅怀安吻了吻林暖的额头，伸手想要把林暖的胳膊抽开让她睡得舒服些，可刚把林暖的手臂拉开些距离，睡熟的林暖下意识地就把傅怀安抱得更紧，柔软的身体紧紧贴着他。

傅怀安有些哭笑不得，拽了拽薄毯，盖住林暖光洁的脊背，却盖不住林暖的肩膀。

身子低了些，他和林暖面对面额头相抵把人搂在自己怀里，用薄毯把人裹紧，陪着林暖休息。

林暖醒来时，窗外已是一片黑暗，安静得只能听到海浪拍击沙滩的声音，一浪接着一浪。

这一次国外之旅，林暖原本以为是开开心心的事情，没想到居然让她这么提心吊胆，完全违背了他们出国玩的初衷。

林暖转身抱住傅怀安的腰，把脸埋在傅怀安胸前："陪团团去完失落水族馆，我们回国吧！在这里我总是心惊胆战的！在国内我们也可以度假，国内有好多地方我也没去过，其实国内也有……"

"好！"傅怀安不等林暖说完，就点头答应道，"我们回国。"

让林暖担惊受怕，并非傅怀安想要出国游玩的本意。

从迪拜到国内，飞机落地林暖才感觉踏实。

下了飞机，傅怀安让小陆送团团回家，他开车带林暖去看求婚礼物。

一路上林暖都忍着不问傅怀安到底是什么礼物，从机场高速下来半个小时的车程，林暖坐在副驾驶的位置已经可以清晰地看到南山了。

她到底没能忍住侧头问傅怀安："到底是什么礼物？怎么把车开到郊区了？"

傅怀安瞅了眼小脸儿泛红的林暖，眼底笑意盎然："我以为你有多沉得住气忍着不问！"

林暖被傅怀安说得耳朵发烫，收回视线坐直身子目视前方，没几分钟又坐不住地侧头看向傅怀安。

余光注意到林暖的小动作，傅怀安眼神温和地道："在市区可没地方给你准备这么大的求婚礼物！"

说着，傅怀安打了转向灯。

前面是一条并不宽敞的双行道，看起来像是新铺的，被昨夜的一场雨洗刷得格外干净。

道路两侧种着法国梧桐，这个季节梧桐树叶子已经变得金黄，两侧都是落叶，美得像一幅油画。

她的心莫名地扑通扑通加快速度跳了起来。在那条道路的尽头，林暖隐约看到了巨大的黑色铁门。

林暖问傅怀安："那是什么？"

阳光穿透层层叠叠的树叶，从挡风玻璃照射进来，傅怀安开得很缓慢，林暖可以听到车轮碾压落叶的声音，金色的光斑从傅怀安深陷的眼窝上扫过，把那份温暖嵌入了他幽深的眼底，他薄唇张合："我给你的家。"

五个字不轻不重，穿透林暖的耳膜，羽毛般落在她的心脏的位置，犹如落叶入水，激起阵阵温暖的涟漪。

大黑色铁门缓缓打开，傅怀安的车开进了庄园，林暖看到右侧门牌上写着"傅宅"。

庄园内道路两侧是草坪和方正的水池喷泉，入目的是远处类似查茨沃斯庄园的建筑却又大不同，将本国和欧式建筑的特色完美地融入其中，背后靠着南山。

林暖唇瓣微张，小时候在看《傲慢与偏见》时她就喜欢上了里面的建筑，却只在画册中见过，没有机会去英国看看！

这是他们的家？林暖喜悦的同时有些发蒙。

"你十四岁在海城市中学生演讲比赛中提到过，喜欢《傲慢与偏见》里取景的查茨沃斯庄园，几年前我带着团团回国时，正好看到这里有一处类似的庄园在对外售卖，买下来之后，又请人重新设计装修、修整外部，前几天才完工！所以没赶上在领证的时候送给你！”

林暖点头，只能听到自己心脏扑通扑通的跳动声。

顺着被两侧水流环绕的行车道，绕过正中间偌大的喷泉之后，车子停在内宅门口。

傅怀安解开安全带，侧头对林暖道：“要不要进去看看？”

林暖手心有一层细汗，她解开安全带低声问道：“就我们三个人住这么大的庄园吗？”

“今天除了安保人员，其他人都放假了，确切地说今天内宅里只有我们两个人！”傅怀安推开驾驶座车门下车。

林暖也跟着下了车。

凉风袭来，林暖裹紧了外套，一头长发被吹得四散飞扬，有几缕纠缠在唇边，林暖半眯着眼，把发丝别在耳后。

傅怀安伸手攥住林暖的小手拉着她朝着台阶上走去。

林暖慢傅怀安一步，心情雀跃。

走上台阶，傅怀安把林暖拽到身边，扣住她的双肩，推着她走到那两扇紧闭的黄铜色大门前。

傅怀安将视线放在她粉色的耳朵上，弯下腰，薄唇贴着她滚烫的耳朵道：“宝贝儿，推开。”

林暖伸手推开那两扇门，瞬间愣住。

里面和林暖想象中的不大一样。

她以为里面会和外面一样看起来沉稳大气，可没想到一推开门，眼前的世界居然是粉色的！

所有的窗帘、楼梯上铺的地毯都是粉色的，每一层台阶上都摆满了萌萌的粉色愤怒小鸟，楼梯的扶手被粉色的丝带缠绕起来绑着粉色的气球，整个天花板上也都是粉色的气球，屋内没有家具，到处堆放着各色粉色的娃娃，大小不一，像是萌化了人的粉色世界。

傅怀安关上门，脱下外套随手将其搭在门口的挂衣架上，胸膛贴着林暖的脊背，双手环绕她的纤腰，低声开口道："我曾经做过一个梦，梦见带着自己的妻子来到我们的家，给她布置了一个粉色的世界！"

傅怀安说着，缓慢移步带着林暖右转往大会客厅方向走去。林暖被傅怀安带着转过去，隐隐嗅到了鲜花的香味，她的小白鞋踩住了一片粉色的玫瑰花瓣。

客厅里有一棵圣诞树，闪耀着金色的灯光，树上挂着各种各样的糖果。

圣诞树旁，摆放着巨型粉色毛绒兔，林暖需要仰着脖子才能看到它的头！

翠绿的圣诞树下，是一片粉色玫瑰花海，几乎占据了整个客厅。

林暖的心脏怦怦直跳，她只觉得这个场景好像在哪里见过……

傅怀安磁性低沉的声音再次在林暖耳边响起："客厅里有一个比圣诞树还要高的巨大毛绒兔子，需要她仰着脖子才能看到，圣诞树和巨大的兔子周围围绕着一屋子的粉色玫瑰。她以为这是个梦，明明觉得这一切很幼稚，她还是忍不住心潮澎湃。"

傅怀安说着松开了林暖的腰，林暖回头看向傅怀安，只见他在林暖面前单膝跪下："梦里我在那片花海前单膝跪下，拿出一枚钻石糖戒指向她求婚。"

林暖脑子里像是有什么东西炸开了一样，热流冲击了心脏和眼眶。她单手捂着嘴，明明热泪盈眶，却差点儿笑出声："你偷看了我的日记！"

傅怀安仰头望着林暖，跟着笑出了声。

林暖从来没有见傅怀安这么笑过，他一向沉稳，很少笑，她第一次听傅怀安和她一起这样笑出声。林暖鼻头发酸，尽管笑声清脆，泪水却像是断了线的珠子往下掉。

“我的太太，在感动中答应了我的求婚！尽管那只是一枚钻石糖戒指……”

林暖点头，感动得声音都发不出来，黑亮的眸子里蓄满了盈盈水色，双手捂着嘴直点头，怕松开手她会忍不住哭出声。

傅怀安对林暖伸出手：“手……”

林暖忙把手递给傅怀安，那枚钻石糖戒指戴到了林暖手上。

在日记里，林暖在结尾这样写道：

我在感动中答应了求婚，梦里虽然看不清楚那个人的五官，但我知道那不是墨深哥哥，尽管如此依旧止不住地悸动！我以为这个梦会和其他梦一样做过之后就忘记，可醒来之后那怦然心动的感觉和梦里的场景清晰无比！

我对妈妈讲述了我的梦境，妈妈说这是一个预言，梦里那个让我怦然心动的男人，就是我将来的丈夫，我一定会找到此生挚爱。

如果真如妈妈所说这是预言，那我未来的丈夫真的不是墨深哥哥吗？

梁暮澜没有骗她！

尽管这样的场景是傅怀安偷看她的日记布置的，但她未来的丈夫、她一生的挚爱……是傅先生，傅怀安。